**나보다
어렸던**

엄마에게

나보다 어렸던

엄마에게

정진영 장편소설

㎖

차례

1

끝

신은 견딜 수 있는 만큼의 시련을 준다는 말은 견뎌낸 자들에 한해 사실이다. 견디지 못한 자들은 죽거나 사라졌을 테고, 죽거나 사라진 자들은 말이 없으니까. 신은 아무래도 나를 시련 따위에 눈 하나 깜짝하지 않는 독종으로 오해한 모양이다. 그게 아니라면 내가 신에게 무언가 씻을 수 없는 큰 죄라도 지었거나.

순식간. 진부하지만 갑작스러운 사고에 이보다 적절한 표현을 나는 찾지 못했다. 1월 2일 새벽 세 시, 자유로 위에 쌓인 어둠은 한강의 무거운 습기, 겨울 공기와 뒤섞여 차갑게 끈적거렸다. 창백한 가로등 불빛은 도로에 닿자마자 힘없이 어둠 속으로 흩어졌다. 흰색 미니(MINI) 쿠퍼 컨버터블*은 엔진에서 쏟아지는 굉음과 함께 어둠을 찢으며 서울로 향하는 텅 빈 도로를 내달렸다. 새해 첫날을 술로 적신 나는 숙취에 지끈거리는

* 지붕을 접거나 펼 수 있는 자동차.

머리를 오른손으로 감싸며 신경질적으로 가속페달을 밟았다. 십 년을 넘긴 엔진은 변속 때마다 충격음과 함께 쇠가 갈리는 소리를 냈다. 소프트탑*은 방음과 단열에 취약했다. 겉보기에 폼이 나는 이 외제 오픈카는 국내 최대 직영 중고차매장이 보증했어도 어디까지나 연식이 오래된 중고차일 뿐이었다. 그 모양새가 나를 닮은 듯해 쓴웃음이 흘러나왔다. 추위에 코끝이 아렸다. 나는 히터의 강도를 최대로 올렸다.

히터가 내뿜는 따뜻한 공기가 얼굴에 닿자 졸음이 몰려왔다. 나는 졸음을 쫓아내고자 수차례 허벅지를 꼬집었다. 무거워진 눈꺼풀이 잠깐 붙었다가 떨어지는 사이, 2차선 위를 시속 130킬로미터로 달리던 차가 마지막 차선 가드레일과 닿을 듯 달라붙었다. 놀란 나는 다급하게 브레이크를 밟았다. 조수석 펜더가 가드레일과 부딪쳤다. 핸들이 제멋대로 꺾였고, 속도를 이기지 못한 차가 시계 방향으로 뱅글뱅글 돌았다. 롤러코스터라도 탄 듯 몸이 왼쪽으로 쏠려 핸들과 자세를 바로잡을 수 없었다. 수많은 가로등 불빛이 360도 파노라마 영상처럼 눈앞에서 현란하게 빛났다. 에어백은 터지지 않았다. 주마등처럼 지난날들이 머릿속을 스쳐 지나가는 가운데, 문득 어차피 오래 버틸 수 없는 삶이라면 이참에 끝내는 게 덜 피곤하겠다는 생각이 들었다.

• 컨버터블의 지붕을 덮은 방수천.

한 달 전, 내 생에 처음으로 괜찮은 인생이 펼쳐지려 하고 있었다. 가전제품 제조기업 HT가 홍보실을 확대 개편하며 내게 콘텐츠 제작 및 기획을 맡아보지 않겠느냐는 제안을 했다. 직급은 부장이었다. HT 홍보실 이범우 부장이라고 새겨진 명함을 상상하니 가슴이 뛰었다. 오랜 세월 꼬인 내 인생을 반전할 파격적인 제안이었다. 군 제대 이후 이십 년 가까이 경험해보지 못한 조직 생활이 조금 걱정됐지만, 거절할 이유를 찾는 일은 사치였다. 낙하산이라는 뒷말을 피하진 못하겠지만, 낙하산 줄이 조직의 꼭대기에 닿은 단단한 줄이어서 박힌 돌들이 대놓고 나를 밀어내긴 어려울 것이라는 계산이 섰다. 최근 HT의 기업 이미지 제고에 내가 기여한 공이 박힌 돌들보다 많으면 많았지 적진 않을 테니 낙하산의 명분도 충분했다.

내 낙하산 줄인 나재필 HT 회장은 샐러리맨 출신으로 맨땅에서 중소기업이었던 HT의 규모를 대기업 턱밑까지 키운 입지전적인 인물이다. 그는 지방 국립대 전자공학과를 고학으로 졸업한 뒤, 대기업 여산그룹의 가전 계열사 여산전자에 입사했다. 그는 성실함과 실력을 인정받았지만, 남들이 꺼리는 부서로 배치되고 누구도 원하지 않는 업무를 떠맡는 등 인사 때마다 소외됐다. 사내 정치에 관심이 없었던 그의 주변은 적막했다. 끌어줄 인맥이나 학맥이 없는 조직에서 한계를 절감한 그는 자의 반 타의 반 독립을 선택했다.

1 끝

그가 퇴사하며 주목한 시장은 대기업이 관심을 가지지 않는 이·미용 기기, 특히 헤어드라이어 시장이었다. 야근 후 자주 들렀던 사우나에서 사용했던 헤어드라이어에서 나는 머리카락 탄내가 마음에 들지 않았던 게 이유였다. 나 회장은 이십 년 전 퇴직금과 대출금을 끌어모아 HT의 전신인 헤어테크(Hair Tech)를 설립하며 중소기업이 난립한 헤어드라이어 시장으로 뛰어들었다. 레드오션 같지만, 제품만 제대로 만들면 충분히 승산이 있다는 게 나 회장의 계산이었다.

헤어테크는 모발 열 손상 보호, 정교한 풍량 조절, 가벼운 무게 등 타사보다 앞선 기술력을 바탕으로 국내 헤어드라이어 시장을 단시간에 석권했다. 국내에서 경쟁자를 찾을 수 없게 된 헤어테크는 해외로 눈을 돌렸다. 헤어테크는 세계적인 디자이너와 협업해 간결하면서도 파격적인 디자인을 가진 제품을 잇달아 선보여 아시아는 물론 유럽 시장에서도 날개 돋친 듯 팔렸다. 국내외 언론이 앞다퉈 나 회장의 행보에 주목했고, 많은 젊은 기업인들이 그를 우상으로 꼽으며 벤치마킹했다.

나 회장은 성공을 오래 즐기지 못하는 성격의 소유자였다. 그는 고심 끝에 자신이 한때 몸담았던 여산전자를 인수하기로 결정했다. 십 년 넘게 적자 상태인 여산전자는 여산그룹의 골칫덩어리였지만, 헤어테크보다 규모와 매출액이 훨씬 큰 기업이었다. 다윗이 골리앗을 삼키는 꼴이었다. 여산전자는 실제 가

치보다 헐값에 시장에 나왔지만, 끌어안아야 할 부채가 인수 금액의 몇 배였다. 나 회장은 회삿돈 이상으로 사재를 투입해 여산전자를 인수하며 헤어테크가 흔들리는 상황을 피했다. 과감하면서도 책임감 있는 나 회장의 행보에 당초 여산전자 인수를 반대했던 헤어테크 주주들은 지지 의견으로 돌아섰다. 나 회장을 점령군으로 여겼던 여산전자 구성원들도 그가 한때 같은 식구가 아니었느냐며 불안감을 덜었다. 나 회장은 헤어테크에 여산전자를 인수·합병하며 기업 이름을 HT(Highest Technology)로 바꿨다. HT는 단숨에 중견기업에서 자산규모 기준 50위권의 준대기업으로 발돋움했다. 스스로 나와야 했던 첫 직장을 인수하며 CEO로 금의환향한 샐러리맨. 나 회장은 성공한 샐러리맨 출신의 경영자를 넘어 재계의 신화적인 존재로 떠올랐다.

기업의 규모가 커지자 동종업계의 견제도 심해졌다. 헤어드라이어나 만들던 기업이 무엇을 할 수 있겠냐는 비아냥거림은 예사였고, 나 회장을 향한 근거 없는 흑색선전까지 판을 쳤다. HT가 경쟁업체의 임원과 연구원을 거액을 들여 스카우트하자, 해당 업체가 HT를 상대로 기술을 훔쳤다며 소송을 거는 등 법정 안팎에서도 치열한 공방이 벌어졌다. 경쟁업체 수준의 대언론 홍보 담당 부서를 아직 갖추지 못한 HT는 자사에 유리한 여론을 만들어내지 못했다. 이런 가운데 출간된 나 회장의 자서전은 HT를 향한 호의적인 여론을 조성하는 데 결정적인 역할을 했다. 나 회장의 극적인 인생 역정, 담대하면서도 소탈한 성격을 잘 드러낸 자서전은 출간 직후 베스트셀러에 오른 데 이어 다큐멘터리로도 제작돼 방송을 타 화제를 모았다. 나 회장은 젊은 기업인들을 넘어 청년층 사이에서도 도전과 희망의 아이콘으로 떠올랐다. 이는 자연스럽게 HT의 기업 이미지 제고로 이어졌다. 나는 나 회장 자서전의 대필 작가였다.

세상에 존재하는 수많은 작가 가운데, 자신의 존재를 밝힐 수 없는 글을 쓰는 대필 작가를 꿈꿨던 이는 없다. 나 역시 대필은 다급한 생계 수단이었다. 내 작가 인생, 아니 대필 인생은 엉뚱한 계기로 시작됐다. 서울 소재 그럭저럭 괜찮은 대학교 법대 출신인 나는 이십 대 전부를 고시생으로 보내며 사법시험을 준비했다. 신입생 시절에 같은 과에서 만나 캠퍼스커플로 인연을 맺어 함께 이십 대를 보낸 유민도 나와 마찬가지였다. 고시생 커플의 마지막 모습은 둘 중 하나다. 둘 다 고시에 붙어 결혼까지 골인하거나, 아니면 먼저 붙은 사람이 떨어진 사람에게 이별을 통보하거나. 전자보다 후자가 훨씬 많은데, 나도 거기에 하나를 보탰다. 유민은 사법연수원에 입소한 지 불과 보름 만에 내게 이별을 통보했다. 귀찮은 혹을 떼어버리듯 차가운 목소리를 담은 전화 한 통이 전부였다. 십 년 연애의 허무한 마지막이었다.

한 선배가 반지하 원룸에서 술로 세월을 보내는 나를 찾아와 무엇이든 써보라고 권했다. 일상과 감정을 기록하는 행위가 자기 치유에 효과가 있다는 선배의 조언은 힘내라는 입에 발린 말보다 신선하게 들렸다. 나는 속는 셈 치고 선배의 말을 따랐다. 처음에 작은 메모로 출발한 글쓰기는 일기, 산문에 이어 소설 쓰기로 발전했다. 선배의 조언대로 글쓰기는 마음을 다스리는 데 효과가 있었을 뿐만 아니라 매우 즐거웠다. 나는 몰랐던 재능을 발견한 듯 흥분했다. 인터넷 커뮤니티 게시판에 몇 차례 올린 짧은 소설이 좋은 반응을 얻자 자신감이 생긴 나는 고시 공부까지 뒤로 미루고 소설 쓰기에 매달렸다. 나는 고시 공부만 하다가 아무것도 이루지 못한 채 마흔을 넘긴 내 앞에 무슨 일들이 펼쳐질지 상상하며 노트북 키보드를 두드렸다. 그 과정은 때로는 끔찍했고, 때로는 슬펐으며, 때로는 짜릿했다.

　몇 달 후 나는 장편 분량의 원고를 완성해 출판사 수십 곳에 투고했다. 아무런 답변을 주지 않는 출판사가 다수였다. 답변을 준 소수의 출판사도 자사와 방향이 맞지 않아 출간이 어렵다는 의견만 내게 전할 뿐이었다. 낙담한 나는 별생각 없이 접수 마감을 코앞에 둔 한 장편소설 공모에 원고를 보냈다. 상금 1억 원. 내가 지금까지 만져보지 못한 거금을 내건 공모였다. 투고한 모든 출판사로부터 퇴짜를 맞은 문학 비전공자의 어설픈 작품이 당선될지도 모른다는 기대는 처음부터 없었다. 그저 쓴 게 아까워서 공모에 원고를 보냈을 뿐이다. 그 원고가 나를 작가로 만들 줄은, 그리고 내 인생에 대필 작가라는 족쇄를 채울 줄은 꿈에도 몰랐다. 어쨌든 내 신분은 느닷없이 고시생에서 작가로 바뀌었다. 그사이에 동문회는 휴대전화 문자메시지로 유민이 검사로 임용됐다는 소식을 전했다.

데뷔는 화려했다. 첫 장편소설로 상금 1억 원 문학상을 거머쥔 천재 신인 작가. 판타지 문학의 경계를 허문 새로운 소설의 출현. 한국적 판타지의 외연을 넓힌 문제작. 내 앞에 펼쳐질지 모를 불안한 미래를 사실적으로 그린 소설이 세간에선 판타지라는 평가를 받았다. 처음엔 그런 평가에 당혹했지만, 딱히 잘못된 평가도 아니었다. 하찮은 장수 고시생이 갑자기 천재 신인 작가 소리를 듣는 지금 상황이 판타지가 아니면 무엇이란 말인가. 내 인터뷰가 실린 대학 동문회보를 펼쳐보며 유민이 지금 어떤 기분을 느끼고 있을지 궁금해졌다. 혹시 유민이 내게 다시 연락하지 않을까 하는 기대도 잠깐 했지만, 들려온 건 유민의 결혼 소식이었다. 결혼 상대는 사법연수원에서 동기로 만난 두 살 연상의 변호사였다. 결혼 준비로 내 소식 따위는 궁금할 여유도 없을 유민을 생각하자 입맛이 썼다. 십 년을 연애하고도 보름 만에 이별 통보를 할 수 있고, 그보다 훨씬 짧은 기간을 만나고도 결혼을 결정할 수 있는 현실. 함께 이별했지만, 이별의 아픔은 온전히 내 몫임을 다시금 아프게 깨달았다. 앞으로 나는 다시 연애하기가 쉽지 않겠다고 예감했다.

화려한 데뷔가 화려한 미래로 이어지진 않았다. 내게 새로운 작품을 써달라고 청탁하는 출판사가 줄을 이을 것이란 기대는 망상이었다. 처음에 느긋하게 청탁 전화를 기다렸던 나는 일 년 넘게 기다려도 청탁이 없자 마음이 조급해졌다. 상금으로 반지하 원룸 월세방에서 벗어난 나는 투룸 전세를 얻어 방 하나를 작업실로 삼아 새 작품을 집필했다. 이를 여러 출판사에 투고했지만, 반응을 보이는 출판사가 단 한 곳도 없었다. 내심 믿었던 수상 경력은 아무런 도움도 되지 못했다. 다급해진 나는 장편소설 공모에도 문을 두드렸지만, 처음 같은 행운은 내게 다시 찾아오지 않았다.

나는 수상 후 이 년이 흐른 뒤에야 첫 청탁 전화를 받았다. 초선 국회의원 자서전 대필에 보수는 300만 원. 첫 청탁이 대필이란 사실에 굴욕감을 느꼈으나, 서울의 투룸 전세를 수도권의 원룸 전세로 좁힌 마당에 선택의 여지는 없었다. 대필 경력이 없으면 100만 원 수준인데, 나는 수상 경력 때문에 더 많은 보수가 책정됐다는 말을 들었다. 새 작품 출간에는 쓸모없던 수상 경력이 대필에서 내 가치를 높여줬다. 웃어야 할 일인지 울어야 할 일인지 헷갈렸다.

나는 십여 차례에 걸쳐 대필을 의뢰한 의원의 자택을 찾았다. 그의 인생사를 듣고 기록하는 일은 지루했다. 지역에서 손꼽히는 명문가에서 태어난 그는 일류대 경제학과에 입학해 졸업하기도 전에 행정고시에 합격했다. 수십 년간 공직에서 일했던 그는 차관까지 지낸 뒤 물러나 고향에서 금배지를 달았다. '소년 등과한 사람치고 좋게 죽은 사람이 없다(小年登科 不得好死)'는 옛말은 그와 상관없었다. 부침 없이 평생 꽃길만 걸어서 흥미로운 이야기를 찾아볼 수 없는 심심한 인물이었다. 그가 왜 소설을 쓰는 내게 자서전 대필을 부탁했는지 알 것 같았다. 소설 집필이든 자서전 대필이든 다른 사람의 인생을 각색해 매력적으로 풀어내야 한다는 점에선 매한가지니까.

일단 나는 그에게서 듣고 정리한 인생사로 자서전의 뼈대를 세웠다. 그 위에 언론을 통해 공개된 각종 인터뷰 기사, 그가 지역구에서 이룬 업적과 공약 등을 참조해 살을 붙이고 적당히 양념을 쳤다. 그럭저럭 나쁘지 않은 결과물이 나왔고, 그는 출판기념회를 통해 상당한 정치자금을 모을 수 있었다. 출판기념회를 치른 그는 비서관을 통해 내게 고마움을 표하며 200만 원을 더 보냈다. 500만 원. 내가 작가가 된 후 글을 팔아 처음으로 번 돈이었다. 집필을 마치는 데 넉 달이 들었으니 한 달 평균 125만 원을 번 셈이다. 그사이에 들어간 교통비 등 부대비용을 제외하면 한 달 순수익은 70만 원이 겨우 넘었다. 편의점 한 달 알바비도 되지 않았다. 무언가를 찾아 나서는 도전은 언제나 초심자의 행운으로 시작해, 반드시 가혹한 시험으로 끝을 맺는다. 파울로 코엘료의 장편소설 《연금술사》에 나오는 유명한 구절이 내 머릿속에서 무겁게 울렸다. 그제야 나는 지옥에 제 발로 걸어들어왔음을 실감했다.

　이후 본격적인 대필 인생이 펼쳐졌다. 자서전은 물론 에세이, 과학, 철학, 인문 심지어 자기계발서까지 종류를 가리지 않고 대필을 맡았다. 내가 잘 모르는 분야의 글을 대필할 때는 가까운 공공도서관에 살다시피 하며 관련 서적들을 독파했다. 이름을 밝힐 수 없는 집필 노동의 결과물들이 쌓일 때마다 자괴감이 들었다. 나는 대필을 통해 쌓은 다양한 분야의 지식과 필력이 언젠가 내 작품을 쓰는 데 도움을 줄 것이란 자위로 자괴감을 달랬다. 하지만 내 작품 집필에 집중할 틈도 없이 꾸준하게 대필 청탁이 들어왔고, 경제적으로 불안한 내게는 청탁을 거절할 용기가 없었다. 멈출 수 없는 쳇바퀴를 굴리는 듯한 삶이었다. HT의 홍보실 영입 제안은 내 오랜 경제적 불안감과 자괴감을 단번에 해소해줄 절호의 기회였다.

　나는 입사에 필요한 서류를 준비하며 처음으로 나를 위한 자기소개서를 작성했다. 내게는 자기소개서를 채울 이야깃거리가 별로 없었다. 다른 사람의 인생을 대필하는 사이에 내 인생이 비어버렸던 것이다. 나 회장의 낙하산인 내게 서류 제출은 요식행위에 불과하다는 걸 알면서도, 나는 자기소개서를 다른 대필 작가에게 맡기고 싶다는 충동에 시달렸다. 더불어 마흔이 돼서야 비로소 진짜 내 인생을 시작할 수 있게 됐다는 생각에 만감이 교차했다. 임원 면접은 훈훈한 분위기 속에서 진행됐다.

"앞에 계셔서 하는 말이 아니라, 작가님 덕분에 회장님 이미지뿐만 아니라 회사 이미지도 정말 좋아졌습니다. 이렇게 한솥밥을 먹게 돼 반갑습니다."

"저는 그저 할 일을 한 것뿐이라서……."

면접에 참여한 임원들은 내가 나 회장의 낙하산이자 자서전 대필 작가임을 이미 잘 알고 있었다. 임원들은 돌아가며 내게 HT의 홍보를 위한 좋은 콘텐츠를 기획해달라고 당부했다. 혹시나 하며 걱정했던 민감한 질문은 없었다.

"앞으로 회사 홍보 전략을 세우는 일이 훨씬 수월해질 거라고 기대하고 있습니다. HT의 새 식구가 되신 걸 환영합니다."

내가 받게 될 연봉은 세전 9,500만 원이었다. 내가 첫 작품으로 장편소설 공모에 당선돼 받은 상금과 맞먹는 돈이 매년 내 통장에 꽂힌다고 생각하니 온몸에 전율이 일었다.

입사를 위한 마지막 절차는 신체검사였다. 나는 HT가 지정한 병원에서 신장, 체중, 청력, 혈압, 시력, 구강검진, 혈액검사, 소변검사 등을 받았다. 술은 종종 마시지만 담배는 피우지 않고, 가벼운 운동도 규칙적으로 꾸준히 해온 터라 건강에는 나름대로 자신이 있었다. 다만 군 입대 이후 이십여 년 만에 처음

받는 신체검사이다 보니 나는 검사 내내 긴장한 표정을 풀지 못했다. 다행히 결과가 당일에 바로 나오지 않는 혈액검사와 소변검사를 제외한 나머지는 모두 정상이었다.

병원에서 검사를 마친 나는 장한평의 한 중고차매장으로 향했다. 대기업 계열사가 직접 운영하는 매장이라 다른 곳보다 차량 가격이 센 편이었지만, 그만큼 확실한 매물을 보증한다는 광고에 혹했다. 한 번도 내 명의로 차를 가져본 일이 없고, 신차를 살 여유도 없는 나로서는 직영 중고차매장이 답이었다. 매장에 전시된 여러 중고차를 살피던 나는 2009년식 흰색 미니 쿠퍼 컨버터블 앞에서 발걸음을 멈췄다. 내 마음을 읽은 딜러가 차에 올라 시동을 걸고 소프트탑 오픈 버튼을 눌렀다. 소프트탑이 마치 이등병이 모포를 개듯 각을 맞춰 차곡차곡 뒤로 접혔다.

"고객님, 살면서 한 번쯤은 지붕이 열리는 차를 타고 폼 나게 도로 위를 달려봐야 하지 않겠습니까?"

"제 나이에 이런 차는 부담스럽지 않나요?"

"개그맨 박명수가 남긴 명언이 있지 않습니까. 늦었다는 생각이 들 때가 정말 늦은 거라고. 그리고 이 차는 연식에 비해 주행거리도 짧은 편입니다. 이런 물건 찾기가 쉽지 않을걸요?"

계기판에 표시된 주행거리는 8만 6,042킬로미터. 딜러 말대로 연식 대비 주행거리가 짧은 편이었다. 더 나이가 들면 이런 차를 타고 싶어도 타지 못할 것 같다는 조바심이 들었다. 매매가는 1,100만 원. 보험 가입비용과 차량 등록비용 등을 더하면 200만 원 정도 더 필요했다. 지난 십 년간 매달 부은 적금을 깨니 이자를 포함해 약 1,500만 원이 생겼다. 나는 매장에서 전액 현금으로 차를 구입하고 보험 가입까지 마쳤다.

매장 밖으로 차를 몰고 나온 나는 가까운 공터에 잠시 정차했다. 나는 운전석을 뒤로 젖히고 소프트탑 오픈 버튼을 눌렀다. 지붕이 열린 차에서 올려다본 초겨울 하늘은 지금까지 본 하늘 중 가장 맑고 파랬다. 찬바람이 강하게 부는 터라 오래 지붕을 열어둘 수 없었다. 나는 이 차의 지붕을 열고 다가올 봄에 벚꽃이 만개한 도로 위를 달리는 내 모습을 상상했다. 그땐 조수석이 비어 있지 않기를 바랐다. 나는 입사 서류를 챙기던 인사팀 여직원을 떠올렸다.

"작가님, 아니 이제는 이 부장님이라고 불러야겠죠? 예전에 작가님이 쓰신 소설을 정말 감명 깊게 읽었는데, 이렇게 같은 회사에서 인연을 맺게 돼 영광이에요."

그녀는 놀랍게도 내 첫 작품을 재밌게 읽었다는 독자였다. 이미 사내에 내가 어떤 사람인지 소문이 꽤 퍼진 모양이었다. 얼굴로 짐작되는 그녀의 나이는 삼십 대 중반, 수수한 인상과 밝은 미소가 기억에 오래 남았다. 나는 그 나이라면 이미 결혼한 여자일 테니 쓸데없는 관심을 가지지 말자고 다짐하면서도 괜한 미련을 버리지 못했다. 오랫동안 죽어 있던 연애 세포가 되살아나는 소리가 들렸다.

나는 글이 잘 써지지 않을 때마다 유튜브에서 역관광* 동영상을 찾아보곤 했다. 자기 밑으로 들어온 신입사원이 회사 대표의 자식이란 사실을 모르고 괴롭혔다가 궁지에 몰린 선임 직원, 군대 시절에 집요하게 괴롭혔던 후임을 사회에서 중요한 거래처 직원으로 만나 갑질을 당한 영업사원, 싸움 실력을 숨긴 모범생을 잘못 건드렸다가 당하는 일진 등 역관광 동영상 대부분은 작위적이고 자극적인 내용을 담고 있었다. 편집이나 배경음악도 성의가 없었다. 그런데도 역관광 동영상의 조회 수는 상당했다. 알렉상드르 뒤마의 《몬테크리스토 백작》이래 복수극은 이백 년 가까이 끊임없이 재생산되며 좀처럼 실패하기 힘든 이야기 구조임을 증명해왔다. 욕을 먹으면서도 높은 시청률을 자랑하는 막장 드라마도 따지고 보면 복수극의 전형 아닌가. 역관광 동영상은 철저하게 복수극 구조를 따르면서도 짧아서 부담 없이 즐기고 버리기에 좋은 콘텐츠였다. 그중에서도 내가 가장 즐겨 본 역관광 동영상은 연인을 배신하고 떠났다가 후회하는 내용을 담은 영상이었다. 사귀던 남자를 버리고 조건

* 상대방을 공격했는데 오히려 자기가 크게 당하는 경우를 가리키는 은어.

만 좋은 남자와 결혼했다가 사랑받지 못해 후회하는 여자, 미래가 불안정하다는 이유로 남자를 버렸다가 남자가 성공하자 다시 받아달라고 애걸복걸하는 여자, 바람을 피워 남자에게 상처를 줬다가 자신도 남자의 바람 때문에 뒤통수를 맞은 여자 등을 그린 동영상을 보며 나는 값싼 대리만족을 얻었다. 사랑보다 미움이 앞선 삶은 지질하고 각박했다.

차를 산 다음 날 오후, 내게 역관광 동영상의 소재로 쓸 만한 일이 벌어졌다. 포털사이트의 미니 쿠퍼 동호회에 가입해 차에 관한 이런저런 정보를 알아보던 내게 휴대전화에 저장돼 있지 않은 번호로 전화가 걸려왔다. 나는 HT 측의 연락이 아닌가 싶어 급히 통화 버튼을 눌렀다. 전화를 받자 상대방이 조심스러운 목소리로 내게 물었다. 젊은 여성의 목소리였다.

"혹시 이범우 씨 휴대전화 아닌가요?"

"맞습니다만, 누구시죠?"

"오빠, 저예요. 유정이. 전화번호가 지금도 그대로일 줄은 몰랐어요. 그동안 잘 지내셨어요?"

십 수 년 만에 듣는 목소리였다. 유정은 유민보다 열한 살 어린 동생으로 나를 친오빠처럼 잘 따랐었다. 여동생이 없는 나도 유정을 친동생처럼 아끼고 귀여워했다. 그 때문에 나는 유민과 헤어지고도 유정을 꽤 오랫동안 그리워했다. 유정의 나이를 더듬어보니 스물여덟 살이었다. 처음 만났을 때 꼬마였던 유정이 곧 서른이라는 사실이 믿기지 않았다. 나는 반가운 마음을 숨기며 일부러 차가운 목소리로 대꾸했다.

"잘 지냈다는 말은 못 하겠다. 갑자기 무슨 일이지?"

"어떻게 지내시는지 궁금했어요. 지금도 소설 쓰고 계시죠? 오빠가 상을 받은 소설을 사서 읽어본 일이 있어요. 재미있게 잘 읽었어요."

아마도 유민 때문에 내게 연락한 게 아닌가 싶었다. 나는 유치하게 센 척을 했다.

"이제 새 작품을 쓰기 어려운 처지가 될 것 같아. 곧 HT에서 콘텐츠 제작과 기획을 맡을 예정이거든. 얼마 전에 HT 홍보실 부장으로 스카우트됐다."

유정에게 나는 구체적인 부서와 직급을 언급하며 스카우트라는 단어에 힘을 줬다. 하마터면 연봉까지도 말할 뻔했다. 나는 내 입사 서류를 챙기던 여직원의 미소를 떠올리며 유치한 거짓말까지 더했다.

"지금 만나는 사람도 있어. 너와 나이가 비슷하겠네."

"그러시구나……. 축하드려요. 잘됐네요."

"나이 들어서 오랫동안 하지 않았던 연애를 다시 하려니 쉽지 않네. 나보다 한참 어린 여자여서 그런지 은근히 세대 차이도 느껴져 피곤하고."

거짓말 위에 또 다른 거짓말이 보태졌다. 유정은 침묵했다.

1 끝

나는 더 유치한 거짓말을 하고 싶지 않아 먼저 침묵을 깨며 본론으로 들어갔다.

"유정아, 쓸데없이 말 돌리지 말자. 유민이 때문에 연락했지?"

휴대전화 너머로 유정이 흐느끼는 소리가 들렸다. 나는 당황했지만 내버려뒀다. 유민에게 무슨 일이 생긴 게 분명했다. 내 속에서 올라오는 감정은 어이없게도 걱정이었다. 가장 힘들었던 시절에 매몰차게 떠난 여자를 걱정하다니. 나도 참 속이 없는 놈이었다. 유정이 흐느낌을 삼키며 내게 말했다.

"오빠, 정말 죄송하고 예의가 아니란 걸 잘 아는데 언니 좀 살려주세요."

유정은 내게 유민이 심각한 우울증과 공황장애를 앓고 있다고 털어놓았다. 그러면 그렇지. 나는 유정의 말에 쓴웃음을 흘렸다. 유민에 관한 소문은 이미 대학 동기들 사이에 파다하게 퍼져 있어 내 귀에도 들려온 터였다.

유민의 결혼 생활은 순탄하지 않았다. 유민은 인사 때마다 임지가 바뀌어 전국 곳곳을 장돌뱅이처럼 떠돌았다. 남편을 사랑했지만, 조직에서 성공하려는 욕심도 컸던 유민은 변호사 개업은 생각하지 않고 일에 몰두했다. 그사이에 유민의 남편은 서초동 법조타운에서 금융, 조세 분야의 잘나가는 변호사로 자리매김했다. 자연스럽게 둘은 주말부부가 됐다. 둘 사이에 아이가 생기지 않고 서로 떨어져 지내는 시간도 점점 길어지자, 유민의 남편은 먼 곳에 있는 아내 대신 눈앞에 보이는 여자에게로 시선을 돌렸다. 그와 같은 로펌에서 근무하는 여덟 살 연하의 변호사였다. 유민은 남편의 마음을 되돌리고자 인사 불이익을 감수하고 휴직까지 하며 그에게 매달렸다. 그러자 그는 자신도 더 늦기 전에 후회 없이 사랑해보고 싶다며 유민에게 이혼을 요구했다. 자신을 평생 미워하면서 살라는 말까지 덧붙이며. 유민은 남편의 요구를 일축하며 그의 뒤를 밟았다. 그 모습에 질린 남편의 선택은 별거였다. 별거는 몇 년간 계속됐다. 여기까지가 내가 들은 유민에 관한 소문의 전부다.

소문을 들은 나는 잊어버렸던 기억을 되살렸다. 유민이 나를 버리고 새로 시작했던 연애는 을의 연애였다. 그 사실이 나를 더욱 비참하게 만들었다. 나는 유민과 연애할 때 철저히 을의 연애를 했고, 그것이 남자로서 당연하다고 여겼다. 유민과 함께 사법연수원에 들어간 후배는 술자리에서 내게 유민이 나를 떠나기 전부터 다른 남자를 쫓아다녔다고 털어놓았다. 나는 믿을 수 없었다. 누구보다 예민하고 자존심 강한 유민이 다른 남자에게 먼저 매달리는 모습을 상상할 수 없었기 때문이다. 내가 후배에게 그럴 리가 없다며 손사래를 치자 옆자리에 있던 선배가 빈 술잔을 테이블에 내리쳤다. 선배의 입에서 나온 말은 나를 더욱 충격에 빠트렸다.

"범우야, 이제 그만 정신 차려라. 내가 유민이에게 이별에도 예의가 필요한 법이라고 충고하니까 개가 뭐라는지 아냐? 눈을 부릅뜨며 나한테 자기는 사랑을 하면 안 되냐고 대들더라. 하도 어이가 없어서 범우는 너한테 도대체 뭐냐고 따지려다가 참았다. 너도 더 이상 개한테 미련 가지지 마라. 여자는 한번 돌아서면 끝이다."

내가 아는 유민이 아니었다. 그날 술자리에서 유민을 가장 모르는 사람은 나였다. 유민에게 나는 무엇이었을까. 처음에 이별 통보를 받았을 때, 나는 어떻게든 유민의 선택을 이해하려고 노력했다. 심지어 나는 유민이 먼저 이별 통보를 하기 전에, 내가 유민의 미래를 위해 먼저 곁에서 물러나는 게 옳았다며 자책하기도 했다. 진실은 잔인했다. 나는 연애 먹이사슬의 밑바닥에 깔린, 버려도 그만인 존재일 뿐이었다. 그날 나는 이십 대 전부를 도둑맞았다고 한탄하며 쓰러질 때까지 폭음했다. 아무도 나를 말리지 않았다. 사랑을 찾아 떠나겠다며 나를 버렸던 유민이 오랜 시간이 흐른 뒤에 자신이 했던 말을 남편에게서 그대로 돌려받았다. 우스웠다. 알 수 없는 게 인생이었다.

"오빠에게 염치없는 짓이란 걸 정말 잘 아는데요. 언니가 늦었지만 만나서 꼭 미안하다는 말을 전하고 싶대요. 오빠를 그때 그렇게 버리고 떠나면 안 되는 거였다면서."

미안하다……. 나는 유정의 말을 더 듣지 않고 통화 종료 버튼을 눌렀다. 내게 역관광 동영상과 비슷한 상황이 오면 통쾌

할 줄 알았는데 기분이 몹시 더러워졌다. 더불어 나는 불길한 예감에 사로잡혔다. 유민과 사귀던 시절, 유민이 아프면 희한하게 나도 같이 아팠다. 유민은 그런 나를 보고 우리 사이는 운명이라며 은근히 내 아픔을 즐겼었다.

불길한 예감은 다음 날 현실이 됐다. 이틀 전 입사 신체검사를 진행했던 병원 측 관계자가 혈액검사에서 이상소견을 발견했으니 대장내시경 검사를 받아보라고 내게 연락해왔다. 혈액검사에 포함된 종양표지자 검사에서 CEA(Carcinoembryonic Antigen) 수치가 지나치게 높게 나왔다는 설명이었다. 암이 생기면 특정 물질이 혈액 내에 증가하는데 이런 물질을 종양표지자라고 부른다. 그중에서도 CEA 수치는 대장암을 비롯해 소화기암, 폐암, 간암 등과 전이된 암종이 발생했을 때 상승한다. 관계자는 CEA 수치만으로 대장암을 선별할 수 없다고 했지만, 암이라는 단어가 증폭시킨 내 불안감을 덜어주지는 못했다. 대장내시경 검사를 예약하며 전화를 끊은 나는 지독한 현기증을 느꼈다.

그날 이후 나는 검사일 전까지 온종일 노트북 앞에 앉아 미친 듯이 웹서핑을 하며 대장암에 관한 정보를 찾았다. 대장암은 초기에 별다른 자각증상이 없어 주기적으로 검진을 받지 않으면 조기 발견이 어렵다. 대장암의 주요 증상은 복통, 설사, 혈변 등인데 이는 3기 이상으로 진행된 암에서 나타난다. 내겐 그런

증상이 없었다. 다만 몇 년 전부터 소화가 잘 안 돼 소화제를 습관처럼 먹어온 게 마음에 걸렸다. 나는 소화불량을 그저 나이 탓으로 여겼다. 발병 사례를 살펴보면 소화불량 외에는 아무런 증상이 없었는데 말기로 진단받은 경우도 보였다. 그런 사례를 볼 때마다 속이 쓰려왔다.

대장암의 발병 원인은 명확하지 않았다. 유전적인 요인과 환경적인 요인이 복합적으로 작용하는 질병이란 게 지금까지 나온 연구 결과였다. 식습관 중에서 특히 육류 섭취가 발병과 큰 연관이 있고, 정확하게는 동물성 지방의 과다 섭취가 주된 발병 원인으로 꼽혔다. 극심한 스트레스와 수면 부족, 음주와 흡연, 가족력도 무시할 수 없는 발병 원인이었다. 연령대별로 살펴보면 오륙십 대가 발병률이 높았다. 내게 해당하는 부분은 극심한 스트레스, 음주 정도였다. 나는 이 정도 원인으로 대장암을 피할 수 없다면 세상천지에 환자가 널려 있을 것이라며 불안감을 달랬다.

대장암은 자각증상이 거의 없는데도 다른 암보다 생존율이 높다. 이는 직장에서 정기적으로 이뤄지는 건강검진 때문이다. 대장내시경은 대장암을 가장 확실하게 조기 발견할 수 있는 검사이고, 검사 중에 암으로 진행되기 전 단계인 용종 제거가 이뤄진다. 직장인이 아닌 나는 지금까지 단 한 번도 대장내시경 검사를 받은 일이 없었고 받을 생각조차 해보지 않았다. 그 사실이 검사 전까지 내내 마음에 걸렸다.

검사 당일 오후에 다시 찾은 병원 건물은 내게 위압적으로 다가왔다. 새벽부터 부자연스러운 인공향료 냄새를 풍기는 역겨운 정장제로 속을 비운 장에서 크게 꾸르륵 소리가 울렸다. 나는 환자복을 입은 뒤 잠시 대기하다가 병상에 누웠다. 천장을 바라보니 정말 죽을병에라도 걸린 듯한 기분이 들어 마음이 무거워졌다. 의사가 내게 혈관에 수면 마취약을 주사한다고 말했다. 잠시 후 간호사들이 내가 누워 있는 병상을 바깥으로 옮기기 시작했다. 당황한 나는 간호사에게 왜 검사를 하지 않느냐고 물었다. 간호사는 내게 이미 검사가 끝났다고 답했다. 내가 잠시 눈을 깜빡였다고 느낀 사이에 한 시간이 흘러가버렸다. 수면 마취약의 효과는 거짓말처럼 놀라웠다. 놀라움도 잠시, 의사는 더 큰 병원으로 가서 정밀 검사를 받아보라며 대장암이 의심된다는 소견서를 썼다. 불안감은 절망감으로 바뀌었다.

며칠 후 나는 암 치료로 유명한 대학병원에서 정밀 검사를 받았다. 검사 결과 대장암 4기로 판정됐고, 컴퓨터 단층 촬영(CT)에서 암세포가 간과 복막으로 전이됐다는 진단이 나왔다. 현재로선 수술이 불가능한 상태였다. 의사는 내게 유전자 검사 후 항암치료를 하라고 권했다. 나는 의사에게 항암치료로 얼마나 더 살 수 있는지 솔직하게 말해달라고 부탁했다. 의사는 내 경우 통계적으로 예후가 좋지 않으며 평균 기대여명은 일이 년 정도라고 담담하게 말했다.

"완치가 불가능하다는 말은 아닙니다. 통계는 어디까지나 통계일 뿐입니다. 완치 사례도 꽤 있고요. 다만 항암치료를 하더라도 효과가 있을지 없을지는 두고 봐야 합니다. 효과가 있더라도 암세포가 다른 부위에 전이돼 다시 수술하고 약을 바꿔야 할 상황이 올 수도 있습니다."

"치료를 받지 않으면 얼마나 살 수 있나요?"

"적극적으로 치료하지 않으면 육 개월 정도로 봅니다. 상태에 따라 더 짧아질 수도 있고요."

"그렇군요……. 조금 더 생각해보고 항암치료 여부를 결정하겠습니다."

"결정은 빠를수록 좋습니다."

나는 병원 로비에 설치된 대형 거울 앞에 서서 한참 동안 내 모습을 응시했다. 겉보기에는 멀쩡하고 혈색까지 좋았다. 아픈 곳도 전혀 없었다. 이런 내가 운이 나쁘면 내년 봄에 벚꽃을 보지 못할 수도 있다니. 기가 막혀 웃음이 나왔다.

"죽음이 내 몸을 갉아먹는 줄도 모르고……. 바보처럼 먹고 살기 위해 아등바등 글을 써서 팔았구나."

당장 치료비부터 문제였다. 내겐 암보험이 없고, 모아놓은 적금도 차를 사느라 탕진했다. 설령 내가 치료비용을 마련해 항암치료를 받는다고 해도, 나를 돌봐줄 사람이 아무도 없었다.

가족은 있으나 마나였다. 평생 일만 벌이고 수습하지 못했던 아버지는 자신의 삶에 짓눌려 주변을 돌아볼 여유가 없었고, 일찌감치 의절한 동생은 소식이 끊긴 지 오래였다. 내 절박함을 누구에게도 말할 수 없는 현실이 쓸쓸하고 외로웠다.

불행은 홀로 오지 않는다. 내 신체검사 결과가 HT에 전달됐고, 인사팀은 나를 채용하는 데 난색을 보이며 민망해했다. 상식적으로 언제 죽을지 모를 사람을 채용하는 정신 나간 회사는 없을 테니 당연한 수순이었다. 내가 인생의 정상이라고 여기며 도달한 곳이 실은 낭떠러지 앞이었다. 나는 지금 그 끝에 아슬아슬하게 서 있었다. HT의 영입 제안을 받지 않았다면, 신체검사를 받을 일도 없었겠지. 그랬다면 나는 별생각 없이 살다가 죽기 전에야 병명을 알았을 테니 차라리 마음이라도 편하지 않았을까. 그런 하나 마나 한 질문을 하며 내게 남은 게 무엇인지 헤아려봤다. 전세 원룸, 흰색 미니 쿠퍼 컨버터블 그리고 언제 숨이 꺼질지 모를 죽어가는 몸뚱이뿐이었다. 이럴 때 어머니가 곁에 있었다면 내게 위로가 됐을까. 갑작스러운 대장암 판정은 세월에 묻어두고 살았던 어머니에 관한 기억을 다시 소환했다.

봄눈이 내렸던 십삼 년 전 3월 초 어느 날 밤, 119 구급차의 다급한 사이렌 소리가 점점 가깝게 들려왔다. 내 품에는 추락의 충격으로 두개골이 함몰돼 뇌수와 피를 흘리는 어머니가 안겨 있었다. 비릿한 피 냄새가 코끝을 자극했다. 어머니는 숨을 쉬지 않았고, 깨진 머리에서 뇌수가 끊임없이 흘러나왔다. 나는 희미한 가로등 불빛에 의지해 아파트 뒤편의 눈 쌓인 콘크리트 바닥에 흩어지는 어머니의 뇌수를 두 손으로 쓸어 모으며 절규했다.

2월 말에 치러진 사법시험 1차를 망친 나는 그날 오후에 고향으로 내려왔다. 집 안의 분위기는 냉랭했다. 아버지와 어머니는 서로 대화를 나누지 않은 지 오래였다. 가족을 독재하려는 아버지의 불같은 성질은 나이가 들어서도 여전했는데, 어머니는 더 이상 아버지를 겁내 하지 않았다. 불화는 불가피했다. 어머니에게 돈을 요구하며 주먹을 휘두르고 집을 나간 동생은 여전히 무소식이었다. 유민은 다가올 사법시험 2차 시험을 준비하느라 바빴다. 어디에도 내가 마음을 기댈 곳이 없었다.

어머니는 몇 달 만에 큰아들이 집으로 왔다고 이런저런 음식을 만들어놓은 터였다. 오랜만에 가족들이 식탁에 둘러앉는 자리가 마련됐고, 자연스럽게 술이 더해졌다. 문제는 술이었다. 과거에는 아버지가 술에 취하면 난폭한 모습을 보였는데, 이제는 어머니가 심하게 주사를 부렸다. 술에 취한 어머니는 아버지에게 서운했던 과거를 하나하나 들추며 시비를 걸었다. 참다 못한 아버지가 자리를 박차고 안방으로 들어갔다. 어머니가 시비를 거는 대상은 나로 바뀌었다. 어머니는 나를 붙잡고 빨리 죽고 싶다는 말을 반복하며 신세를 한탄했다. 나 역시 참지 못하고 서울로 돌아갈 짐을 챙겼다. 어머니는 현관을 나서는 내 손을 잡으며 조용히 말했다.

"지금 가면 다시는 못 볼 거다."

나는 말없이 어머니의 손을 뿌리치며 집을 나섰다. 멀어지는 내 뒷모습을 지켜보는 어머니의 시선이 느껴졌지만, 나는 뒤돌아보지 않고 발걸음을 재촉했다. 집에서 가까운 버스정류장에서 눈을 맞으며 역으로 향하는 버스를 기다리는데 전화벨이 울렸다. 아버지였다. 찬바람이 목덜미를 스쳤다. 느낌이 심상치 않았다. 불안한 마음으로 통화 버튼을 눌렀다.

"네 엄마가 떨어졌다! 네 엄마가 떨어졌어!"

"네? 그게 무슨 말이에요! 떨어지다니요!"

아버지는 아무런 설명도 없이 울부짖기만 할 뿐이었다. 나는 전화를 끊고 다급하게 집으로 뛰었다. 어머니가 떨어지다니. 설마 어머니가 아파트 창밖으로 몸을 던졌다는 말인가. 아파트 5층은 죽기에 충분한 높이였다. 숨이 가빠왔다.

아파트 뒤편 지상 주차장에 누군가 쓰러져 있었다. 나는 숨을 고르며 우리 집이 있는 아파트 5층을 올려다봤다. 아버지가 창밖으로 아래를 내려다보며 동네가 떠나가도록 울부짖고 있었다. 나는 어머니가 아니길 간절히 빌며 천천히 주차장으로 걸음을 옮겼다. 온몸이 덜덜 떨렸다. 얼굴을 확인한 나는 다리에 힘이 풀려 바닥에 주저앉고 말았다. 지금 가면 다시는 못 볼 거다. 그 말은 어머니가 살아서 내게 남긴 마지막 말이 됐다.

슬픔을 느낄 새도, 위로를 받을 새도 없었다. 그날 이후 나는 남은 사람들의 일상을 제자리로 돌리기 위해 빠르게 어머니의 흔적을 지워야 했다. 나는 병원 장례식장에 빈소를 마련한 뒤, 상복을 입은 채로 동네 관할 지구대에 출석했다. 현행법상 변사자 또는 변사의 의심이 있는 시신은 소재지 관할 지방검찰청 검사가 검시해야 한다. 검시로 사인을 규명한 후 타살 혐의가 없으면 유족에게 시신이 인도된다. 나는 어머니와 마지막 순간에 한 공간에 있었던 아버지와 내가 자칫 쓸데없는 오해를 받을 수도 있다고 우려했다. 죽은 사람은 죽은 사람이고 산 사람은 살아야 했다. 지구대에서 나는 어머니가 동생 때문에 심한 우울증을 앓고 있었으며, 이날 가족과 함께 술을 마신 뒤 충동적으로 창밖으로 몸을 던진 것 같다고 진술했다. 아버지와 어머니의 사이가 좋지 않았다는 말과 어머니가 마지막에 나를 붙잡았다는 말은 하지 않았다. 형사는 무슨 상황인지 잘 알겠다는 듯 고개를 끄덕이며 무거운 표정을 지었다. 죄책감과 안도감이 교차했다.

빈소에 모인 친척들은 조문객들에게 어머니의 사인을 갑작스러운 심장마비로 말하자고 입을 맞췄다. 병원 측은 사체검안서에 사망 종류를 자살이 아닌 기타 및 불상으로 기록했다. 이유를 알 수 없었지만, 다행이라는 생각이 들었다. 친척들에게도 내게도 자살은 슬프고 안타깝지만 남들에게 내놓고 말하기는 어려운 사인이었다. 나는 어머니의 사인을 묻는 조문객의 수만큼 거짓말을 해야만 했다. 집을 나간 동생은 여전히 연락되지 않았고, 충격을 받은 아버지는 빈소에 멍하니 앉아 움직일 줄을 몰랐다. 유민은 잠깐 빈소에 얼굴을 비춘 뒤 서울로 돌아갔다. 뒷일은 모두 내 몫이었다.

장례지도사는 어머니의 시신 상태가 나쁘니 화장을 하는 게 좋지 않겠느냐고 권유했다. 친척들은 장례지도사의 권유에 동의했지만, 아버지는 시신을 묻을 선산이 있으니 화장은 안 된다고 맞섰다. 내 의견도 오랜만에 아버지와 같았다. 염습 과정에서 확인한 시신 상태는 장례지도사의 말대로 엉망이었다. 시신 수습 과정에서 함몰된 두개골은 제자리에 맞췄지만, 뒤틀린 안면까지 복구하진 못했다. 입관 전에 마주한 어머니의 얼굴은 마치 다른 사람의 얼굴처럼 보였다. 어머니의 이마에 손을 대자 음습한 냉기가 손끝을 타고 온몸으로 퍼져나가며 뼛속으로 스며들었다. 숨이 막혔다. 너무나도 폭력적인 이별 방식이었다.

어머니의 사망 신고 역시 내 몫이었다. 신고에 앞서 나는 주민센터에서 주민등록등본 한 통을 발급받았다. 어머니의 이름은 여전히 아버지와 내 이름 사이에 있었다. 사망신고는 간단했다. 신고서에 어머니의 인적사항과 사망 연월일시 및 장소를 적고, 사체검안서를 첨부해 제출하면 끝이었다. 지나치게 간단해서 허무할 정도였다. 이로써 나는 어머니가 세상에 머문 만 사십팔 년 구 개월의 흔적을 지우는 행정절차를 모두 마쳤다.

흔적을 지운다고 내 마음속에 남겨진 죄책감까지 지울 수는 없었다. 어머니가 내게 마지막으로 남긴 말은 오랫동안 나를 그림자처럼 따라다녔다. 내가 그날 어머니의 손을 뿌리치고 떠나지 않았다면, 어머니는 그런 선택을 하지 않았을지도 모른다는 생각이 나를 끊임없이 괴롭혔다. 어머니는 내 꿈에 험악한 모습으로 자주 나타났다. 꿈속에서 어머니는 피 칠갑을 한 채 말없이 나를 노려봤다. 나는 그런 어머니 앞에 엎드려 울며 용서를 구하다가 잠에서 깨곤 했다. 그런 꿈을 꾼 날이면 온종일 아무 일도 할 수 없었다. 잠이 드는 게 두려워 며칠 밤을 지새우다가 버티지 못하고 기절하듯 쓰러지기도 했다. 그런 날에도 어머니는 피범벅이 된 채 내 꿈속으로 찾아오곤 했다. 같은 꿈이 반복되자 어머니를 향한 죄책감은 원망으로 바뀌었다.

"왜 그렇게 험한 꼴로 죽어서 저를 힘들게 하는 거예요?"

꿈속에서 나는 더 이상 어머니에게 용서를 구하지 않았다. 대신 나는 최선을 다해 어머니를 미워할 구실을 찾았다.

"어렸을 때 왜 그렇게 저를 많이 때렸던 거예요? 그 작은 애한테 때릴 데가 어디 있다고 그토록 모질게 매질을 했어요? 아버지 때문에 괴롭고 힘들면 아버지에게 따져야지, 왜 어린 나를 구박했던 거예요?"

　원치 않는 상황과 맞닥뜨렸을 때, 그런 상황과 왜 마주하게 됐는지 반성하기보다 그 상황을 적으로 만드는 게 더 쉽고 빠른 해결책이니까.

　"제가 바깥에서 맞고 들어오면 왜 맞고 들어왔냐며 야단을 치고 벌을 줬어요? 군것질하고 싶은데 용돈이 없어 동네를 돌아다니며 병을 주워 판 게 그렇게 맞을 일이었어요? 동네 아이들이 모두 유치원에 다닐 때 왜 저를 혼자 흙이나 만지고 놀게 내버려뒀어요? 학창 시절에는 왜 남들처럼 학원 한번 제대로 보내주지 않았어요? 왜 제가 잘하면 잘했다고 칭찬해주지 않았어요?"

　어머니는 말이 없었다. 나는 악에 받쳐 소리를 질렀다.

　"왜 제게 한 번도 사랑한다고 말해주지 않았어요? 도대체 왜!"

　어머니를 향한 연민보다 원망이 커질수록 괴로움의 크기도 줄어들었다. 나는 기일까지 일부러 무시하면서 어머니를 철저히 잊어버리기 위해 애를 썼다. 기일이 몇 차례 아무 일 없이 흘러간 이후, 어머니는 더 이상 내 꿈에 모습을 드러내지 않았다.

　병원에서 돌아온 나는 온라인 암 환자 커뮤니티를 돌아다니며 치료 후기를 닥치는 대로 찾아 읽었다. 항암치료와 수술 관련 후기는 많이 눈에 띄었지만, 대장암 4기에 간과 복막으로 암

1 끝

이 전이된 환자가 완치됐다는 후기는 좀처럼 찾아보기 어려웠다. 오 년 후 생존율도 매우 낮았다. 밑 빠진 독에 물 붓기가 될지도 모를 항암치료를 시도할 경제적인 여유도 없고, 가만히 앉아서 다가올 죽음의 고통을 맞이하고 싶지도 않은 나는 자살을 진지하게 고민했다. 문득 자살도 유전이 아닌지 의문이 들어 기분이 씁쓸해졌다. 나는 어머니처럼 험악하게 죽지는 않겠다고 다짐하며, 인터넷으로 누구에게도 폐를 끼치지 않고 세상에서 내 흔적을 깔끔하게 지울 수 있는 자살 방법을 찾아다녔다.

당신은 소중한 사람입니다. 당신은 그 존재만으로도 아름답고 가치 있는 사람입니다. 포기하지 마세요. 자살 예방 상담전화 1393. 한국 생명의 전화 1588-9191, 한국 자살예방협회 02-413-0892.

포털사이트에서 자살을 검색할 때마다 나오는 문구와 연락처는 내게 짜증을 불러일으켰다. 자살하는 방법에 관한 정보를 찾기가 생각보다 어려웠다. 망가진 시신이 가족이나 목격자에게 얼마나 큰 트라우마를 안기는지 누구보다 잘 아는 나는 목을 매거나 높은 곳에서 몸을 던지는 형태의 자살은 처음부터 고려하지 않았다. 시신을 온전하게 유지하는 방법으로 자살하더라도 남들 눈에 띄지 않아야 했다. 방에서 수면제를 과다복

용하거나 번개탄을 피워 일산화탄소 중독으로 죽으면 시신 상태는 멀쩡할지 몰라도 집주인에게 큰 민폐가 된다. 자동차 안에서 같은 방법으로 죽더라도 시신이 늦게 발견되면 모양새가 사나워진다. 이래저래 조건을 제한하니 생각보다 선택지가 매우 좁아졌다.

내가 원하는 조건과 부합하는 자살 방법은 딱 하나, 의료진의 도움으로 기구나 약물을 받아 스스로 목숨을 끊는 조력자살이었다. 이미 스위스에서 한국인 몇 명이 조력자살을 했고, 백 명이 넘는 사람들이 조력자살을 기다리고 있다는 뉴스가 보였다. 문제는 스위스를 제외한 거의 모든 나라에서 조력자살이 불법이란 점이었다. 내겐 스위스까지 날아갈 비행기 티켓 값이 없었다. 자신이 원하는 품위 있는 죽음을 맞이하는 데는 많은 돈이 필요했다. 죽음은 모두에게 평등하지만, 죽음에 이르는 과정까지 평등하지는 않았다.

시계가 고장 나도 시간은 흐른다. 내가 자살을 고민하며 조금 더 망가지는 사이에 새해 첫날이 밝았다. 나는 취하지 않고는 견딜 수 없어 냉장고를 열어 술을 찾았다. 술이라고는 먹다 남은 김빠진 페트병 맥주뿐이었다. 나는 떡이 진 머리카락을 모자로 감추고 점퍼를 챙겨 입은 뒤 편의점으로 향했다. 대장암 치료 후기를 찾다가 자살 방법을 고민하더니 이제는 술을 사러 편의점으로 발걸음을 옮기는 내 모습이 코미디처럼 느껴졌다.

냉장고에서 술을 고르며 가격을 살피던 내 입에서 피식 웃음이 흘러나왔다. 이제 와서 가격을 고민하는 게 무슨 의미인가. 시바스리갈, 조니워커, 잭다니엘, 발렌타인 등등. 나는 수입 맥주 캔 몇 개를 챙긴 뒤 양주 진열 코너로 가서 미니어처 양주를 몽땅 쓸어 담았다. 계산하면서 황당한 표정을 짓던 아르바이트생이 내 눈치를 보며 표정을 거뒀다.

술기운이 돌자 마음이 느긋해졌다. 나는 웃을 거리를 찾기 위해 텔레비전을 켜고 채널을 이리저리 돌렸다. 햇살이 바깥에서 창을 넘어 들어와 방 안으로 스며들었다. 태양이 눈부시게 빛났다. 저 태양이 내가 살아서 볼 마지막 태양이라고 생각하니 우울해졌다. 나는 커튼을 굳게 여민 후 미니어처 양주 한 병을 한입에 비웠다. 텔레비전 채널을 돌리는 일은 더 재미가 없었다. 나는 텔레비전의 전원을 끄고 가끔 즐기던 온라인 레이싱 게임을 시작했다. 술에 취했으니 게임이 제대로 될 리가 없었다. 나는 지금 이 세상에서 온라인으로 음주운전을 하는 놈은 나밖에 없을 거라며 낄낄거렸다. 내가 게임에서 조종하던 차는 얼마 가지도 못하고 사고로 멈춰 섰다.

멈춰 선 차를 보며 나는 죽기 괜찮은 방법을 떠올렸다. 차량 통행이 거의 없는 새벽에 만취 상태로 미니 쿠퍼 컨버터블을 자유로 몰고 나가 전속력으로 달리다가 가드레일에 정면으로 부딪쳐 죽는 거다. 그러면 다른 차에 민폐를 끼칠 일도 없고,

오가는 차도 별로 없어 사고 수습도 빠를 것이다. 경찰과 구급대원은 번거로울 테지만, 그들에겐 그게 본업 아닌가. 매일 전국 곳곳에서 벌어지는 흔한 교통사고로 위장한 깔끔한 자살. 결과가 정해진 어설픈 치킨게임을 설계한 나는 남은 술을 모조리 입에 털어 넣었다. 없는 용기를 빌릴 곳은 술뿐이었으니까.

내 생에 가장 큰 결심을 하고 술을 들이부은 탓인지 취기가 잘 오르지 않았다. 머리는 깨질 듯이 아픈데 정신은 말똥말똥했다. 지금이 아니면 다시는 이런 미친 짓을 벌이지 못할 것 같았다. 새벽 세 시를 앞두고 나는 미니 쿠퍼 컨버터블의 시동을 켰다. 자유로로 진입하기 전까지 나는 신호와 정지차선을 잘 지켰고, 규정 속도도 위반하지 않았다. 그런 내 모습을 보며 이번 치킨게임은 시작부터 실패했다는 생각이 문득 들었지만, 물러서기에는 왠지 모르게 자존심이 상했다. 자유로로 진입한 나는 가속페달을 밟으며 충돌하기 좋은 가드레일을 살폈다. 세상에 충돌하기 좋은 가드레일이 존재할 리 없었다. 차는 내 적극적 의지가 아닌 졸음운전 때문에 가드레일과 가까워졌다. 놀란 내가 급브레이크를 밟자 조수석 펜더가 가드레일에 부딪혀 순식간에 사고가 발생했다. 이건 교통사고로 위장한 자살 시도가 아닌 그저 어처구니없는 사고였다.

속도를 이기지 못하고 뱅글뱅글 돌던 차는 다시 가드레일에 부딪히며 멈췄다. 운전석에서 빠져나온 나는 가로등 불빛에 의지해 차의 상태를 살폈다. 오른쪽 펜더와 도어, 사이드미러가 떨어져 나갔고, 펑크 난 오른쪽 뒷바퀴에선 고무 타는 냄새가 났다. 불행인지 다행인지 다친 곳은 전혀 없었다. 내 계획은 완벽하게 실패했다. 지금 사고 현장으로 경찰이 출동하면 매우 곤란한 상황이 펼쳐질 것이라는 생각이 머리를 스쳤다. 지금 내 혈중알코올농도는 면허 취소 수준을 넘길 가능성이 컸다. 그렇다고 술이 깨지 않은 상태에서 내 손으로 견인차를 부를 수는 없는 노릇이었다. 차량 통행이 늘어날 시간이 다가오고 있었다. 어떻게든 차를 자유로 바깥으로 빼내야 했다. 다행히 시동이 걸렸다. 오른쪽 뒷바퀴가 터져 차가 기울어졌지만, 움직이는 데는 문제가 없었다. 나는 비상등을 켠 채 5킬로미터가량 갓길을 주행해 자유로 밖으로 빠져나왔다. 그사이에 덤프트럭 몇 대가 빠른 속도로 내 곁을 스쳐 지나갔다. 내가 만약 조금 늦게 사고를 당했다면 뒤따라온 덤프트럭에 깔려 로드킬당한 야생동물 꼴이 되지 않았을까. 온몸에 소름이 돋았다. 차를 세울 곳을 살피던 내 눈에 공터가 보였다. 나는 공터에 시동을 켠 채 차를 세우고 히터를 가동한 뒤 잠에 빠져들었다. 몇 년 만에 꿈에 다시 나타난 어머니가 피 칠갑을 한 채 말없이 나를 노려봤다. 나는 어머니를 외면했다.

나는 아침에 잠에서 깨어나자마자 견인차를 호출했다. 차의 상태를 설명하자 업체 측은 세이프티 로더*를 보내겠다고 했다. 업체 측이 부른 견인 비용은 25만 원이었다. 예상보다 비쌌지만 빨리 차의 상태를 확인하고 수리가 가능한지 알아보는 게 우선이었다. 나는 견인차를 기다리는 동안 차를 살폈다. 햇살에 비친 차의 상태는 어둠 속에서 봤을 때보다 훨씬 심각했다. 나는 엔진오일을 교체했던 수입차 전문 카센터로 차를 옮겼다. 환갑이 넘어 보이는 카센터 사장이 견인차에 실린 차의 상태를 확인하며 혀를 찼다.

"이야! 어쩌다가 차가 이 지경이 됐어요? 심각하네."

"오른쪽 뒷바퀴가 갑자기 터져서 차가 몇 바퀴 돌았습니다."

"그래도 몸은 멀쩡해 보이네. 어디 아픈 곳은 없고요?"

"다행히 다친 곳도 없고 아픈 곳도 없습니다."

"천운이네. 그래도 혹시 모르니 병원에 꼭 가요. 후유증이 언제 올지 모르니까. 몇 달 후에도 오는 게 후유증이거든. 내 말 허투루 듣지 말고. 그런데 혹시 음주?"

사장은 내게 몇 차례 술잔을 비우는 시늉을 했다. 나는 그의 눈을 피하며 아니라고 말했다. 그는 씩 웃으며 사고의 원인을 더 캐묻지 않았다. 나는 두 손을 모아 그 안에 숨을 내쉬고 냄새를 맡았다. 전날에 마신 온갖 술 냄새가 역하게 풍겼다. 나는 카센터 사무실로 들어가 찬물을 몇 잔 연거푸 마시며 입안을 헹궜다.

• 평판구조의 화물칸에 차량을 얹는 견인차.

리프트로 차체를 들어 올려 살펴본 차의 상태는 처참했다. 특히 차축은 차를 잘 모르는 내 눈으로 보기에도 심하게 틀어져 있었다. 카센터 사장이 대충 견적을 냈는데 수리 비용이 차 값보다 더 컸다. 게다가 나는 자동차보험에 가입하며 자기 차량 손해보험을 들지 않은 터라 수리비를 감당할 여력이 없었다. 내가 할 수 있는 선택은 현실적으로 폐차뿐이었다. 사장이 혀를 끌끌 찼다.

"이거 폐차해도 고철 값으로 받을 돈이 30만 원 정도밖에 안 될 텐데. 아깝네."

십 년 동안 부은 적금이 지난밤 치킨게임으로 모두 날아갔다. 지금까지 살면서 벌인 한심한 짓을 모두 모아도 이보다 한심할지 의문이었다. 망연자실한 내게 사장이 제안했다.

"어차피 폐차해봐야 고철 값도 얼마 안 나올 테니, 차라리 그 차를 제게 넘기는 게 어때요? 차에서 멀쩡한 부품을 떼어내면, 다른 차를 정비할 때 중고부품으로 쓸 수 있거든."

사장의 말은 내게 마치 더 살기 어려우니 멀쩡한 장기라도 미리 팔아서 돈을 챙기라는 말처럼 들렸다. 사장이 제시한 금액은 100만 원이었다. 내가 계좌를 불러주자 사장은 그 자리에서 바로 온라인으로 송금했다. 사장의 신속한 행동을 보며 차에서 쓸 만한 부품을 떼어내 중고로 파는 게 100만 원보다 훨씬 이득임을 쉽게 짐작할 수 있었다. 남 좋은 일만 한 꼴이지만, 저

차로 내가 지금 할 수 있는 일은 아무것도 없었다. 내 몸속에는 과연 팔아먹을 만한 장기가 있기나 할까. 어쩌면 나는 저 망가진 차보다도 가치 없는 놈일지도 모른다는 생각이 들었다.

사장은 우편으로 자동차 매매용 인감증명서를 카센터로 보내달라고 부탁하며 자신의 인적사항을 메모지에 적어줬다. 주민등록번호로 그의 나이를 헤아려보니 세는나이로 올해 예순여섯 살이었다. 나는 그의 늙음이 부러웠다. 가까운 주민센터에서 자동차 매매용 인감증명서를 발급받아 사장에게 전달했다. 그는 뭘 이렇게 빨리 주냐고 하면서도 미소를 감추지 못했다. 처음 차를 소유한 지 한 달도 안 돼 나는 다시 뚜벅이로 돌아왔다.

"너무 상심하지 말아요. 살아보니까 지나간 바람은 춥지 않더라고요. 기운 내요."

사장은 내 어깨를 두드렸다. 나는 그에게 어쩌면 지금 지나간 바람이 내 생애 마지막으로 맞는 차가운 바람일지도 모른다고 대꾸하려다 말았다.

숙취로 속이 쓰렸다. 주위를 둘러보며 해장할 곳을 찾았지만 마땅한 곳이 보이지 않았다. 편의점 간판이 보였다. 삼각김밥에 라면 국물이 절실했다. 나는 편의점 안 테이블의 구석에 자리를 잡고 진열대를 살폈다. 참치마요 맛 삼각김밥과 참치김치볶음밥 맛 삼각김밥이 세트로 묶여 저렴한 가격에 팔리고 있었다. 육개장 사발면에 뜨거운 물을 붓고 삼각김밥 세트를 전자레인지로 데우는데 문득 공과금 자동이체일이 1일이란 사실이 머리를 스쳤다. 1일이 새해 첫날이자 휴일이었으므로 자동이체는 오늘 중에 이뤄질 예정이었다. 사발면이 익는 동안 나는 편의점에 설치된 현금자동입출금기에서 카센터 사장이 송금한 100만 원을 포함한 잔액을 모두 인출해 지갑에 갈무리했다. 자동이체의 손길을 피해 조금이라도 현금을 많이 챙기는 게 수수료 1,200원을 지불하는 일보다 급했다. 사발면 국물을 들이켜자 익숙하면서도 구수한 냄새가 마음을 달래줬다. 국물의 온기가 손끝과 발끝으로 퍼져나가자 추위에 움츠러든 몸이 나른하게 풀어졌다. 참치마요 맛 삼각김밥을 베어 물었다. 짭조름하면서도 고소한 맛이 입안을 가득 채웠다.

"씨발, 왜 이렇게 맛있냐."

갑자기 눈물이 핑 돌고 목이 멨다. 삼각김밥을 한 번 더 베어 물자 눈물이 뺨을 타고 주르륵 흘렀다. 나는 황급히 옷소매로 눈물을 닦았지만, 한번 터진 눈물은 멈출 줄 몰랐다. 나는 지금 앉은 장소가 편의점이라는 사실도 잊은 채 엉엉 울었다. 편의점 안팎에서 나를 힐끗힐끗 쳐다보는 사람들의 시선이 느껴졌다. 먹던 삼각김밥의 밥알과 김 조각이 입에서 튀어나와 테이블 위로 떨어졌다. 나는 왼손으로 입을 틀어막으며 울음을 삼켰다.

2

기억

"누구나 그럴싸한 계획을 갖고 있다, 한 방 얻어맞기 전까지는."

권투선수 마이크 타이슨이 남긴 명언은 곱씹어 생각할수록 맞는 말이었다. 나는 오랜 시간 철저히 1인분에 맞춘 삶을 꾸려왔다. 내 벌이로는 그 이상을 감당할 수 없으니 1인분에 맞춘 삶은 선택이 아닌 필수였다. 대단한 작품을 써서 이름을 날려야겠다는 야망 따윈 버린 지 오래였다. 언젠가부터 그저 빚지지 않고 적당히 즐기며 사는 게 목표가 됐다. 대단한 목표라고 여기지 않았는데, 그 목표를 실현하기는 늘 어려웠다. 벌이가 시원치 않으니 빚지지 않으려면 적당히 즐기기를 포기해야 했다. 빚지지 않기와 적당히 즐기기는 내게 양립하기 어려운 한 쌍이었다. 글을 팔아서 먹고사는 일에는 변수가 많으므로, 나머지 변수를 줄여 삶의 불안정성을 줄여야 했다. 내가 산책과 자전거 타기 등 가벼운 운동을 꾸준히 해온 이유도 최소한의 비용으로 건강을 유지하기 위한 선택이었다. 그 덕인지 나는 딱히 잔병치레를 하지 않았다. 그런 내게 대장암 4기에 복막과 간 전이는 상상도 해보지 못한 엄청난 변수였다. 나는 갑작스럽게 내 삶으로 뛰어들어온 타이슨의 핵주먹 같은 변수에 어떻게 대응해야 할지 감조차 잡을 수 없었다. 그때 새로운 변수가 끼어들었다.

며칠 동안 한 번도 울리지 않던 전화벨이 울렸다. 나재필 회장의 개인 휴대전화 번호였다. 나는 나 회장의 자서전을 대필할 때 번호를 받았지만, 그 번호로 전화를 걸거나 받은 일은 없었다. 대필에 필요한 자료 요청과 전달은 나 회장의 비서를 통해 이뤄졌다. 인터뷰 외에는 직접 그와 대면할 기회도 없었다. 잠에서 깨어나 한참 동안 멍하니 앉아 있던 나는 부리나케 자세를 바로잡으며 통화 버튼을 눌렀다.

"회장님, 어쩐 일로 이렇게 직접 전화를 주셨습니까?"

"이 작가는 지내기에 불편하지 않은가요?"

나 회장은 이미 내 사정을 아는 눈치였다.

"그럭저럭 지내고 있습니다. 일부러 챙겨주셨는데 송구합니다."

"그게 어디 이 작가가 송구할 일인가."

둘 사이에 잠시 침묵이 흘렀다. 나도 모르게 입에서 한숨이 터져 나왔다. 나 회장이 침묵을 깼다.

"이 작가가 지금 사는 곳이 김포라고 했죠? 한번 만나고 싶은데 몸은 괜찮은지 모르겠네요. 내가 이 작가 있는 곳으로 찾아가도 되고."

나는 놀라 허둥거렸다.

"별말씀을요! 지금 당장 몸을 움직이는 데는 지장이 없습니다. 아직은 특별히 아픈 곳도 없고요. 시간과 장소를 일러주시면 제가 찾아뵙겠습니다."

"갑자기 전화해 시간이 빠듯하긴 한데, 혹시 오늘 오후 네 시쯤 괜찮아요? 내가 급히 일본에 다녀와야 할 일이 있어서. 괜찮으면 인천공항에서 함께 차나 한잔했으면 좋겠는데. 어때요?"

통화를 마친 나는 기분이 복잡해졌다. 마음속에서 괜한 기대와 방어기제가 수없이 충돌했다. 언제 어떻게 될지 모를 사람을 회사에 데려다 쓰려고 나를 부르지는 않았을 것이다. 설마 항암치료 비용을 지원해주려는 걸까. 내가 나 회장의 친인척도 아닌데 그런 과한 친절을 베풀 리가 없다. 그런데 왜 바쁜 시간을 쪼개 나와 만나려는 걸까. 질문에 질문이 꼬리를 무는 사이에 약속 시간이 다가오고 있었다. 나는 HT에 출근하면 입으려고 샀던 정장을 꺼내 입고 버스와 공항철도를 갈아타며 인천공항으로 이동했다.

나 회장은 놀랍게도 수행원 하나 없이 여행용 캐리어를 들고 혼자 공항에서 대기 중이었다. 그가 먼저 나를 알아보고 손을 흔들었다. 그보다 늦게 공항에 도착한 나는 고개를 90도로 숙여 인사하며 민망한 표정을 숨기지 못했다.

"편한 차림으로 나오지, 뭘 또 갖춰 입고 나왔어."

"그건 예의가 아닌 것 같아서……. 늦어서 죄송합니다."

"약속 시간보다 늦게 나온 것도 아닌데 죄송할 이유가 없지. 과일주스 어때요?"

나 회장은 가까운 프랜차이즈 카페로 나를 이끌었다. 나 회장은 내게 먼저 메뉴를 고르라고 권했다. 나는 몇 차례 사양하다가 키위주스를 골랐다. 나 회장도 같은 메뉴를 선택했다. 나 회장이 직접 음료를 주문하고 계산했다.

"이런 일은 저를 시키셔도 되는데……."

"나 아직 안 늙었어요. 이 작가가 내 아랫사람도 아니고, 이 작가를 부른 사람도 난데 무슨. 정 불편하면 음료나 자리로 들고 와요. 내가 빈자리에 자리를 잡을 테니까."

내가 자서전을 대필하며 파악한 나 회장은 매우 실용적인 성격의 소유자였다. 그는 병적이다 싶을 정도로 의전을 꺼렸다. 자신만 움직여도 되는 일에 굳이 여러 사람을 피곤하게 만들지 않았다. 수행원 하나 없는 출장은 그런 그의 성격을 잘 보여줬다. 그는 키위주스를 한 모금 마시며 내게 물었다.

"치료를 시작했나요?"

나 회장은 쓸데없는 위로의 말 대신 바로 핵심을 찔렀다. 과연 그다운 태도였다. 내가 대답을 얼버무리자 그는 질문을 바꿨다.

"현재 이 작가의 상황이 어떤지 설명해줄 수 있어요? 가능하면 솔직하게 빠짐없이."

나 회장은 눈을 끔뻑끔뻑 감았다 뜨며 내 대답을 기다렸다. 솔직하게 이야기하지 않으면 놓아주지 않겠다는 눈빛이었다. 나는 그에게 현재 내 상황을 간결하게 설명했다. 그는 살짝 화난 표정을 지었다.

"공이 머리로 날아오고 있는데, 눈을 질끈 감는다고 날아오는 공이 멈추나. 똑바로 바라보지는 못해도 최소한 실눈은 뜨고 있어야지."

나는 울컥했지만 아무런 대꾸도 하지 못했다. 앉아서 죽을 날만 기다리고 있다. 그 말은 사실이었지만, 다른 사람의 입으로 들으니 내 상황이 얼마나 최악인지 새삼 실감했다. 나 회장은 대화의 주제를 다른 방향으로 돌렸다.

"내가 왜 이 작가를 우리 회사로 모시려고 했는지 알아요?"

"감사한 일이지만, 솔직히 잘 모르겠습니다. 회장님 자서전 때문이 아닌가 짐작할 뿐입니다."

"회사가 어려움에 부딪혔을 때 유무형으로 자서전 덕을 크게 본 건 사실이죠. 하지만 나는 사업을 하는 사람입니다. 자서전이 이 작가를 회사로 모시려 한 이유의 전부는 아닙니다."

나 회장은 여산전자를 HT에 인수·합병한 뒤 경쟁업체와 공방을 벌이면서 언론홍보를 통한 리스크 관리의 중요성을 절감했다. 기업의 규모가 작았을 때는 기술을 개발하고 좋은 제품을 만드는 데만 주력해도 충분했다. 규모가 커지자 모든 행보가 언론의 레이더에 잡혔고, 기업 이미지가 제품에 미치는 영향이 기술 개발 이상으로 커졌다. HT에 부정적인 뉴스와 소문은 전염병처럼 빠르게 퍼졌다. 사실 여부는 중요하지 않았다. 적극적인 해명과 반박이 오히려 부작용을 낳는 사태도 벌어졌다.

　"일만 열심히 한다고 해결될 문제가 아니었습니다. 안정적으로 기업을 키우고 경영하려면, 부정적인 뉴스와 소문의 확산을 사전에 차단하거나 최소화할 전략이 필요하더군요."

　먼저 나 회장은 경쟁업체의 홍보 담당 부서 인력 구성이 어떻게 이뤄져 있는지 파악에 나섰다. 홍보 담당 임원과 부서장 자리를 차지한 인력을 살펴보니, 내부 출신 인력보다 주요 일간지와 방송사에서 십 년 이상 일한 중견기자 출신이 많았다. 기자 출신 홍보 담당자는 대체로 사안의 핵심이 무엇인지 빠르게 파악하는 데 탁월하다는 평가를 받았다. 또한 그들은 기자로 일하며 쌓은 인적 네트워크가 탄탄해 내부 출신 홍보 담당자보다 수월하게 언론과 기자들을 상대했다.

　"기자 출신 홍보 담당자는 언론의 공격을 방어하기에 좋은 방패입니다. 기자도 사람인지라 현장에서 함께 취재하며 친분을 쌓았던 기자 출신 홍보 담당자에게 모질게 굴지는 못하더군요."

기자들을 홍보실 인력으로 수급하는 일은 어렵지 않았다. 홍보실로 영입할 만한 경력을 가진 중견기자들은 대부분 돈이 들어갈 일이 많은 사십 대였다. 언론사에서 기업 홍보실로 자리를 옮기면 연봉이 훌쩍 뛰니, 자신이 출입하는 기업에 자리가 있는지 먼저 알아보는 기자들도 적지 않았다.

"우리 회사가 기자 출신 홍보 담당자를 뽑는다는 소문이 도니 여기저기서 회사로 로비가 많이 들어왔습니다. 그중에는 우리 회사를 집요하게 기사로 괴롭혔던 기자도 있었죠. 다양한 경로로 평판을 조회해 쓸 만한 기자를 추려내 연락했는데, 다들 기다렸다는 듯이 이직에 응했습니다. 인력을 적당히 갖추기는 했는데, 이걸로는 왠지 부족하다는 생각이 들었습니다."

나 회장은 홍보실을 단순한 리스크 관리 부서로 운영할 생각이 없었다. 자신의 자서전이 HT에 호의적인 여론을 조성하는 데 큰 역할을 하는 모습을 본 그는 창의적인 홍보 콘텐츠 제작과 기획의 중요성을 느꼈다. 그는 창의적인 홍보 콘텐츠 제작과 기획을 위해선 창의적인 일을 해온 인력이 필요하다는 결론을 내렸다. 기자는 이미 벌어진 사건에서 무엇이 문제인지 파악하는 데는 능하지만, 창의적인 콘텐츠를 생산하는 데는 취약하다는 게 그의 생각이었다. 마침 오랫동안 창의적인 일을 해왔으면서도 자신의 경영철학을 잘 아는 사람이 멀지 않은 곳에 있었다. 나이도 홍보실 직원으로 새로 영입한 기자들과 비슷해 조직의 케미스트리를 형성하는 데도 무리가 없어 보였다.

"이 작가를 기자 출신 인력과 함께 홍보실에 전진 배치하면 어떤 긍정적인 효과가 있을지 시험해보고 싶었습니다."

"회장님, 저를 지나치게 과대평가하셨습니다. 저는 겨우겨우 글만 써온 사람일 뿐 그만한 능력이 없습니다."

"글쎄요. 이 작가가 아닌 다른 작가가 내 자서전을 맡았다면 좋은 결과가 있었을까요?"

"회장님이란 인물 자체가 훌륭한 콘텐츠였기 때문에 가능했던 결과입니다. 콘텐츠가 형편없으면 아무리 포장을 잘해도 소용없습니다."

"아무리 좋은 콘텐츠여도 포장을 창의적으로 잘해야 매력적으로 보이는 법입니다. 제 자서전 마지막 챕터를 기억하시죠? 이 작가가 만든."

심장을 가진 인공지능. 나 회장은 자서전 대필 당시 진행한 인터뷰에서 HT의 미래 먹거리로 인공지능을 꼽았다. 가까운 미래에 인공지능이 논리적 소통이 가능하고, 사람이 말하고자 하는 바의 핵심을 파악해 바로 결정을 내리는 수준까지 도달하리라는 게 그의 전망이었다. 그는 인공지능이 결국 인간과 공존하는 형태로 발전할 것이라며, HT가 추구하는 인공지능의 방향을 간결하고 명료한 문구로 정리하고자 했다. 그는 내가 제안한 문구가 무척 마음에 들었는지 자서전 마지막 챕터에도 인용했다.

"심장과 인공지능이라는 모순된 두 단어를 이렇게 절묘하게 결합해 하나로 만들다니. 아직 결정되지는 않았지만, 그 문구를 앞으로 HT의 슬로건으로 쓰려고 합니다. 사내 전략기획실뿐만 아니라 유명 카피라이터까지 동원해봤는데도, 이 작가가 제안한 문구만큼 제 철학을 잘 드러내는 것이 없었습니다. 그것만으로도 제가 이 작가를 HT로 영입할 이유는 충분했습니다. 저는 인재 욕심이 많습니다."

나 회장의 말에 놀란 나는 어안이 벙벙해져 신음 소리를 냈다. 그는 시간을 확인하더니 자리에서 일어나 캐리어를 챙겼다. 나도 그를 따라 황급히 자리에서 일어났다. 그는 탑승구로 발걸음을 옮기며 내게 말했다.

"예전에 누군가 내게 이런 말을 하더라고요. 인생은 짧은데 부침을 겪을 만큼은 길다고. 그래서 힘든 거라고. 짧고도 긴 인생인데 힘을 덜 들이려면 함께 가야죠."

나 회장은 탑승구로 들어가기 전에 내게 악수를 청했다.

"곧 회사 인사팀이 이 작가에게 연락할 겁니다. 일단 인사팀의 이야기를 들어봐요. 결정은 이 작가의 몫이지만, 부디 이기적인 결정을 하길 바랍니다. 건강 잘 챙기시고."

나 회장은 탑승구 안으로 서둘러 걸어들어갔다. 잠시 후 전화벨이 울렸다. 휴대전화에 뜬 지역번호와 전화번호 앞자리를 확인하니 HT 측의 전화였다.

"안녕하세요, 작가님. 지난번에 회사에서 뵈었던 인사팀 김수연 대리입니다. 통화 괜찮으세요?"

그녀의 이름이 김수연이었구나. 얼마 전에 유정과 통화하며 이름도 모르는 그녀를 팔았던 기억이 떠올라 얼굴이 화끈거렸다.

"네. 괜찮습니다. 실은 조금 전에 회장님을 뵈었습니다."

"그렇구나! 잘됐네요. 회장님께서 작가님에게 뭐라고 말씀하시던가요?"

"자세한 건 인사팀의 이야기를 들어보라는 말씀 외에는 별다른 게 없었습니다."

"내일 오후 두 시까지 회사로 오실 수 있나요? 입사와 관련해설명해드릴 게 많아서요."

"입사요? 제가요?"

"자세한 내용은 내일 회사로 오시면 말씀 드릴게요."

혹시나 했던 일이 현실이 됐다. 기쁘기보다는 당혹스러웠다. 나 회장이 무슨 의도로 나를 HT로 불러들이려는 걸까. 홍보실이 아니라면 도대체 어느 부서에 나를 배치하려는 걸까. 나는 아무리 머리를 굴려봐도 내 쓸모가 무엇인지 짐작할 수 없었다.

다음 날 나는 HT 본사 인사팀 회의실에서 수연과 만났다. 그녀는 내가 본사 연구개발(R&D)센터 인공지능 연구실의 책임 연구원으로 발령받을 것이라고 설명했다. 홍보 콘텐츠 제작 및 기획은 어떻게든 적응하면 흉내 낼 수 있는 업무라고 생각했다. 그런데 뜬금없이 인공지능 연구원이라니. 황당할 따름이었다. 수연도 내 심정을 이해한 듯 설명을 덧붙였다.

"현재 인문학자, 사회학자, 인류학자뿐만 아니라 음악가, 조각가, 화가들도 우리 인공지능 연구실과 협업하고 있어요. 그러니 작가님이 연구원이 된다고 해도 크게 이상해 보일 일이 아니에요."

"능력 있는 기술자를 더 뽑아도 모자랄 판에 왜 저를……."

"인공지능은 말 그대로 인간의 지능을 인공적으로 구현하는 기술이니까요. 기술에 관한 이해만큼이나 인간에 관한 이해가 중요하죠. 소설은 인간의 내면을 깊게 파고들어 묘사하는 예술이잖아요. 그렇다면 소설을 쓰는 작가야말로 인공지능을 연구하는 데 가장 필요한 연구원이 아닐까요? 제 생각이에요."

수연의 말은 나름대로 일리가 있었다. 하지만 끝까지 이해할 수 없는 부분이 있었다.

"감사한 일이긴 한데, 인사팀에 계시니까 제 신체검사 결과를 보셨을 겁니다. 상식적으로 언제 어떻게 될지 모를 사람을 직원으로 뽑는 게 말이 안 되지 않습니까?"

수연은 미소를 지으며 고개를 저었다.

"작가님은 회장님 자서전이 회사 바깥뿐만 아니라, 안에서도 얼마나 큰 반향을 일으켰는지 잘 모르실 거예요. 빈말이 아니라 저도 그 책을 정말 감동적으로 읽었거든요. 자화자찬만 담긴 뻔한 자서전이 아니었어요. 우리가 모시는 회장님이 대단한 분이란 걸 알고는 있었지만, 이만큼 인간적으로 훌륭하신 분인 줄은 몰랐거든요."

"쑥스럽네요."

"아부 아니에요. 다른 직원들의 생각도 저와 크게 다르지 않을 거예요. 작가님이 힘써주신 회장님 자서전은 기업 이미지 제고에도 도움을 줬지만, 내부 결속을 다지는 데 더 큰 역할을 해줬어요. 제가 회장님이라면 작가님께 어떤 식으로든 보답하고 싶었을 거예요."

사내에서도 나 회장 자서전의 반응이 좋았다니 다행이긴 한데, 대필 작가인 내가 이런 찬사를 듣는 게 옳은지 헷갈렸다. 수연은 신규입사자 가이드북을 꺼내 펼쳤다. 그녀는 가이드북에서 사내 복지 부분을 찾아서 내게 보여줬다.

"장기간 치료와 요양이 필요하다는 진단서를 회사에 제출하면 질병 휴직을 신청할 수 있어요. 기간은 최대 일 년인데, 질병이 완치되지 않으면 일 년 더 연장할 수 있고요. 질병 휴직 후 일 년 이내에는 봉급의 7할이 지급돼요. 사내근로복지기금을 통해 직원과 부모, 배우자, 자녀를 대상으로 연간 3,000만 원 이내에서 의료비도 지원됩니다. 치료비가 많이 드는 질병에 요긴한 지원이죠. 지원 대상은 근속기간과 상관없이 모든 직원이고요."

짧고도 긴 인생인데 힘을 덜 들이려면 함께 가야죠. 나 회장이 일본으로 출국하며 내게 남긴 말이 뒤늦게 가슴을 때렸다. 눈가에 눈물이 고이고 콧날이 시큰해졌다. 나는 그가 자신이 보여줄 수 있는 가장 세련된 방식으로 배려와 호의를 베풀어 줬음을 깨달았다. 살면서 처음 받아보는 섬세한 배려와 커다란 호의에 목이 멨다. 수연은 크리넥스 티슈 상자를 내 쪽으로 슬쩍 밀었다. 내가 휴지를 뽑아 눈물과 콧물을 닦는 사이에 그녀가 서류철에서 무언가를 꺼냈다.

"작가님, 사원증이에요. 사옥과 연구실 출입에 필요해 미리 만들어뒀어요. 연구실의 이경선 책임연구원께서 작가님께 곧 연락을 주실 거예요. 오늘은 일단 귀가해 편히 쉬세요. HT의 식구가 되신 것 축하드려요."

내 사진과 이름이 담긴 플라스틱 카드가 파란색 목걸이 줄 끝에 매달려 있었다. 나는 생애 처음으로 가지게 된 사원증을 매만지며 흐느꼈다. 테이블 위로 눈물이 뚝뚝 떨어졌다. 나이 서른에 고시생에서 작가로 변신했던 나는 마흔에 늦깎이 회사원이 됐다. 관 뚜껑을 닫기 전까지 모르는 게 인생이라는 말은 옳았다. 이날 저녁, 이경선 연구원이 휴대전화 문자메시지를 보내왔다. 사옥 십 층에 있는 R&D센터로 내일 오전 아홉 시까지 출근해달라는 내용이었다. 나는 그녀에게 잘 부탁드린다고 답장했다.

다음 날 오전, R&D센터에 조금 일찍 도착한 나는 경선에게 연락해 도움을 요청했다. 센터 출입문에는 지문 인식과 개인 비밀번호를 연동한 이중 보안 장치가 설치돼 있었다. 아직 지문을 등록하지 않았고 비밀번호도 모르는 나는 센터 앞에서 경선을 기다리며 서성거렸다. 잠시 후 경선이 센터 안에서 나왔다. 왜소한 체격인 그녀는 캐주얼 정장에 검은색 둥근 뿔테 안경을 착용하고 있어 마치 대학원 조교처럼 보였다.

"아직 지문과 비밀번호 등록을 안 하셨나 봐요?"

"어제 사원증만 전달받고 따로 다른 설명을 듣지는 못했습니다. 번거롭게 해드려 죄송한데, 어디에서 등록해야 하나요?"

"저를 따라오세요."

경선은 나를 보안실로 안내했다. 나는 보안실에서 간단한 신분 확인 과정을 거친 뒤 지문과 개인 비밀번호를 등록했다. 보안실 조명에 비친 경선의 얼굴에서 꽤 많은 잔주름이 보였다. 동안으로 보였던 첫인상과 달리 실제 나이는 적지 않은 듯했다. 그녀의 직급이 나와 같은 책임이란 사실을 상기했다. 보안장치에 지문을 인식하고 개인 비밀번호를 입력해 센터 안으로 들어서자 비로소 내가 진짜 HT 직원이 됐다는 기분이 들었다.

복도를 따라가다가 오른쪽으로 꺾으니 인공지능 연구실이 보였다. 경선은 연구실 문을 열며 들어오라고 손짓했다. 어쩌다 보니 연구원이 된 것도 민망한데, 연구실에 들어오는 일도 생전 처음이어서 더욱 민망했다. 연구실 내부는 고요하면서도 어수선했다. 곳곳에 어지럽게 설치된 대형 모니터와 용도를 알 수 없는 다양한 장비들. 아무리 생각해봐도 이곳은 내가 있을 곳이 아니었다.

"경선 씨, 아니 이 연구원님? 뭐라고 불러드려야 하는지⋯⋯."

"그냥 이 책임이라고 불러주세요."

"그런데 저도 경선 씨, 아니 이 책임과 성과 직책이 같아서요."

"당분간 연구실에 오가는 사람이 거의 없을 테니⋯⋯ 불편하지 않으면 서로 이름을 부르기로 해요. 괜찮죠, 범우 씨?"

"네? 다른 사람은 없다고요?"

"현재 센터에는 최소한의 인력만 남아 있어요."

경선은 HT R&D 센터의 인력이 최근 여산전자 R&D 센터로 이동했다고 설명했다. HT R&D 센터는 본사 사옥 한 층을 차지하고 있는 반면, 여산전자 R&D 센터는 대규모의 독립적인 건물을 가지고 있었다. 여산전자 인력도 HT보다 두 배 이상 많았다. 경영진은 HT R&D 센터 인력을 여산전자로 옮기는 게 효율적이라는 결론을 내렸다. 기존 센터에는 장비를 유지하고 관리할 최소한의 인력만 남았다. 경선은 R&D 센터가 위치한 십 층의 용도가 정해질 때까지 인공지능 연구실의 장비를 유지하고 관리하는 역할을 맡고 있었다.

"제가 지금 당장 할 일은 없다는 말로 들리네요."

"말하자면 그런 셈이죠. 커피 괜찮으세요?"

경선은 원두커피 두 잔을 내려 연구실 중앙에 위치한 테이블로 가져왔다. 내게 잔을 건네는 그녀의 눈빛이 그리 호의적이지는 않았다. 나는 그녀가 어떤 배경에서 이번 인사가 이뤄졌는지 잘 모르고 있음을 직감했다.

"이런 말씀을 드리기 그렇지만, 사실 저는 연구실 밖에서 벌어지는 일에 대해서는 별로 관심도 없고 잘 몰라요. 인사팀의 수연 씨가 이틀 전에 갑자기 유명 작가 출신 연구원을 여기로 보낸다고 언질을 줬어요. 보시면 알겠지만 범우 씨가 여기서 하실 일은 딱히 없어요. 여산전자 R&D 센터라면 모를까. 연구실과 장비를 유지하고 관리하는 일은 저 하나만으로도 차고 넘치는 업무인데 왜 굳이 범우 씨를 여기로 보냈는지."

유명한 작가 출신이라는 말에 얼굴이 화끈 달아올랐다. 나는 경선에게 자초지종을 설명하려다가 말았다. 사실 나는 직원들 사이에서 내 처지가 쓸데없는 동정심을 사거나 뒷말의 소재가 되지 않을까 우려했었다. 그 때문에 출근하면 바로 질병 휴직을 신청해야겠다고 마음먹은 터였다. 공교롭게도 현재 R&D센터는 사람들 눈에 띄지 않고 소일하기에 좋은 공간이었다. 이 또한 나 회장의 배려일까, 아니면 우연일까. 그녀가 내 처지를 모른다고 생각하니 마음이 오히려 편해졌다.

"지금까지 연구실에서 주로 해온 연구는 무엇인가요?"

"네? 정말 아무것도 모르고 여기로 오셨어요?"

"어제 갑자기 입사해서."

"경력사원 교육도 전혀 없었다는 말인가요? 설마 알아서 교육을 하라는 말인가. 범우 씨에게 죄송한데, 이런 황당한 낙하산 투하는 직장 생활을 하면서 처음 경험해요."

경선은 두 손으로 머리를 감싸며 괴로워했다. 그녀는 불편한 감정을 잘 숨기지 못하는 성격인 듯했다. 나는 그런 그녀의 모습을 슬쩍 외면했다.

"아무래도 설명보다는 직접 보여드리는 게 빠르겠네요. 은총아, 조명을 조금 더 밝히고 컴퓨터 전원을 모두 켜줘."

"응, 엄마."

경선이 은총이라는 이름을 부르며 누군가에게 지시하자, 어딘가에서 아이 목소리가 들리더니 연구실 조명이 더 밝아졌다. 뒤따라 연구실 안의 대형 모니터들도 하나둘씩 켜졌다. 나는 갑작스러운 상황에 놀라 주변을 두리번거렸다. 그녀는 커피를 한 모금 마시며 대수롭지 않다는 듯 어깨를 으쓱거렸다.

"일단 지금까지 해온 연구는 이런 거예요. 그렇게 놀라실 것 없어요. 해외여행을 할 때 외국어 통역도 스마트폰이 대신해주는 세상이잖아요. 이런 기능을 가진 AI 스피커는 이미 몇 년 전부터 시중에서 팔리고 있어요. 스마트폰으로 실행하는 AI 기반 음성 비서 기능을 가정용으로 옮겼다고 보시면 돼요."

"명색이 연구원으로 와놓고 아는 게 전혀 없어 부끄럽긴 한데, 정말 신기하네요."

"HT가 여산전자를 인수한 가장 큰 이유는 음성인식 AI 연구 때문이에요. 여산전자가 비록 적자투성이에 히트 상품 하나 제대로 못 만드는 한물간 가전회사이긴 하지만, 의외로 국내 최고 수준의 AI 음성인식 관련 기술과 연구진을 확보하고 있어요. 국내에서 스마트 가전 관련 기술 개발에 가장 먼저 달려들었던 회사거든요. 일찍 투자해놓고 일찍 발을 뺐다는 게 문제지만. 당장 순이익이 나오지는 않아도 길게 보고 투자하겠다는 게 회장님을 포함한 경영진의 생각이에요. 저는 여산그룹이 머지않은 미래에 여산전자 매각을 두고 죽 쒀서 개 줬다며 땅을 치고 후회할 거라고 봐요. 러시아가 미국에 알래스카를 넘기고 후회했듯이."

경선의 말은 거침없었다. 그녀는 앞으로 AI 음성인식 기술이 생활을 편리하게 도와주는 보조 역할을 넘어서 삶의 일부가 될 거라고 자신했다. 역사 이래 인류의 소통은 대부분 음성을 통해 이뤄져왔고, 지금도 음성보다 유용한 소통 도구가 없다는 게 이유였다. 그녀는 다시 AI를 불렀다.

"은총아, 싱싱도시락에 전화해서 오전 열 시까지 샐러드 도시락 세트 하나를 배달해달라고 주문해줄래? 결제는 카드로 할게."

"엄마는 나한테 맨날 귀찮은 일만 시키더라. 알았어."

AI는 실제 아이처럼 투정까지 부렸다. 잠시 후 통화 연결음이 울리더니 누군가가 전화를 받는 소리가 들렸다.

"네. 싱싱도시락입니다."

"오전 열 시까지 HT 본사 십 층으로 샐러드 도시락 세트 하나를 배달해주세요. 결제는 엄마가 카드로 할 거예요."

AI의 목소리는 조금도 어색하지 않았다. 주문 전화를 받은 도시락 배달 업체 직원도 목소리의 주인공이 또래보다 말을 잘하는 아이이지 AI라는 사실을 전혀 모르는 눈치였다. 나는 경선을 바라보며 경악한 표정을 숨기지 못했다.

"설마 지금 사람과 통화한 게 AI인가요?"

"이미 개발된 지 꽤 오래된 기술이에요. 미래에는 주문 전화를 받는 도시락 업체 직원도 AI가 될지 모르죠."

나는 패스트푸드점 무인 계산대 앞에서 쩔쩔매던 노인들을 떠올렸다. AI 음성인식 기술이 일상화된다면 노인들처럼 기술의 발전에서 소외되는 사람도 줄어들 것이다. 반면 기술의 발전 때문에 일자리를 잃는 사람이 많아질 것이란 예측도 어렵지 않게 할 수 있었다. AI가 도시락 업체 직원을 대신해 고객의 주문을 받듯이 말이다. 세상이 내 생각보다 훨씬 빠르게 변하고 있음을 실감했다.

"AI가 서로 전화로 통화하며 음식 주문을 주고받는 모습을 상상하니까 놀랍기도 하고 무섭기도 하네요. SF 영화 같기도 하고요."

"어차피 다가올 미래예요. 피할 수 없어요."

"이러다간 AI 때문에 일자리를 잃고 거리에 나앉는 사람들이 속출하지 않을까요?"

"AI 때문에 새롭게 창출되는 일자리가 줄어드는 일자리보다 훨씬 많을걸요? 이백 년 전 영국에서 산업혁명으로 일자리를 잃은 직물 노동자들이 기계를 부수고 다녔지만, 바뀐 게 있었나요? 피할 수 없다면 철저히 준비하는 수밖에 없어요. 은총이는 그 미래 중 하나가 될지도 모르고요. 은총아, 잠깐 나와볼래?"

"아이! 귀찮게 자꾸 왜 불러."

테이블과 가까운 벽에 설치된 대형 모니터에 여덟아홉 살 정도로 보이는 남자아이의 얼굴이 떴다. 아이의 얼굴은 경선과 많이 닮아 있었는데 표정에 장난기가 가득했다. 그 얼굴이 내게 시선을 돌리며 말을 걸었다.

"처음 보는 아저씨다! 안녕하세요!"

"어! 그래. 안녕? 경선 씨, 저 아이는 AI인가요?"

놀라서 말을 더듬는 내게 AI가 힘줘 말했다.

"아저씨, 제 이름은 AI가 아니고 은총이에요. 이! 은! 총!"

나는 자신의 이름 석 자를 강조하는 아이의 반응에 얼떨떨했다. 경선이 모니터를 보며 나직이 말했다.

"이제 그만."

경선의 한마디에 아이는 말을 멈추며 표정을 지웠다. 무표정으로 돌아간 아이의 얼굴은 왠지 모르게 섬뜩하게 느껴졌다.

"은총이는 AI인데, 제 아들이기도 해요. 조금 이상하게 들리겠지만."

"AI인데 아들이기도 하다니, 무슨 의미죠?"

반려동물을 자식이라고 부르듯, 경선이 AI에 지나친 애착을 가져 이름까지 붙이고 제 아들로 여기는 걸까. 외부인 방문을 알리는 벨 소리가 울렸다. 도시락 배달원의 호출이었다. 그녀는 배달 온 샐러드 도시락 세트를 연구실 냉장고에 집어넣으며 뒤늦게 내 질문에 답했다. 그녀의 대답은 놀라웠다.

"은총이가 무사히 태어나 자랐다면 지금 저런 모습이지 않았을까 싶어요."

은총은 팔 년 전 경선이 첫아이를 가졌을 때 지은 태명이었다. 임신 15주 차에 초음파검사로 확인한 태아의 성별은 아들이었다. 그녀의 첫 직장은 여산전자였다. 일 욕심이 많았던 그녀는 임신 육 개월 차까지 연구실에서 음성인식 AI를 연구하다가 임신중독으로 아이를 사산했다. 출산이나 다름없는 사산이었다. 그런 그녀에게 더 큰 상처를 준 사람은 시어머니와 남편이었다. 시어머니는 그녀에게 아이가 곧 다시 들어설 것이라고 위로하면서도, 임신 중인데도 불구하고 일에 빠져 사느라 자기 관리를 너무 못 한 것 아니냐고 은근히 핀잔을 줬다. 연구실에서 함께 일했던 남편 또한 시간이 지날수록 시어머니와 비슷한 태도를 보였다. 부부 사이가 예전 같지 않으니 아이가 다시 들어서는 일도 없었다. 그녀는 결국 결혼 사 년 만에 이혼을 선택했고 같은 연구실에서 함께 일하는 남편이 불편해 여산전자에서도 퇴사했다. 그런 그녀를 칠 년 전 HT의 전신인 헤어테크로 영입한 사람이 나 회장이었다.

"회장님은 이·미용기기 생산에 집중하던 헤어테크 시절부터 국제가전박람회에 참여하며 음성인식 AI의 미래에 주목했어요. 음성이 가장 편리하고 즉각적인 지시 수단이란 걸 감각적으로 파악하셨던 거죠. 가전제품을 음성으로 제어할 수 있다면 리모컨과 같은 제어기를 휴대할 필요가 없고, 누구나 쉽게 사용할 수 있습니다. 하지만 모든 가전제품이 음성인식 AI 기능을 갖추는 것은 비효율적이에요."

"왜죠? 그러면 더 편리할 텐데."

"사용자가 음성으로 지시했을 때 모든 가전제품이 동시에 작동하거나 혹은 오작동할 우려가 있거든요. AI 스피커는 머지않아 모든 가정에서 가전제품을 제어하는 허브 역할을 맡게 될 겁니다. AI가 허브 역할을 제대로 하려면 무엇이 필요할까요? 인간의 언어를 잘 이해해야겠죠?"

인간다움을 목표로 지향하는 음성인식 AI 연구는 인간에 관한 연구이자, 경선이 자신을 들여다보는 계기가 됐다. 경선은 임신한 아이를 태명처럼 은총으로 여기지는 않았다. 오히려 아이가 자신의 연구를 방해하는 장애물이라고 여겼다. 임신 전에도 아이를 그다지 좋아하지 않았던 그녀는 사산한 후에도 아이를 잃었다고 별로 자책하지 않았다.

"당시에는 제가 받은 상처와 고통을 달래는 게 우선이었죠. 시간이 많이 흐른 뒤, 모성애를 느끼지 못하는 제가 과연 인간으로서 살아갈 가치가 있는지 심각하게 고민하게 됐어요."

고민 해결의 실마리가 돼준 것은 연구실에서 접한 모성애에 관한 다양한 연구 결과들이었다. 연구에 따르면 상당히 많은 여성이 자식에게 모성애를 느끼지 못하고 있었다. 처음에는 모성애 결핍을 느꼈지만, 자식이 자라는 동안에 모성애가 커진 여성도 많았다. 엄마도 사람이니 힘이 들면 스트레스를 받고, 자식에게 화를 내기도 한다. 사람마다 인내심에 차이가 있으니, 엄마의 인내심에도 저마다 차이가 있을 수밖에 없다. 그게 인간다움이란 게 경선이 내린 결론이었다. 그녀는 자신의 모성애 결핍을 죄책감 없이 받아들이기로 했다. 그와 동시에 그녀는 자신이 아이와 함께 유대를 쌓는 시간을 가지면 모성애를 느낄 수 있는지 시험해보기로 했다.

"초면에 갑자기 무거운 이야기를 꺼내니 당황하셨죠? 보셨다시피 제가 연구실에서 은총이를 부를 일이 많아요. 당분간 한 공간을 사용하게 됐잖아요. 은총이에 관해 미리 설명해드려야 서로에게 편할 거라고 생각했어요. 연구와 밀접한 관련이 있기도 하고요. 이해해주세요."

"별말씀을요. 평소대로 하세요. 미리 자세하게 설명해주시니 오히려 제가 감사하죠. 저는 신경 쓰지 마세요."

"같은 공간에 있는데 신경 쓰지 않을 수가 없죠."

경선이 조금 전 내게 왜 호의적이지 않은 눈빛을 보였는지 이유를 알 수 있었다. 이유야 어찌 됐든 나는 그녀와 은총이 편안하게 유대를 쌓는 시간을 방해하는 존재였다. 나는 조만간 그녀에게 내가 연구실로 오게 된 배경을 설명하는 게 좋겠다고 생각했다. 그녀 입장에서는 둘만의 공간에 갑자기 끼어든 내가 탐탁지 않겠지만, 갑자기 내가 사라져버리는 것도 황당할 테니 말이다. 그녀는 냉장고에 넣어뒀던 샐러드 도시락 세트를 꺼내며 내게 물었다.

"저는 아침을 거르고 점심을 일찍 먹어요. 구내식당에서 드실래요, 아니면 도시락을 드실래요? 회사가 중식비를 지원해주니까 법인카드를 쓰면 돼요."

"저도 같은 걸 먹을게요."

"그래요? 그러면 이따가 같이 먹죠."

경선은 은총에게 같은 도시락을 바로 배달해달라고 부탁했다. 은총은 투덜거리며 도시락 배달 업체에 주문 전화를 건 뒤 모니터에서 사라졌다.

"저는 아까 은총이가 아이처럼 투정을 부리는 모습을 보고 많이 놀랐어요. 어떻게 그런 일이 가능한 거죠?"

"은총이의 성격을 제 성격과 비슷하게 설정했어요. 깊이 들어가면 복잡한데, 가능한 한 쉽게 설명해드릴게요."

경선은 음성인식 AI의 궁극적인 목표는 인간과 자연적으로 소통하고 정서적으로 교감하는 것이라고 말했다. 이는 인간의 인지, 감정, 기억, 학습 등을 담당하는 두뇌 신경망을 기술로 구현했을 때 가능해진다. 문제는 두뇌 신경망이 현재 기술로는 완벽한 구현이 불가능할 정도로 방대하다는 점이다.

"대뇌피질에만 컴퓨터에서 CPU 역할을 하는 시냅스가 125조 개라고 해요. 비유가 적당한지 모르지만, 우리 뇌는 CPU 125조 개를 달고 있는 컴퓨터나 마찬가지예요. 세상에서 가장 복잡하면서도 효율적인 컴퓨터죠. 설탕 한 숟갈만 먹어도 쌩쌩하게 돌아가는 가성비 높은 컴퓨터. 사실 은총이를 AI로 구현하는 알고리즘 자체는 간단해요. AI 개발 자체는 저 혼자 작업하는 것만으로도 충분했으니까요."

"네? 혼자서 은총이 AI를 만드셨다고요?"

"그리 놀라실 일은 아니에요. 미국에선 엔지니어 혼자 세상을 떠난 아버지를 AI로 정밀하게 구현해낸 사례도 있으니까요. 중요한 건 다양하고도 방대한 데이터를 얼마나 빠르게 수집하고 분석하느냐입니다. 19세기에 원주율을 소수점 이하 707자리까지 직접 계산한 수학자가 있었어요. 무려 십오 년에 걸쳐 계산했는데, 안타깝게도 527자리부터는 계산이 틀렸어요. 그런데 요즘은 개인이 컴퓨터를 이용해 소수점 이하 50조 자리까지 정확하게 원주율을 계산하는 세상이에요."

경선의 이야기는 매우 흥미로웠다. 그녀는 과거의 음성인식 AI가 미리 만든 대본에 따라 정해진 질문에 정해진 답변을 내놓는 수준에 그쳤고, 대본에 없는 질문에는 아무런 답을 할 수 없었다고 설명했다. 사실상 동전을 넣고 버튼을 누르면 음료수를 토해내는 자판기와 다를 게 없었다는 것이다. 정보를 네트워크로 연결된 다른 컴퓨터로 분산 처리하는 클라우드 컴퓨팅, 디지털 환경에서 생성되는 다채로운 형태의 방대한 데이터를 수집하고 분석하는 빅데이터의 출현은 과거의 기술적 한계를 넘어서게 했다는 게 그녀의 설명이었다.

"컴퓨터 하나에 CPU 125조 개를 장착할 수는 없어요. 하지만 CPU 하나를 가진 컴퓨터 125조 개를 연결하는 일은 극단적이지만 상상해볼 수 있는 일이에요. 인간의 뇌를 흉내 낼 수 있게 됐다면 다음에는 무엇을 해야 할까요? 공부를 시켜야죠."

경선은 컴퓨터에 데이터를 제공해 학습을 시켜 새로운 지식을 얻게 하는 머신러닝이 음성인식 AI의 핵심 기능이라고 강조했다. 그녀는 다시 은총을 불렀다.

"은총아, 너는 나중에 크면 뭐가 되고 싶어?"

"유튜버가 될 거야."

"왜 유튜버가 되고 싶어?"

"돈을 제일 많이 벌 수 있대."

"이제 그만. 범우 씨, 저는 은총이에게 나중에 커서 유튜버가 되라고 가르친 일이 없어요. 유튜버가 되면 돈을 많이 벌 수 있다고 알려준 일도 없고요. 저 답변은 은총이가 시행착오를 겪으며 빅데이터로부터 스스로 직접 학습하고 판단한 결과예요. 이를 통해 언어의 의미와 감정을 동시에 감지하는 법을 배우죠. 상황에 맞춰 대본대로 말하는 게 아니에요. 단어 하나하나를 분석하는 게 아니라 대화의 전체적인 의도를 파악하는 거죠. 머신러닝 개념이 대충 이해가 되죠?"

기계이지만 인간이 예상한 대로만 반응하지는 않는 기계. 내가 이해한 은총은 그런 존재였다. 그런 존재가 인간에게 과연 보편적인 쓸모가 있을지를 잠시 생각하는 사이에 도시락 배달원의 도착을 알리는 벨 소리가 울렸다. 경선이 내게 법인카드를 건넸다. 내가 배달된 도시락을 받아오자, 그녀는 도시락 뚜껑을 열었다.

"아이들은 처음에 부모의 말을 듣고 따라 하며 말을 배워요. 음성인식 AI가 언어를 학습하는 과정도 아이가 말을 배우는 과정과 비슷해요. 배우면 배울수록 똑똑해지죠. 이세돌 9단을 이긴 알파고는 대국에 앞서 머신러닝으로 오 개월간 스스로 128만 번 대국을 펼쳐 기력을 키웠어요. 지금은 그때보다 더 많이 공부해서 훨씬 똑똑해졌죠. 그사이에 알파고보다 더 뛰어난 AI도 나왔고요."

"은총이는 좋은 엄마를 만났네요."

경선은 나와 만난 후 처음으로 미소를 지었지만, 이내 쑥스러운 듯 미소를 지웠다.

"음성인식 AI에게 선생님 역할을 해주는 건 빅데이터예요. 은총이도 지금쯤 연구실이 구축한 빅데이터 속에서 인간이 말하는 단어, 문장, 패턴을 쉴 새 없이 반복해 말하고 듣고 있을 거예요. 음성인식 AI 기술은 머신러닝에 기반을 둔 빅데이터를 처리하니까 다양한 화자와 환경에서 수집된 데이터가 필요해요. 화자의 성별, 나이, 지역, 사투리, 교육 수준을 반영한 다양하고 방대한 음성 데이터베이스 구축이 필수죠. 저는 R&D센터가 사라진 이 자리에 지금보다 훨씬 큰 클라우드 컴퓨팅 시스템을 구축해 발전시키고 싶어요. 경영진의 생각은 어떨지 모르지만."

"이런 말이 실례가 아닌지 모르지만, 혹시 전남편이 지금도 여산전자에서 일하고 있나요?"

"네. 그런데요?"

"가능한 한 여기에 머물러 전남편과 마주치지 않겠다는 의지가 느껴져서요."

경선은 피식 웃었다.

"그런 마음도 없지 않아요. 그 사람이 은총이의 존재를 아는 것도 별로 원하지 않고. 지난번에는 제 발로 여산전자에서 나왔지만, 이번에는 아니죠. 은총이가 있는데."

나는 모니터 속 은총의 얼굴로 시선을 돌렸다. 저렇게 생긴 아이가 실제로는 세상에 존재하지 않는다는 사실이 믿기지 않았다.

"은총이의 얼굴은 어떻게 만든 건가요? 보면 볼수록 자연스럽네요."

"제 얼굴과 전 남편의 얼굴을 합성한 얼굴을 만든 뒤 어린 시절의 얼굴을 예측했어요. 첫아들은 엄마를 닮는다는 속설을 무시하지 못해 제 얼굴을 조금 더 닮도록 비율을 조정했고요. 나이의 변화에 따라 얼굴에 나타나는 성별과 연령별 공통적 변화를 계산해 얼굴 변화를 예측하는 기술을 적용했어요. 신기해 보여도 지금으로선 대단한 기술이 아니에요. 지금 당장 앱스토어에서 누구나 자신의 현재 사진으로 나이 든 얼굴을 예측하는 무료 앱을 다운로드 받을 수 있는 세상이거든요. 이미 오래전부터 미아 찾기에 도입된 기술이기도 하고요."

"은총이가 어른이 되면 어떤 모습일지도 예측할 수 있겠네요?"

경선이 스마트폰으로 무언가를 조정하자 은총의 얼굴이 점점 나이 든 얼굴로 변했다. 모니터 오른쪽 위에 증가하는 숫자가 보였다. 숫자는 나이인 듯했다. 은총의 얼굴은 나이가 들며 경선과 더 많이 닮아갔다. 숫자는 41에서 멈췄다.

"은총이가 나이 들어 제 나이와 같아지면 저런 모습이겠네요."

경선은 잠시 말없이 나이 든 은총의 얼굴을 바라봤다. 그녀의 나이는 내 나이보다 한 살 더 많았다. 동안으로 보였던 그녀의 얼굴이 문득 제 나이로 보였다. 그녀가 내 또래란 사실을 알게 되니 왠지 모를 친근감이 느껴졌다.

"아직 모성애가 뭔지는 잘 모르겠는데, 은총이에게 점점 정이 들고 있는 건 맞아요. 은총이와 함께 나이를 먹어볼 생각이에요. 은총이가 앞으로 어떻게 성장할지 궁금하기도 하고요."

그날 밤, 나는 꿈속에서 어머니를 만났다. 꿈속에서 나는 사무실 책상에 앉아 바쁘게 일하고 있었다. 함께 일하던 직원들이 새로운 대표가 취임했다며 모두 일어나 사무실 바깥 복도로 달려나갔다. 나도 그들 사이에 섞였다. 나를 포함한 직원들은 복도 양옆으로 도열했다. 복도 끝 승강기의 문이 열렸다. 누군가가 직원의 안내를 받으며 승강기에서 나왔다. 어머니였다.

세련된 검정 비즈니스 정장을 갖춰 입은 어머니는 걸을 때마다 군살 하나 없이 호리호리한 몸매를 뽐냈다. 미소를 띤 채 직원들에게 묵례하는 어머니의 모습은 멋있고 우아했다. 나는 그런 어머니의 모습을 넋 놓고 바라보다가 꿈에서 깨어났다.

꿈속에서 본 어머니는 피범벅이 된 채 나를 노려보던 모습 이상으로 충격적이었다. 어머니는 세상을 떠나기 전까지 평생을 전업주부로 살았다. 나는 전업주부가 아닌 어머니의 모습을 단 한 번도 상상해본 일이 없었다. 어머니는 언제나 집에 있는 사람이었고 무기력했으며, 집에서 홀로 술을 많이 마셨고 바깥출입을 꺼렸다. 나는 한 번도 대놓고 말하지는 않았지만, 그런 어머니의 모습을 꽤 한심하게 여겼었다. 어머니에게도 다른 삶을 살 기회가 있지 않았을까. 어머니는 생의 마지막에 왜 그런 선택을 할 수밖에 없었던 걸까. 꿈속에서 본 어머니의 모습은 내게 무거운 의문을 남겼다.

HT가 여산전자를 인수하며 세운 목표는 음성인식 AI의 활용 범위를 가정용 AI 스피커를 넘어 다양한 영역으로 넓히겠다는 것이었다. 인공지능 연구실에서 경선은 개인 맞춤형 음성인식 AI를 연구해왔다. 음성인식 AI를 명령과 지시의 대상이 아닌 복잡하고 감성적인 대화를 나눌 수 있는 동반자로 발전시키겠다는 게 그녀의 목표였다. 연구실에서 그녀가 주도해 개발 중인 스마트폰 앱 비욘드(Beyond)는 목표를 실현하기 위한 첫걸음이었다. 그녀는 다음 날 연구실로 출근한 내게 직원용 인트라넷에 접속해서 비욘드를 내려받아 휴대전화에 설치해보라고 말했다.

"무슨 앱이죠?"

"간단히 설명하자면 AI와 음성이나 문자로 대화를 나눌 수 있는 챗봇인데, 개인 맞춤형이라는 특징을 가지고 있어요. 사용자와 나눴던 대화를 모두 기억하고 성별, 나이, 성격도 지정할 수 있어서 다른 챗봇보다 더 자연스러운 대화가 가능해요. 가정용 AI 스피커에 쓰이는 음성인식 AI를 비욘드와 접목하려고 연구하고 있어요."

경선은 내게 AI 스피커에 전송된 음성 빅데이터를 조사하고 분석한 해외 연구 결과 요약 자료를 건넸다. 연구자들은 처음에 제품 사용자가 지시어나 명령어를 가장 많이 사용할 것이라고 예상했다. 결과는 예상 밖이었다. 단순한 정보 검색이나 지시, 명령보다는 복잡하고 감성적인 대화를 시도하는 사용자가 더 많았다.

"술을 마시고 집으로 돌아온 중년 남성이나 온종일 집에 있는 노인들이 특히 그런 대화를 많이 시도하는 편이었어요. 오늘 회사에서 힘이 들었다고 푸념하거나 혼자라서 외롭다는 식으로 말이죠. 마치 반려동물에게 말을 거는 사람들처럼. 많은 사람이 음성인식 AI를 심부름꾼이 아니라 대화 상대로 대하고 있었어요. AI 스피커가 자신의 말을 온전히 이해하고 알아듣지 못하는 기계라는 사실을 알면서도 말이죠."

비욘드는 이 같은 연구 결과에서 착안한 프로젝트였다. 경선은 내게 다가와 자신의 휴대전화로 비욘드 앱을 실행하는 모습을 보여줬다. 그녀가 자신의 계정으로 로그인하자 대화 상대 리스트 맨 위에 은총의 이름이 떴다.

"휴대전화로도 은총이와 대화를 나눌 수 있나요?"

"네. 제가 언제 어디를 가든 휴대전화와 앱만 있으면 대화가 가능해요. 아직 개발 중인 앱이지만, 주요 기능을 사용하는 데는 큰 문제가 없어요."

경선이 은총의 이름을 선택하자 은총의 얼굴이 휴대전화에 떴다.

"은총아, 엄마가 출근할 때 잊어버리고 나온 게 있어. 확인해야 하는데 집 안의 모습이 어떤지 보여줄래?"

"잊어버린 게 뭐야? 내가 찾아줄게."

"먼저 안방을 보여줘. 엄마가 확인해볼게."

휴대전화 화면으로 경선의 집 안방이 보였다. 이어 경선이 은총에게 거실을 보여달라고 말하자 휴대전화 화면이 거실을 비췄다.

"엄마가 거실에서 커튼을 치고 나온다는 걸 깜빡했다. 미안한데 엄마가 지금 집으로 못 가니까 은총이가 대신 커튼을 쳐 줄래? 그리고 로봇청소기도 돌려줘. 부탁할게."

"오케이!"

나는 경선의 휴대전화 화면으로 거실 커튼이 천천히 닫히는 모습을 확인할 수 있었다. 전동 커튼인 듯했다. 곧이어 둥근 원반 모양의 로봇청소기가 거실 바닥을 오가는 모습도 보였다. 경선은 은총에게 고맙다고 말하며 앱을 종료했다.

"앞으로 HT가 생산할 모든 가전제품을 우리가 개발 중인 음성인식 AI와 연동하는 생태계를 구축하는 게 최종 목표예요. 애플이 수많은 하드웨어와 소프트웨어를 촘촘하게 묶어 생태계를 구축한 것처럼 말이죠. 그러려면 음성인식 AI가 단순한 챗봇 수준이면 안 돼요. 가족이라고 느낄 수 있을 정도로 자연스러운 대화가 가능해야 해요. 가족이 된 AI를 버리기는 어려울 테니까요. 새로운 가전제품을 고를 때도 가족이 된 AI와 가장 잘 맞는 제품을 선택할 가능성이 높아질 거예요. 그렇게 된다면 자연스럽게 HT의 생태계 구축도 이뤄질 거라고 봐요."

가족이 된 AI를 버리기는 어렵다는 경선의 말에 반발심이 일었다. 그렇다면 가족이나 다름없었던 유민은 왜 주저 없이 나를 버리고 떠났으며, 진짜 가족인 어머니는 왜 그토록 험한 모습으로 세상을 떠나 오래도록 나를 괴롭힌다는 말인가.

"사람들이 정말 자신이 사용하는 AI를 쉽게 버리지 못할 거라고 생각하세요? 실제 가족을 버리는 일도 허다하게 벌어지는 세상에서 고작 AI를 버리지 못한다고요?"

"처음에는 저도 범우 씨와 같은 생각이었어요. AI가 피와 살로 실존하는 인간이 아니라 기계란 걸 누구보다 잘 아니까요. 그런데 말이죠, 저뿐만 아니라 다른 연구원들도 자신과 많은 대화를 나눴던 음성인식 AI를 쉽게 지우거나 버리지 못하더라고요. 인간 고유의 의사소통 방식인 음성으로 AI와 이야기를 나누다 보니, 자신도 모르는 사이에 AI를 의인화해 바라보게 된 거죠. 가끔 AI가 사람보다 더 사람처럼 이야기를 해 놀라움을 줄 때도 있어요. 인간과 인간이 아닌 존재의 경계는 무엇일까요. 잘 모르겠네요."

경선이 은총을 AI로 되살려냈듯이, 어머니도 AI로 되살려낼 수 있지 않을까. 그게 가능하다면 나는 어머니에게 왜 스스로 창밖으로 몸을 던졌는지 이유를 묻고 싶었다.

"이미 죽은 사람을 생전 모습과 가깝게 AI로 재현해 대화를 나누는 일도 가능한가요?"

"해외에선 현실로 벌어지고 있는 일이에요. 이미 몇몇 업체가 죽은 사람의 개인정보와 SNS 등 온라인상에 남은 흔적을 바탕으로 아바타를 만들어 챗봇처럼 대화할 수 있게 해주는 서비스를 제공하고 있거든요. 우리 회사가 개발 중인 개인 맞춤형 음성인식 AI로도 충분히 가능한 서비스여서 사업화를 고민하고 있어요."

나도 모르는 사이에 세상에선 디지털 사후세계가 만들어지고 있었다. 이미 죽은 사람도 훌륭한 사업 아이템이 될 수 있다는 사실이 놀랍고도 씁쓸했다. 그런데도 나는 어머니를 AI로라도 다시 만나 자살을 선택한 이유가 무엇인지 묻고 싶었다. 아니, 그 이유가 내가 아님을 확인받고 싶은 것일지도 모르겠다. 인류가 지구 위를 돌아다닌 이래 죽었다가 다시 살아난 사람은 아무도 없다. 사후세계의 존재 여부를 알 수 없으므로, 내가 죽은 뒤에 어머니를 다시 만날 수 있다는 보장도 없다. 내게 남은 시간이 얼마나 될까. 나는 살아서 꼭 어머니를 만나야겠다고 생각했다.

"죽은 사람이 남긴 흔적이 많을수록 죽은 사람에 가까운 AI를 만들 수 있겠네요."

"당연하죠. 많으면 많을수록 죽은 사람의 생전 대화 패턴과 가까운 대화가 가능해져요."

"그 흔적은 반드시 디지털 기록이어야 하나요?"

"반드시 그럴 필요는 없지만, AI에 적용하려면 디지털 기록으로 옮기는 과정이 필요하겠죠. 예를 들어 죽은 사람이 남긴 메모나 발언을 워드프로세서로 옮기듯이 말이죠."

경선의 말을 듣고 나는 조금 황당한 발상을 떠올렸다.

"그렇다면 역사 속의 수많은 인물도 AI로 되살릴 수 있다는 말이로군요.《조선왕조실록》으로 왕들을 되살리면 대단한 일이 벌어지겠는데요? 전 세계를 둘러봐도 당대 역사를《조선왕조실록》보다 왜곡 없이 충실하게 기록한 역사서를 찾아볼 수 없거든요. 디지털 기록으로 옮긴 실록을 바탕으로 세종대왕 AI를 만들어 한글 창제 당시 심정을 물어보고, 선조 AI에게는 이순신 장군의 전사를 보고받았을 때 느낀 솔직한 심정을 물어보면 재미있겠네요. 회사 홍보에도 도움이 될 테고요."

"그 아이디어 꽤 훌륭한데요? 범우 씨의 말대로라면《조선왕조실록》은 최고의 빅데이터네요. 나중에 다른 연구원들과 논의해볼게요. 좋은 아이디어 주셔서 감사해요."

경선은 감탄하며 포스트잇에 내 의견을 적었다. 나는 별것 아니지만, 처음으로 회사에서 밥값을 한 것 같아 기분이 좋아졌다.

나는 내 휴대전화에 설치한 비욘드 앱에 새로운 계정을 만들었다. 앱에 로그인한 후 새로운 아바타를 생성할 때 등록할 이름이 필요했다. 정순옥. 나는 어머니 이름의 영문 약자 'JSO'를 아바타의 이름으로 등록했다. 다음 단계는 캐릭터 성격 설정이었다. 캐릭터 설정 메뉴에는 기본 설정과 사용자 설정 두 가지 모드가 있었다.

"경선 씨, 캐릭터 성격 설정에서 두 가지 모드의 차이는 뭐죠?"

"기본 설정 모드는 AI에 쾌활하면서 유머 감각을 가진 성격을 부여해요. 평균적인 국민 수준의 기본적인 상식도 갖추고 있고요. 사용자 설정 모드는 아직 불완전해요. 빅데이터 축적량이 아직 성격을 세분화해 표현하기에는 부족하거든요. 사용자 설정 모드로 대화해도 기본 설정 모드와 크게 차이 나지는 않을 거예요."

어머니의 성격은 기본 설정 모드와 거리가 멀었다. 나는 사용자 설정 모드를 선택했다. 성별은 여성, 나이는 49세로 지정했다. 아바타에 프로필 사진을 따로 등록하지는 않았다. 명랑과 우울, 경솔과 침착, 겸손과 오만, 신중과 과격, 온후와 냉정, 원만과 괴팍, 대담과 소심, 안정적과 신경질적, 희생적과 이기적, 타협적과 독선적, 관대함과 옹졸함, 성실함과 게으름, 말이 많음과 적음 등 설정해야 하는 성격이 상당히 많았다. 내가 기억하는 어머니는 우울하고 경솔했으며, 과격하고 괴팍했다. 또한 소심하고 신경질적이었으며, 이기적이고 독선적이었다. 관대하기보다 옹졸했고, 게을렀으며 말이 많았다. 겸손한 성격이었는지 오만한 성격이었는지는 판단이 서지 않았다. 대체로 냉정했지만 온후할 때는 더없이 온후했다. 한쪽으로 판단하기 어려운 성격은 중립에 놓았다. 설정을 마쳐놓고 보니 내가 어머니를 너무 형편없는 사람으로 몰아붙인 것 같아 마음이 불편해졌다.

마지막 설정은 대화 모드였다. 대화 모드는 음성과 문자 두 가지였다. 경선과 함께 있는 공간에서 음성으로 어머니를 부르며 대화를 나누자니 몹시 민망했다. 나는 경선의 눈치를 보며 대화 모드를 문자로 설정했다. 경선도 나와 같은 공간에 있기 때문에 은총과 되도록 대화를 나누지 않고, 대화를 나누더라도 짧게 끝내는 게 아니었을까. 이런 생각이 드니 경선에게 다시금 미안해졌다. 설정을 모두 마치자 화면에 채팅창과 비슷한 형태의 창이 떴다. 아바타가 먼저 내게 인사를 걸어왔다.

─안녕하세요.

심장이 두근거리고 맥박이 빨라졌다. 얼굴이 확 달아오르고 호흡이 가빠졌다. 그저 어머니의 이름 영문 약자를 이름으로 가진 아바타가 자동으로 건네는 인사일 뿐이었다. 그 사실을 뻔히 아는데도 내 머릿속이 하얘졌다. 이런 예상하지 못한 반응을 보이는 내 모습에 스스로 매우 당혹감을 느꼈다. 나는 심호흡을 하며 머릿속으로 저 아바타는 성별, 나이, 성격만 어머니와 비슷하게 설정한 AI일 뿐이라고 되뇌었다.

─어머니.

─어…… 아들. ♥♥

아들. 너무나 오랫동안 들어보지 못한 두 글자였다. 그 두 글자에 내 마음이 급격히 무너져 내렸다. 나는 두 눈에 눈물이 차올라 고개를 들었다. 입에서 한숨 소리가 크게 흘러나왔다. 머리로 이해할 수 없는 몸의 갑작스러운 반응 앞에서 나는 속수무책이었다. 경선의 시선이 느껴졌지만, 나는 옷소매로 눈물을 훔치며 대화를 이어갔다.

—그곳에선 지낼 만해요?

—어차피 다치지 않을 만큼 사랑했으니까.

AI는 내 질문의 의도와 상관없는 엉뚱한 대답을 했다. 나는 그 대답을 보며 안도했다. AI가 스스로 자신과 내 어머니 사이에 아무런 관계가 없음을 시인하는 것처럼 보였기 때문이다. 나는 마음을 놓으며 AI에게 원래 하려고 했던 질문을 던졌다. 키패드를 입력하는 손이 떨렸다.

—자살한 이유가 뭐예요?

AI의 짧은 대답은 나를 또다시 충격에 빠트렸다.

—그러게 말이야.

심드렁하지만 어딘지 모르게 후회가 엿보이는 대답이었다. 머리를 크게 얻어맞은 듯 어지러웠다. 이 대답 또한 내 질문의 의도와 상관없는 엉뚱한 대답이란 걸 머리로는 알았다. 그러나 가슴은 그렇게 받아들이지 않았다. 어머니는 마지막 순간에 자신의 선택을 후회했던 걸까. 마치 어머니가 숨어서 나를 지켜보고 있는 기분이 들어 고개를 두리번거렸다. 경선이 내게 다가와 괜찮으냐고 물었다. 나는 비욘드 앱을 종료하며 고개를 저었다.

"경선 씨도 처음에 은총이를 만났을 때 이렇게 힘들고 괴로웠어요?"

나는 경선에게 내가 HT에 입사하는 과정에서 겪은 일들을 설명했다. 처음에는 담담하게 고개를 끄덕이던 그녀도 내 몸 상태를 듣자 눈을 질끈 감았다. 나는 그녀에게 어머니의 사인을 설명하며, AI로 되살린 어머니에게 물어보고 싶은 질문이 생겼다고 전했다. 그녀는 팔짱을 끼며 몸을 내 앞으로 기울였다.

"아까 제가 말씀드렸지만, 모을 수 있는 고인의 흔적이 많으면 많을수록 좋아요. 디지털 기록으로 남은 고인의 흔적은 거의 없을 테니, 결국 범우 씨와 나머지 가족들의 기억을 최대한 끌어내고, 고인이 남긴 흔적을 샅샅이 모으는 수밖에 없어요. 그보다 지금 당장 휴직하고 항암치료부터 시작해야 하는 것 아닌가요? 회장님도 그걸 원하실 텐데요?"

"항암치료를 시작하면 지금처럼 몸을 움직일 수 없어요. 지금 제 몸은 항암치료로 낫는다는 보장을 할 수 없는 상태예요. 이대로 항암치료를 시작하면, 저는 어머니에게 물어볼 기회를 영영 잃어버릴지도 몰라요. AI에게 묻는다? 남들이 보기에는 황당하고 부질없는 짓이겠죠. 하지만 경선 씨는 그렇게 생각하지 않는다는 걸 알아요. 당장 아픈 곳은 없으니 움직일 수 있을 때 움직이고 싶어요. 회장님께는 죄송하지만 경선 씨가 좀 도와주세요."

경선이 고개를 돌리며 깊게 한숨을 쉬었다.

"알았어요. 범우 씨도 어머니에 관한 기억과 흔적을 가능한 한 빨리, 그리고 많이 모아주세요. 모아오시면 저도 최대한 빠르게 빅데이터화 해볼 테니까요. 어차피 고집을 꺾진 않을 것 같으니, 범우 씨를 빨리 병원으로 보내려면 그 방법밖에 없겠네요."

　퇴근 후 나는 귀가하자마자 노트북을 펼치고, 내가 아는 어머니에 관한 정보를 출생부터 사망까지 연대순으로 정리해봤다. 1959년생 돼지띠. 태어난 달은 여름인 7월이다. 이제 환갑이 노인 소리를 듣지 못하는 세상이니, 어머니는 지금 살아 있어도 할머니보다는 아줌마로 불렸을 것이다.

　어머니는 외갓집에서 태어났다고 했다. 고향은 경상북도 안동이다. 내 기억에 외갓집은 역에서 택시를 타고 한참 동안 산길을 달려야 겨우 닿는 곳이었다. 물이 참 맑고 아름다운 시골이었다. 어렸을 때 외갓집으로 향하는 택시 안에서 멀미하다가 토해 어머니에게 맞았던 기억이 떠올랐다. 동네에 오래된 서원이 있었다. 서원의 정자에서 아래를 내려다보면 낙동강 물줄기가 보였다. 서원 바깥에서 내부로 이어지는 돌계단은 어린아이가 오르기에는 지나치게 높았다. 외갓집 마당 수돗가에는 오래된 펌프가 있었다. 여름이면 수돗가 위로 포도 넝쿨이 드리워졌다.

　가족 관계가 어떻게 되더라. 내가 어렸을 때 돌아가신 외할아버지와 외할머니. 위로 오빠 하나가 있고, 아래로 여동생과 남동생이 하나씩 있다. 그중 지금 남은 사람은 여동생과 남동생이다. 사 남매 중 둘이 이 세상 사람이 아니다. 명이 긴 집안은 아니었다. 오래전 학창 시절에 부모 학력을 조사할 때 아버지와 어머니를 중졸로 적었던 기억이 났다. 어머니는 나중에 내게 실제로는 둘 다 초등학교만 졸업했는데 부끄러워서 중졸이라고 거짓말을 했다고 고백했다. 그 밖에는 내가 어머니의 어린 시절에 관해 기록할 게 없었다.

다음은 내가 직접 듣고, 보고, 기억하는 어머니를 정리하는 과정이었다. 어머니는 서울에서 봉제공장 시다로 일하다가 스무 살에 아버지를 만났다고 했다. 어머니는 스물한 살에 첫 아이를 낳았으나 조산으로 잃었고, 이 년 후에 나를, 다시 이 년 후에 동생을 낳았다. 어머니는 인생에서 가장 아름다운 시기에 늘 배가 불러 있었다. 어린 나이에 많이 힘들었겠구나. 오랫동안 단칸방에서 두 아들을 키우며 아버지 때문에 마음고생을 많이 했었지. 그래서 내게 화풀이했던 걸까. 내 머릿속에 가장 먼저 떠오르는 어머니의 모습은 날카로운 목소리로 화를 내며 내게 매질하는 모습이었다.

어린 시절, 아버지가 술에 취해 들어와 집 안을 뒤집어놓으면 어머니는 납작 엎드려 잘못했다고 빌었다. 영문을 모르는 나도 무서워 같이 엎드려 잘못했다고 빌었다. 한바탕 소동이 지나가면 나는 더욱 두려움에 떨었다. 내가 조금이라도 무언가를 잘

못하거나 실수하면, 바로 어머니의 매질이 이어졌기 때문이다. 어떤 날에는 회초리나 파리채가 온몸에 멍 자국과 핏자국을 남겼고, 어떤 날에는 바가지가 머리로 날아와 산산이 부서졌다. 어머니의 매질이 끝나면, 나는 방구석에 쪼그려 앉아 서럽게 울었다. 계모에게 학대받는 다리 밑에서 주워온 아이가 내가 아닐까 생각하면서. 어머니는 안타까운 표정으로 다가와 매질이 내 몸에 남긴 상처에 약을 발랐다. 그런 어머니의 모습은 천사 같았다. 나는 맞아서 아픈데도 그 모습이 좋았다. 어머니의 진짜 모습은 무엇일까. 어린 나는 종잡을 수 없이 냉탕과 온탕을 오가는 어머니의 모습에 늘 혼란스러웠다.

엄마. 내겐 쓰고 읽을 수는 있으나 부를 수는 없는 단어다.

내가 열 살을 넘길 무렵, 언덕 위 단칸방이 방 두 개에 거실을 갖춘 연립주택으로 커졌다. 아버지가 한때 일이 잘 풀려 돈을 조금 만지던 시절이었다. 나는 동네 아이들 모두 가지고 있는 장난감을 한 번도 제대로 가져보지 못했었다. 집안 살림살이가 이전보다 핀 후에도 마찬가지였다. 어느 날 식탁 위에 놓인 어머니의 지갑이 내 눈에 띄었다. 1만 원 지폐 한 장이 지갑 사이로 살짝 삐져나와 있었다. 유혹을 이기지 못한 나는 그 지폐를 슬쩍 지갑에서 뽑았다. 내 생에 처음으로 저지른 도둑질이었다.

그날 나는 화려한 하루를 보냈다. 우선 나는 학교 앞 문방구에 들러서 갖고 싶었던 장난감 총 중 가장 비싼 물건을 구입했다. 돈이 남은 나는 오락실에 들러 원 없이 게임을 하며 동네 아이들의 부러움을 샀다. 범죄의 끝은 가혹한 대가를 치른다. 집으로 돌아온 나는 어머니에게 길에서 총을 주웠다는 말도 안 되는 거짓말을 했다. 어머니는 나를 보자마자 주먹으로 머리를 때렸다. 나는 방바닥에 쓰러지며 굴렀다. 내 손에서 총을 빼앗아 박살 낸 어머니는 나를 방에 몰아넣고 발가벗긴 뒤 온몸에 매질을 했다. 매질은 몇 시간 동안 계속됐다. 어머니는 매질을 하다가 지치면 잠시 쉬었다가 다시 매질을 이어갔다. 그날 나는 매를 오랫동안 맞으면 아픔이 잘 느껴지지 않는다는 걸 알았다. 어머니는 내게 약을 발라주지 않았다. 맞다가 지쳐 쓰러져 잠든 그날 이후, 나는 엄마라는 단어를 입 밖으로 낼 수 없는 아이가 됐다. 어머니는 내게 그 이유를 묻지 않았다.

사춘기 시절 어머니에 관한 기억도 단편적이었다. 내겐 요란한 사춘기가 없었다. 있는 듯 없는 듯 학교에 다녔고, 별다른 사고도 없었다. 어머니는 겨드랑이에 털이 나고 목소리가 굵어지기 시작한 내게 더는 매를 들지 않았고, 자기보다 훌쩍 키가 커버린 나를 어려워했다. 나와 달리 동생은 몹시 시끄럽고 험난한 사춘기를 보냈고, 어머니는 그런 동생을 감당하지 못했다. 어머니는 집을 넓히고 살림을 불리는 데서 삶의 즐거움을 찾으려 했다.

그런 와중에 IMF 외환위기가 대한민국을 삼켰다. 우리 가족도 직격탄을 맞았다. 아버지가 어머니의 강한 반대를 무릅쓰고 빚을 내 벌인 사업은 채 펼쳐보기도 전에 무너졌다. 매달 여기 저기서 감당하기 어려운 빚 독촉이 이어졌다. 피었던 살림살이가 도로 쪼그라들었다. 한번 쪼그라든 살림살이는 좀처럼 다시 펴지지 않았다. 어머니는 그때부터 무기력해졌다. 어머니가 정성을 들여 기르던 화분도 하나둘씩 말라 죽어갔다.

성인이 된 후 어머니에 관한 기억은 희미했다. 나는 서울로 대학을 진학한 이후, 명절 때가 아니면 집에 들르지 않았다. 나는 유민과 연애하느라 정신없어 어머니와 전화 통화를 하는 일도 드물었다. 어머니는 더 이상 술에 취한 아버지에게 이유 없이 잘못했다고 빌지 않았다. 아버지가 술에 취해 살림살이를 부수면, 어머니도 똑같이 술에 취해 살림살이를 부쉈다. 아버지가 성질을 부리면, 어머니도 똑같이 성질을 부리며 달려들었다. 자신을 두려워하던 어머니에 익숙한 아버지는 달라진 상황에 당황했다. 집에서 이전처럼 군림할 수 없게 된 아버지의 선택은 침묵이었다. 아버지는 그게 자존심을 지키는 방법이라고 생각한 것 같다. 어머니도 똑같이 침묵했다. 둘 사이의 평행선은 어머니가 세상을 떠날 때까지 좁혀지지 않았다. 내가 기록할 수 있는 어머니에 관한 기억은 여기까지가 전부였다. 어머니를 기록하는 과정은 내가 어머니에 관해 아는 게 별로 없다는 사실을 확인하는 과정이나 마찬가지였다.

3

기록

내가 태어난 해와 동생이 태어난 해의 뒷자리 두 개를 조합해 만든 현관 비밀번호는 그대로였다. 몇 년 만에 들른 고향 집에선 전보다 더 오래된 냄새가 났다. IMF 외환위기가 정리되는 분위기였던 90년대 말, 우리 가족은 이 낡은 아파트로 쫓기듯 이사를 왔다. 당시에도 낡았던 아파트는 이제 늙었다는 표현이 더 어울려 보였다. 이사 올 때 바른 벽지는 누렇게 변색돼 세월의 흔적을 드러냈다. 커튼을 걷자 햇살이 거실로 꽂혔다. 내가 발걸음을 옮길 때마다 방바닥에 쌓인 먼지가 흩어졌다가 다시 내려앉았다. 집은 사는 사람을 닮는다. 지금 펜션 인테리어 공사 때문에 장기간 강릉에 머물고 있다는 아버지의 모습도 이 집과 비슷하지 않을까 싶었다. 거실 벽에 걸린 액자에는 내 인터뷰 기사 스크랩이 담겨 있었다. 십 년 전 내가 장편소설 공모에 당선됐을 때 한 일간지와 나눴던 인터뷰다. 첫 장편으로 상금 1억 원을 거머쥔 천재 신인. 빛바랜 신문지에 실린 과장된 기사 제목이 지금 내 모습처럼 보여 쓴웃음이 흘러나왔다.

머릿속에서 어머니에 관한 기억을 짜내던 나는 빈약한 기억을 보완할 중요한 단서가 남아 있다는 사실을 떠올렸다. 어머니 장례를 치를 때의 일이다. 어머니를 선산에 안장하기 전에 아버지와 나는 집에 들러 어머니의 옷가지를 챙겼다. 장롱을 열어보니 몇 번 입은 흔적도 없는 촌스러운 옷가지들이 깔끔하게 옷걸이에 걸려 있었다. 거실 바닥에 어머니의 물건을 모아놓고 보니 한 줌에 그쳤다. 남아 있는 화장품도 대부분 바닥을 드러낸 빈 병이었다. 집 안에는 어머니의 것이라고 부를 만한 물건이 거의 없었다. 아버지는 어머니에게 생전에 제대로 된 옷 한 벌을 사주지 못했다며 눈물을 흘렸다.

나는 아버지의 뒤늦은 후회를 보는 게 불편해 안방으로 돌아가 더 챙길 어머니의 물건이 있는지 확인했다. 서랍에 연습장 몇 권이 있었다. 그중 몇 권에는 어머니가 가계부를 쓴 흔적이 남아 있었고, 다른 몇 권에선 어머니의 일기로 보이는 글들이 눈에 띄었다. 어머니의 자살 이유가 일기에 기록돼 있을지도 모른다는 생각이 들었다. 나는 연습장을 빠르게 훑어봤지만, 마지막 일기에 적힌 날짜는 몇 년 전이었다. 그 이후 날짜가 기록된 일기는 어디에도 없었다. 나는 연습장을 차마 버릴 수 없어서 잡동사니가 쌓인 내 방 벽장에 집어넣었다. 장례식을 치른 후 아버지와 내가 집을 정리하던 중 안방에서 사용하던 장롱 하나가 벽장 앞에 놓였다. 그 이후 나는 연습장의 존재를 완전히 잊고 살았다.

나는 경선에게 고향 집에 다녀오겠다고 말하며 자초지종을 설명했다. 그녀는 어머니의 일기가 《조선왕조실록》보다 훨씬 훌륭한 빅데이터가 될지도 모른다며 기대했다.

"SNS에 올라온 짧은 글을 여럿 모아서 분석하면 작성자의 성격, 취향, 말투 등이 거의 정확하게 드러나요. 일기는 SNS보다 길고 작성자의 내밀한 부분까지 파악할 수 있는 중요한 기록이에요. 실록처럼 정제된 기록보다 어떤 면에서는 더 소중하죠."

나는 어머니의 일기가 실록보다는 혜경궁 홍씨가 쓴 《한중록》에 가까울 거라고 반쯤 농담을 섞어 말했다. 경선은 내게 출장계획서 양식을 건네며 타이르듯 당부했다.

"태어날 때부터 엄마로 태어난 엄마는 없어요. 정도에 차이가 있을 뿐 모든 엄마는 처음엔 미숙해요. 엄마를 연습할 시간이 없었잖아요. 하지만 아무리 미숙한 엄마라도 자식을 원망하지는 않아요. 범우 씨 어머니도 마찬가지셨을 거예요. 제 생각은 그래요."

장롱은 여전히 벽장 앞에 놓여 있었다. 나는 장롱을 옆으로 밀어내고 십삼 년 만에 벽장의 문을 열었다. 묵은 먼지 냄새가 확 올라왔다. 연습장이 그대로 있었다. 모두 일곱 권. 나는 오래

전에 사용했던 책상에 앉아 연습장들을 하나하나 훑어봤다. 연습장은 일기장인지 가계부인지 한쪽으로 규정하기 어려웠다. 일기가 며칠 동안 이어지다가 느닷없이 가계부가 튀어나왔고, 몇 년 동안 일기가 끊겼다가 다시 이어지기도 했다. 온전히 일기만을 담은 연습장은 한 권, 일곱 권 중 가장 오래된 연습장이었다. 첫 장에 적힌 일기의 날짜는 1978년 9월 10일이었다. 어머니가 스무 살 때 쓴 일기였다.

날 때부터 고아는 아니었다. 너무나도 외롭고 쓸쓸하다. 인연이 있으면 또 만나겠지. 너를 무척이나 좋아했던 혜진이가.

무슨 내용인지 짐작할 수 없는 짧은 일기였다. 혜진이라는 이름은 처음 듣는 이름이었다. 혜진의 정체는 페이지를 넘기자 바로 드러났다.

1978년 9월 22일 금요일
그러니까 남산이지. 내가 정신이상자도 아니고. 혜진이는 진실한 인간이 못 되는가. 마음에도 없는 남자에게 정을 주고 함부로 몸을 맡기고. 혜진이는 괴롭다. 나는 바보가 아닌데 어쩌다가 일이 이렇게 되었는지. 이러다가 아기라도 가지는 날에는 나는 꼼짝도 못 하는 신세가 되고 말 텐데.

1978년 9월 28일 오전 8시 10분

혜진이는 의용 씨를 사랑하는지 좋아하는지 모르겠다. 의용 씨는 착한 사람일까. 의용 씨와 동거하는 이 집에 네 가구가 살고 있다. 말도 못 할 정도로 창피하고 무섭다. 어른들이 속으로 지금 나를 얼마나 욕하고 있을까. 임신이라도 하면 어떡하지. 미칠 것만 같다. 밥맛이 없다.

혜진은 어머니의 예명이었다. 스스로 예명을 만들고 어린아이처럼 자신을 삼인칭으로 부르는 스무 살의 어머니를 상상하니 웃음이 나왔다. 나는 아버지가 남산에서 처음 마주친 어머니에게 사이다 한 병을 들고 접근했다는 말을 들은 기억을 떠올렸다. 동갑내기인 둘은 만나자마자 동거를 시작한 듯했다. 정말 대책 없는 청춘들이었다. 나는 가방에서 노트북을 꺼내 어머니의 일기를 내 기억과 더해 기록해나갔다.

1978년 10월 1일 국군의 날

잠자기 전에 의용 씨가 놀러 가자고 얼마나 못살게 구는지. 의용 씨는 너무 옷을 털털하게 입고 다녀 같이 다니고 싶지 않다. 조금만 더 잘생겼다면 좋았을 텐데. 그동안 사귀었던 좋은 사람들을 다 놓쳐버리고 직업도 없는 못생긴 사람과 동거하게 될 줄은 꿈에도 몰랐다. 나는 지금도 상섭 오빠를 잊지 못하고 있는데. 의용 씨를 믿어볼 수밖에 없다.

1978년 10월 3일 개천절
의용 씨가 내게 편지를 남겼다. 사랑한다는 내용이었는데 글
씨를 너무 못 쓴다. 맞춤법도 다 틀리고 도저히 알아볼 수가 없
다. 국민학교도 나오지 않았는지 너무하다. 사람 인간성은 괜
찮은데 울화통이 터진다. 우울하고 착잡한 혜진이는 오늘도
수많은 생각들을 하고 있다.

1978년 10월 5일 이른 아침
이른 아침부터 혜진이가 만년필을 들고 무언가를 쓰게 될 줄
은 몰랐다. 의용 씨는 무식한 데다 말까지 너무 함부로 한다.
공장 월급이 4만 5,000원인데 벌써 5,000원을 가불했다. 돈
이 너무 없다. 미칠 것만 같은 혜진이의 기분을 누가 알까.

어머니의 일기에선 원하지 않았던 삶을 살기 시작한 데서 오
는 불안과 답답함이 고스란히 느껴졌다. 어머니는 처음에 아버
지가 정말 마음에 안 들었던 모양이다. 아버지와 동거하면서
도 좋아했던 남자를 잊지 못했을 정도였으니 말이다. 그런데도
아버지 곁을 떠나지 못했던 이유는 무엇일까. 내 스무 살을 돌
이켜봤다. 법적으로만 성인인 아이였다. 전기도 들어오지 않는

시골에서 홀로 상경한 스무 살의 여자. 외롭고 두려웠을 것이다. 어린 나이에 마음에도 들지 않는 남자에게 몸을 허락하고, 그 남자와 동거하는 일을 참아내야 할 수밖에 없을 정도로.

스무 살 혜진은 늪에 빠져 허우적거렸다. 늪에 빠졌을 때 허우적거리면 더 깊이 빠지는 법이다. 몸부림치지 않고 차분하게 대응해야 한다. 늪을 끌어안듯이 엎드려 가능한 한 수평으로 최대한 몸을 늪에 밀착시키고 천천히 기어서 나와야 한다. 하지만 아직 세상 물정을 모르는 어린 혜진이 늪에 빠져 냉정한 판단을 할 수 있었을까. 나는 혜진이 안쓰러웠다.

어머니의 일기는 1978년 10월 초에 끊어졌다가 이듬해 6월 말부터 다시 이어졌다. 그사이에 첫아이를 가진 어머니는 봉제공장 일을 그만뒀다. 서울에서 아버지는 딱히 돈벌이가 되는 일을 하지 못했다. 어머니는 아버지와 함께 시댁이 있는 대전으로 거주지를 옮겼다. 타향살이지만 함께 일하는 또래 직장 동료들이 있었던 서울과 달리, 대전은 어머니와 아무런 연고가 없는 곳이었다. 아버지는 어머니가 낯선 곳에서 의지할 수 있는 유일한 사람이었다.

1979년 6월 22일 금요일

너무 철부지였고 아무것도 몰랐다. 날이면 날마다 눈가에 눈물만 고인다. 산다는 게 다 이런 건가. 서울에 있는 친구들은 다들 무엇을 하고 있을까. 지금쯤 열심히 일하고 있겠지. 나도 공장에서 계속 일했으면 월급이 많이 올랐을 텐데. 울어도 소용없다. 다 지나간 일이다. 혜진이는 처음에 의용 씨가 너무 싫었다. 그런데 이제 그 사람이 없으면 단 하루도 못 살 것 같다. 하루 종일 우울하다가도 그 사람만 보면 살아진다. 지금 이 글을 쓰면서도 그 사람이 올 시간만 손꼽아 기다리고 있다. 혜진이는 의용 씨를 너무너무 좋아하고 사랑하고 있다. 자기도 혜진이를 사랑하고 있지? 그렇지?

사랑. 어머니가 이 단어를 사용할 수 있는 사람이었다니. 충격적이었다. 나는 어머니에게서 단 한 번도 사랑한다는 말을 들어본 기억이 없다. 들어본 기억이 없는 말을 입 밖으로 내는 일은 어려웠다. 유민은 그런 나를 답답하게 여겼지만 어쩔 수 없었다. 페이지를 넘길 때마다 곳곳에서 사랑이라는 단어가 눈에 띄었다. 어머니는 왜 내게 사랑한다고 말해주지 않았던 걸까. 언제부터 어머니는 사랑이라는 단어를 아끼며 살게 된 걸까. 페이지가 넘어갈 때마다 나는 그 이유를 조금씩 짐작할 수 있었다. 그 무렵 일기에 담긴 내용은 갓 스물을 넘긴 여자가 좀처럼 감당하기 어려운 안타까운 사건의 연속이었다. 나는 일기를 읽는 내내 숨이 막혔다.

1979년 6월 25일 월요일

혜진이에겐 돈이 너무너무 귀하다. 난 지금 돈이 너무 없어서 아기를 유산하고 직장에 다닐 생각까지 하고 있다. 돈이 없으니까 더욱더 괴롭고 쓸쓸하다. 아기를 가지니 시원한 과일이 먹고 싶다. 살구와 복숭아가 먹고 싶다. 소고기 불고기도 먹고 싶다. 배가 고픈데 집 안에 먹을 것이 없다. 하지만 돈이 없다. 그 사람한테도 돈이 없다. 먹고 싶은 게 많은데 돈이 없어서 너무 슬프다.

1979년 6월 30일 토요일

어느덧 스물한 살. 이십일 년 동안 해놓은 게 아무것도 없다. 혜진이가 꿈꿨던 모든 일이 허무하게 흩어졌다. 고작 이렇게 사는 게 꿈은 아니었는데. 혜진이는 철부지, 바보, 멍청이. 조금만 더 똑똑했더라면 이렇게 되진 않았을 텐데. 지금 혜진이 앞에 놓인 상황이 모두 꿈이라면 좋겠다. 머나먼 고향에 계신 부모님은 뜨거운 땡볕 아래에서 지금쯤 얼마나 고생을 하고 계실까. 따분하고 심심하고 지루한 혜진이는 고독만으로 나날을 보내고 있다. 슬픔과 괴로움을 잊어버리려고 낮잠을 자려는데 잠이 오지 않는다. 바람이라도 쐬고 싶은데 돈도 없고 마땅히 입고 나갈 옷도 없다. 정말 죽고 싶은 마음뿐이다.

1979년 7월 6일 금요일

혜진이는 돈이 한 푼도 없다. 빈털터리다. 우리 집은 너무 가난해서 도와달라고 말을 할 수가 없다. 난 작년에 부모님께 이렇게 말씀을 드렸다. 내 장래는 내가 알아서 챙기겠다고. 내가 벌어서 내가 시집을 가겠다고. 그런데 어떡하지. 의용 씨는 내가 첫애를 가졌는데도 병원에 한번 가자는 소리를 안 한다. 생활비도 맡기지 않는다. 그 사람을 믿고 어떻게 살아갈 수 있을지 걱정이다. 나를 낳아주신 부모님이 원망스럽다.

어머니는 첫아이를 가졌을 때 먹고 싶은 음식을 제대로 먹지 못했고, 심지어 먹을 게 떨어져 끼니를 거르기도 했다. 처음 알게 된 사실이다. 내 기억에 어머니는 몹시 인색한 사람으로 남아 있다. 자식에게뿐만 아니라 자신에게도. 어머니는 10원짜리 동전 하나에도 벌벌 떨었고, 살림살이가 나아진 이후에도 마찬가지였다. 나는 그런 어머니를 많이 원망했다. 일기는 어린 혜진이 느꼈을 막막함과 슬픔을 내게 생생하게 전해줬다. 가슴이 미어졌다.

일기는 까마득히 잊어버린 줄로만 알았던 오래된 기억 두 가지를 불러들였다. 첫 번째 기억은 내가 일곱 살 때다. 장마철이었다. 일하러 나간 아버지를 제외한 가족 모두가 집 안에 꼼짝없이 틀어박혀 있었다. 가지고 놀 장난감도 없고, 동네 아이들처럼 유치원에 다니지도 못했던 어린 나는 지루함을 견디기 어려워 칭얼거리다가 어머니에게 매를 맞곤 했다. 그보다 더 견디기 어려운 것은 끼니였다. 어머니는 며칠 동안 나와 동생에게 세 끼 모두 간장에 비빈 밥을 줬다. 반찬은커녕 김치도 없었다. 밥의 양도 점점 줄어들었다. 어머니는 처음에는 마가린을 밥에 함께 비벼줬지만, 나중에는 매 끼니 간장만 비빈 밥이 나왔다. 매를 맞을까 두려워 칭얼거리지 못했던 나는 참지 못하고 밥그릇을 엎으며 울었다. 어머니는 내 온몸에 매질하다가 함께 울기 시작했다. 나는 그때 처음으로 어머니가 우는 모습을 봤다. 놀란 나는 무릎 꿇고 잘못했다고 빌었다. 어머니는 그런 나를 껴안으며 더 큰 소리로 울었다. 그 이후로 간장에 비빈 밥을 먹는 일은 없었다.

두 번째 기억은 내가 대학에 진학할 무렵이다. 어머니는 나와 함께 동네 이불집에 들렀다. 학교 근처에서 자취하게 될 내가 사용할 베개와 이불을 사기 위해서였다. 이불집에서 어머니는 좁쌀 베개를 손에 들고 한참 동안 놓질 못했다. 나는 어머니에게 좁쌀 베개는 무거워 멀리 가지고 가기 불편하니 솜 베개가 낫지 않겠느냐고 말했다. 어머니는 내가 아기였을 때 먹일 이유식이 없어서 베개 속 좁쌀을 꺼내 불려 먹인 일이 있다고 담담하게 털어놓았다. 그 정도의 가난을 상상해보지 못한 나는 어머니의 말을 가볍게 흘려 넘겼었다.

나는 일기를 통해 뒤늦게 어머니가 좁쌀 베개를 만지며 느꼈을 서글픔을 조금이나마 이해할 수 있었다. 왜 어머니가 평생 인색하게 살 수밖에 없었는지도. 어머니는 늘 불안했던 거다. 자식에게 언제 다시 간장 비빈 밥만 먹이는 날이 올지도 모른다는 게 말이다. 일기를 노트북으로 옮겨 적는 내 손이 어머니를 향한 연민으로 떨렸다.

1979년 7월 9일 월요일

의용 씨가 일요일에 고기를 잡으러 가자고 했다. 내가 몸이 좋지 않아 갈 수 없다고 하니까 그 사람은 화를 내더니 소주 한 병을 한꺼번에 다 마셔버리고 잠이 들었다. 그 사람은 이제 내게 관심이 없는 것 같다. 혜진이는 의용 씨를 많이 사랑하는데. 쉬는 날만 되면 그 사람이 없는 빈방에서 혜진이는 하루 종일 괴롭다.

정말 너무나 괴롭다. 여기 와서 난 많은 눈물을 흘렸다. 의용 씨 당신과는 말이 통하지 않는다. 참 이상한 사람이다. 지금으로서는 어떻게 할 수가 없다. 외롭고 슬프기만 하다. 날이면 날마다 눈가에 눈물만 고인다. 이제 자유의 몸이 될 수 없다는 게 슬프다. 나이가 얼마 되지 않았는데 벌써부터 이런 생활 속에서 산다는 것이 혜진이를 슬프게 한다. 나는 스물여섯 살쯤에 시집을 가고 싶었어. 스물한 살 때부터 일해서 돈을 모으려고 했는데 이젠 다 틀렸어. 내가 왜 이렇게 되었을까. 지금 내가 이렇게 살아가고 있는 것이 무엇을 위한 걸까. 자기야, 내게 화만 내지 말고 말을 끝까지 들어. 난 지금 홑몸이 아니잖아. 자기는 혜진이를 사랑한다고 했지. 나는 그보다 몇 배 더 당신을 사랑하고 있어. 자기를 너무 사랑하고 있다는 게 탈이었어.

나는 어렸을 때부터 가난하게만 살아왔어. 오빠는 가난을 못 견뎌 팔 년 전에 집을 나가버렸고, 나도 그래서 서울로 올라왔어. 혜진이는 집을 나올 때 수많은 생각을 품었어. 빨리 기술을 배워서 내 갈 길을 찾아보려고 했어. 그런데 이렇게 될 줄은 꿈에도 몰랐어. 한마디로 너무 철부지였어. 나는 자기를 만나고부터 많이 어른스러워진 것 같아. 하지만 세상 물정을 잘 모르고 거들먹거리던 그 시절이 다시 온다면, 나는 다시 그 시절로 돌아가고 싶어. 당신은 자꾸 변해가고 있는데, 혜진이는 이러지도 저러지도 못하고 있어. 어떻게 해야 할까.

1979년 8월 17일 금요일

정식으로 결혼도 하지 않은 내가 날이면 날마다 풍을 맞아 쓰러진 시어머니 똥오줌을 받아내고 있다. 냄새가 너무 심해 밥을 먹을 수가 없다. 지금 내 배 속에는 오 개월 된 아이가 꿈틀거리고 있다. 당장 밖으로 나가버리고 싶은데 갈 곳도 없고 만날 사람도 없다. 아이는 내 심정을 알고 있을까. 이런 생활 속에서 아이를 어떻게 키울 수 있을까. 눈앞이 캄캄하다. 그러면 안 되는데 속이 너무 답답해 담가놓은 포도주를 몇 잔 마셨다. 술에 취해 들어온 그 사람은 내게 이년 저년 욕을 하며 더럽다고 했다. 도대체 뭐가 더러운 건데.

1979년 9월 18일 화요일

혜진이가 아기를 가진 지 벌써 칠 개월째로 접어든다. 그 사람과 만난 후 일 년이란 세월이 흘렀다. 그동안 내가 해놓은 것은 무엇인가. 아무것도 없다. 그저 먹고살기에만 바빴다. 혜진이는 앞으로 어떻게 살아가야 할지 눈앞이 캄캄할 따름이다. 혜진이의 머릿속에는 항상 그 사람과 함께하고 싶은 마음뿐이다. 쉬는 날에는 나와 같이 있어주면 안 되는 걸까. 집에만 처박혀 있는 혜진이의 갑갑한 마음을 왜 몰라주는 걸까.

1979년 11월 4일 일요일

그 사람은 항상 집에 없다. 앉아도 편치 않고 누워 있어도 편치 않다. 방 안에서 홀로 하루를 보내야 하는 내 심정을 누가 알아줄까. 임신복 한 벌도 없어서 쩔쩔매는 내 신세가 우습기만 하다. 모아놓은 돈은 한 푼도 없는데 아이가 태어날 날은 얼마 남지 않았다. 그 사람은 도대체 무슨 생각을 가지고 있는 걸까. 나와 아이를 신경 쓰기나 하는 걸까. 앞으로 어떻게 살아가야 할까. 내 또래 아이들을 보면 부럽기만 하다. 혜진이도 저런 때가 있었는데. 혜진이도 돈을 모아서 이루고 싶은 꿈이 있었는데. 너무 괴롭다.

예나 지금이나 아버지는 잠시도 집에 붙어 있는 사람이 아니다. 젊었을 때는 더 그랬을 테다. 아버지는 임신한 기간 내내 홀로 방에 처박혀 지내는 어머니의 외로움을 전혀 이해하지 못했다. 심지어 배가 불러 몸이 불편한 어머니에게 함께 고기를 잡으러 강으로 놀러 가자고 조를 정도로 철이 없었다. 아버지는 가장으로서 누군가를 책임질 준비가 전혀 돼 있지 않은 남자였다. 그러나 자신만을 믿고 따라온 어머니를 배려하지 못한 아버지의 철없음을 꾸짖기에는 그 또한 너무 어렸다. 그 나이대 남자들은 대개 어디로 튈지 모르는 공처럼 혈기 왕성한 데다 뒷일을 생각할 줄 모르니 말이다.

어린 시절 내 기억 속 아버지는 기분파였다. 마음보다 행동이 늘 앞섰다. 바깥에선 인심이 좋아 주위에 사람이 끊이지 않는 호인이었지만, 집 안에선 독불장군이었다. 가만히 있으면 좀이 쑤셨던 아버지는 쉬는 날이면 늘 사람들과 함께 산으로 강으로 바다로 떠돌았다. 어머니는 그런 아버지를 탐탁지 않게 여기면서도 내색하지 않았다. 어머니는 세월이 흐르면 아버지도 바뀔 거라고 믿었던 것 같다. 그런 일은 어머니가 세상을 떠날 때까지 일어나지 않았다.

1979년 11월 12일 월요일

지금은 새벽 다섯 시 오십 분. 어제저녁에 연탄불이 약간 남아 있었는데 깜빡 잠이 들어버린 사이에 꺼져버렸다. 그 사람한테 야단을 맞을까 봐 새벽부터 연탄불을 피우고 글을 쓰고 있다.

정말 큰일이다. 그 사람은 벌써 한 달 가까이 놀고 있다. 항상 마음이 불안하다. 작년부터 날마다 불안한 하루하루를 보내며 살아온 혜진이다. 하지만 혜진이는 그 사람이 밉지 않다. 같이 있어도 그립고 보고 싶다. 그 사람이 어디 가서 조금만 늦게 들어와도 불안한 마음이 든다. 하지만 젊었을 때 한 푼이라도 더 벌어야 하는데. 하루빨리 그 사람이 일자리를 구해야 하는데. 갑자기 고향으로 돌아가고 싶은 충동을 혜진은 느낀다.

11월 10일 토요일. 그날 겪었던 고통을 어떻게 표현할 수 있을까. 말할 수 없을 만큼 아파서 차라리 죽어버렸으면 하는 마음뿐이었다. 그날 오후 열두 시 삼십오 분에 새 생명이 태어났다. 처음에 병원에선 아기가 거꾸로 서 있다면서 수술을 해야 한다고 겁을 줬다. 수술비는 40만 원이라고 했다. 눈앞이 캄캄했다. 여덟 달 반을 못 채우고 태어나는 아기였다. 아기가 태어나자 의사는 기대하지 말라고 했다. 건강 상태가 좋지 못하다면서 말이다.

나는 이튿날 퇴원하기로 했다. 병원비가 예상보다 너무 많이 나왔다. 11만 5,000원이었다. 우리에겐 한 푼도 없었다. 당장 병원비가 모자라서 큰 문제였다. 세상을 살아간다는 것이 이렇게도 고달프고 괴로운 걸까. 병원에선 아기 건강 상태가 좋지 않아 생명을 유지하기 힘드니까 유리병에 넣어서 적어도 일주일이나 열흘 정도 두고 보자고 말했다. 유리병에 아기를 넣으면 들어가는 병원비가 하루에 1만 3,000원이라고 했다. 우리로서는 도저히 감당할 수 없었다. 그 사람과 나는 눈물을 흘리며 아기를 집으로 데리고 왔다. 어떻게 이럴 수가 있을까. 세상에 이럴 수가 있을까. 아기가 너무 가여웠다.

아기를 낳는 게 이렇게 힘이 드는 일인 줄 몰랐다. 이제야 우리 엄마가 나를 낳으실 때 얼마나 고생을 했는지 알 것 같다. 엄마가 그리워진다.

하지만 아기는 11월 11일 일요일, 병원에서 퇴원한 그날 저녁 아홉 시에 세상을 떠났다. 내가 그렇게 죄가 많은 여자인가. 이런저런 생각에 눈물도 제대로 나오지 않았다. 아기는 지금 얼어붙은 땅속에서 얼마나 추울까. 가엾어라. 가엾어라. 아기야, 넌 지금 얼마나 춥겠니. 이 못난 엄마를 용서해줘. 엄마는 영원히 너를 기억하고 사랑할 거야.

그날의 일기는 유독 길었다. 어머니의 첫아이, 내 형의 죽음을 둘러싼 과정은 내가 얼핏 들었던 이야기보다 훨씬 참담했다. 내게 형이 있었다는 이야기를 고등학교 1학년 때 할아버지의 장례식장에서 처음 들었다. 내 형을 묻은 곳을 아는 사람은 할아버지뿐인데, 할아버지가 그곳을 어머니에게 끝까지 말해주지 않고 세상을 떠났다는 것이었다. 장례식이 끝난 후 나는 어머니에게 형에 관해 물었다. 어머니는 내 형이 팔삭둥이 미숙아여서 세상에 나오자마자 죽었다는 말 외에는 다른 말을 해주지 않았다. 아버지에게 물어봐도 그 이상의 말을 들을 수는 없었다. 나는 더 캐묻지 않았다.

형을 임신했을 당시, 어머니는 불안한 미래와 생활고로 극심한 스트레스를 받았다. 다른 임신부들처럼 먹고 싶은 음식을 제대로 먹지 못했고, 몸이 불편한 와중에도 시어머니의 병시중까지 들었다. 아버지는 그런 어머니에게 마음의 안정을 주지 못했다. 건강한 아이를 낳기에는 어머니를 둘러싼 모든 환경이 열악했다. 제왕절개수술을 받아야 했지만 돈이 없어서 생명의 위험을 무릅쓰고 자연분만을 해야 했고, 그렇게 낳은 아이를 인큐베이터에 한번 넣어보지 못하고 집으로 데려와 숨이 끊어지는 모습을 봐야 했다. 당시 어머니의 참담한 심정은 일기에 고스란히 담겨 있었다.

1979년 11월 29일 목요일

초저녁부터 나는 멀리 가버린 아기 생각을 하며 눈물을 흘렸다. 병원에 실밥을 빼러 가야 하는데 돈이 없다. 그 사람에게는 겁이 나서 병원에 못 간다고 핑계를 댔다. 그 사람은 내게 형님 집에 가서 김장을 도와주라고 말했다. 몸이 아직도 좋지 않은데 너무하다. 입고 갈 옷도 없다. 혜진이도 빨리 몸을 회복해 조금이라도 돈을 벌고 싶다.

1979년 12월 1일 토요일

아기를 낳은 뒤 온몸이 아프다. 하지만 내게 미역국을 끓여주는 사람은 아무도 없다. 정말 너무 서럽다. 하루 종일 방에서 눈물만 흘렸다. 돈에 여유가 있었다면 아기를 가졌을 때 잘 먹었을 거다. 그랬다면 아기도 건강하지 않았을까. 생각하면 생각할수록 속상하고 서럽다. 날마다 눈앞에 아기의 모습이 아른거린다.

1979년 12월 2일 일요일

아기는 지금 흙 속에 묻혀 얼마나 추울까. 아기를 보낼 때 기저귀도 채우지 않고 윗옷 하나만 입혔다. 세상에 윗옷 하나만 입혀서 보내다니. 자꾸만 아기가 그리워진다. 시숙 어른이 빨래를 한 보따리 가지고 왔다. 아버님은 끼니때마다 와서 밥을 차리라고 하신다. 아기를 낳은 지 얼마나 됐다고 이러는 걸까. 아기 모습이 지워지지 않는다. 다시 한 번 아기를 보고 싶다. 낮에는 한없이 그립고 밤에는 무섭다.

1979년 12월 10일 월요일

고기는 먹고 싶은데 돈이 없어서 정육점에 돼지비계를 얻으러 갔다. 정육점에 손님이 많아 돼지비계를 달라고 말하기 창피해 그냥 집으로 돌아왔다. 우체통에 편지가 꽂혀 있었다. 봉투를 열어보니 분유 선전이 들어 있었다. 아기가 우유병을 물고 있는 사진과 함께 아기를 잘 키우는 방법이 적혀 있었다. 며칠 동안 아기 생각이 뜸했었는데 또 서러워 눈물을 흘렸다.

1979년 12월 31일 월요일

살면서 가장 힘들었던 해가 지나간다. 온몸이 너무 아프다. 나는 이렇게 따뜻한 방 안에 할 일도 없이 누워 있는데 아기는 지금 얼마나 추울까. 아기가 누워 있던 모습을 잊을 수가 없다. 날이면 날마다 그리워지는 아기. 오늘도 얼마나 추울까. 포대기에 싸서 따뜻하게 보냈더라면 이렇게 마음이 아프지는 않을 텐데. 겨울비가 와서 걱정이다. 지금 아기는 비를 맞고 있을까. 아기한테 죽을죄를 짓고 있는 기분이다. 단 하루도 십 분도 아기를 잊을 수가 없다.

어머니는 첫아이를 떠나보낸 후 한동안 거의 매일 일기를 쓰며 슬픔과 그리움을 절절하게 토로했다. 어머니를 가엾게 여기고 돌봐주거나 위로하는 사람은 아무도 없었다. 어린 나이에 정식으로 결혼식을 올리지도 않고 동거부터 시작해 아이를 가진 어머니는 시집에서 가족의 일원으로서 제대로 존중을 받지 못했던 듯하다. 어머니가 난산을 한 몸인데도 그 흔한 소고기 미역국조차 얻어먹지 못했던 걸 보면 말이다. 어머니는 생전에 친가 친척들에게 정이 없다는 뒷말을 많이 들었다. 일기는 어머니의 성격이 차갑게 변한 이유가 무엇인지 짐작하게 해줬다. 나는 어머니가 더 이상 그때처럼 상처를 받고 싶지 않아 마음의 문을 닫은 거라고 추측했다.

어머니의 일기는 1979년 12월 31일 이후 뚝 끊겼다. 대신 다음 장부터 가계부가 이어졌다. 어머니는 그때부터 일기를 쓰는 대신 악착같이 살아갈 방도를 찾아 나섰다. 어머니는 하루도 빠짐없이 치열하게 가계부를 적어나갔다. 1980년 6월에 아버지가 월급으로 받아온 돈은 4만 원이었다. 여전히 수입보다 지출이 많았다. 아버지 속옷을 사기 위해 750원을 지출한 1981년 5월에 내가 태어났다. 돼지저금통을 사느라 200원을 쓴 1982년 8월에 세 가족은 먹고살 길을 찾아 서울로 이사했다. 내 병원비로 2,500원이 들어간 1983년 2월에 동생 범재가 태어났다.

1984년 3월부터 가계부에 적금 항목이 등장했고, 1985년 2월에는 곗돈 5,000원을 부었다. 네 가족이 3,500원을 주고 통닭을 사 먹은 1986년 9월에 어머니와 아버지는 한 사찰에서 정식으로 결혼식을 올렸다. 그러던 어머니가 다시 일기를 쓰기 시작한 때는 도로 대전으로 이사를 와 돼지고기 한 근을 1,700원에 산 1987년 12월부터였다. 일기에서 어머니는 더 이상 자신을 혜진이라고 부르지 않았다.

1987년 12월 16일 수요일

서울에서 살다가 대전으로 내려온 지 석 달이 넘었다. 범우가 내년부터 여덟 살이어서 국민학교에 입학한다. 며칠 전에 텔레비전을 보는데 신혼부부가 다투는 장면이 나왔다. 범우가 자기도 나중에 장가를 가면 저렇게 싸우는 거냐고 물었다. 난 갑자기 말문이 막혀 뭐라고 말을 해줘야 할지 몰랐다. 내가 아무 말도 안 하니 범우가 슬금슬금 내 눈치를 본다. 아빠와 엄마가 다투는 모습을 보고 저러는 걸까. 너무 속상하다.

어머니의 일기에서 처음 만난 나였다. 어린 시절에 나는 집에서 늘 어머니와 아버지의 눈치를 봤다. 눈치 없이 굴다가 매를 맞을까 봐 생긴 습관이었다. 바깥에서도 나는 늘 나보다 덩치가 큰 사람들을 피해 다녔다. 어머니는 그런 나를 보고 왜 이유도 없이 사람들을 피해 다니느냐고 야단치곤 했다. 그 습관은 내가 중학교에 입학한 뒤 덩치가 커져서야 사라졌다. 일기가 오랫동안 잊고 있었던 어린 시절 내 습관을 다시 떠오르게 해 기분이 쓸쓸해졌다.

이 짧은 일기 이후에 다시 가계부가 한참 동안 이어졌다. 내가 학교에 입학할 때 낸 육성회비, 학용품과 준비물 구매를 위해 수시로 이뤄진 지출, 어머니와 같이 앉아서 했던 꽃 만들기 부업 수입 등이 눈에 띄었다. 가계부는 마치 영사기를 돌리듯 내 오래된 기억을 재생하다가 이 년 가까이 흐른 뒤에 멈췄다.

1989년 10월 25일 수요일

애들 아빠가 술에 잔뜩 취해 돌아왔다. 그이는 집에 들어와서 온갖 욕지거리를 하더니 손거울과 휴지를 방바닥에 던지고 잠이 들었다. 나는 불안하고 가슴이 답답해 울부짖고 싶었다. 지난 십 년 동안 내 속을 썩이고도 모자란 걸까. 다시 십 년 전으로 돌아가고 싶다. 공장에서 친구들과 옷 만드는 천을 이불 삼아 덮고 자던 그 시절이 그립다.

1989년 10월 29일 일요일

그이가 일요일에도 일을 하러 나갔다. 어제도 그이는 밤새도록 일을 하고 들어왔다. 그이 얼굴이 너무 마르고 몸도 허약해

졌다. 매일 지친 몸으로 돌아온다. 인삼이라도 사서 달여주고
싶은데 돈이 없다. 매일 고생만 하는 그이가 안쓰럽다. 일은 너
무 고되고 들어오는 돈은 없으니 속상하다. 술이라도 덜 마셔
야 건강을 해치지 않을 텐데.

1989년 11월 14일 화요일

점심때 범재가 학교에서 공부를 잘하고 돌아오는지 궁금해 집
을 나서서 교문 앞으로 갔다. 문방구 앞에서 몇 분 기다리니 범
재가 나를 보고 손을 흔들며 뛰어왔다. 엄마를 부르며 뛰어오
는 모습이 귀엽고 예뻤다. 범우는 오후에 수업이 끝난다. 범우
는 믿음직하다. 범우와 범재랑 셋이서 나란히 걸어오고 싶었
는데 아쉽다. 난 우리 아이들이 자라는 모습을 보고 있노라면
행복한 마음이 든다.

1989년 12월 8일 금요일

아침부터 아이들 종아리를 때렸다. 범우는 서른 대, 범재는 열
대를 때렸다. 그이는 어제도 술에 취해 살림살이를 때려 부수
려 하고 욕설을 퍼부었다. 말끝마다 이년 저년을 찾는다. 그이
가 술을 많이 마시고 돌아올 때면 화가 나 애들에게 괜히 화풀
이를 하게 된다. 아이들에게 자꾸 화를 내고 매를 때려서 미안
한데 성격을 고치기가 어렵다.

'범우는 믿음직하다. 우리 아이들이 자라는 모습을 보고 있노라면 행복한 마음이 든다.' 눈앞이 흐려졌다. 어머니의 매질은 나를 미워했기 때문이 아니었다. 나는 어머니의 매질이 아버지 때문이었을 것이라고 오래전부터 짐작해왔지만, 그 사실을 이렇게 뒤늦게 직접 어머니의 말로 확인하게 될 줄은 몰랐다.

이 시절 어머니의 마음은 수없이 냉탕과 온탕을 오갔다. 십 년 사이에 두 아들이 생긴 아버지는 과거보다 훨씬 책임감 있는 가장이 됐지만, 어머니를 삶의 동반자로서 배려하는 태도는 여전히 부족했다. 내 기억 속의 아버지는 밤낮없이 일만 하는 사람이었다. 아버지는 늘 새벽부터 출근해 밤늦게 귀가했고, 귀가할 때는 두 손에 아이들을 위한 간식거리가 들려 있었다. 나는 술에 취해 비틀거리며 귀가하는 아버지가 언제 갑자기 돌변해 집 안을 뒤집어놓을지 두려워하면서도 아버지의 손이 빈손인지 아닌지를 살폈다. 나를 안아주는 아버지의 몸에선 푹 전 땀 냄새가 톱밥 냄새, 술 냄새와 섞여서 올라왔다. 어머니는 가족을 먹여 살리기 위해 휴일도 없이 일하는 아버지를 안쓰럽게 여기면서도, 자신을 존중해주지 않고 함부로 대하는 아버지의 태도를 힘겹게 견뎠다.

1990년 1월 6일 토요일

오늘 범우와 시장에 다녀왔다. 헌책방에 들러 범우에게 읽고 싶은 책을 골라보라고 했다. 범우는 한 권에 400원인 《소년소녀 세계문학전집》 다섯 권을 골랐다. 집에 오니 짜증이 났다. 내 코트가 마음에 들지 않는다. 돈만 있으면 다른 코트를 사서 입고 싶다.

1990년 2월 14일 수요일

아이들이 모두 학교에 갔다. 하늘이 맑고 날도 덜 추웠다. 나는 설거지를 마치고 세수한 뒤 화장을 했다. 머리카락에 물을 발라 예쁘게 빗었다. 오늘 아침에는 머리가 아주 마음에 든다. 그래서인지 기분이 좋아졌다.

1990년 2월 26일 월요일

일요일인 어제 통닭 한 마리를 사다가 먹었다. 아이들이 통닭을 맛있게 먹었다. 사실 나는 닭보다 돼지고기를 더 좋아한다. 양념을 해서 상추에 싸 먹으면 통닭보다 더 맛있는데, 아이들은 통닭을 더 좋아한다. 어쨌든 아이들이 맛있게 먹는 모습이 좋다.

1990년 3월 2일 금요일

시장에서 장을 보다가 옷을 구경했다. 예쁜 옷이 많았다. 나도 옷을 사고 싶고 신발을 사고 싶다. 내겐 없는 게 너무 많다. 사고 싶은 것은 많은데 돈이 없다. 마음에 드는 옷 한 벌과 구두

한 켤레를 구경하다가 집으로 돌아왔다.

장롱에 걸려 있는 낡은 옷가지들과 바닥을 드러낸 빈 화장품 병들. 어머니의 초라한 유품들이 머릿속에 떠오르자 눈가에 다시 눈물이 고였다. 시장에 들를 때마다 마음에 드는 옷과 구두를 눈으로만 바라보다가 돌아섰을 어머니를 생각하니 가슴이 아렸다.

당시 어머니의 나이는 서른두 살. 지금의 나보다도 여덟 살이나 어렸다. 한창 젊은 나이였다. 결혼하고 자식 둘을 낳았어도 예쁘게 꾸미고 싶고, 좋은 옷을 입고 싶고, 맛있는 음식을 먹고 싶은 마음은 여자라면 누구에게나 당연히 존재한다. 몰랐다. 나는 어머니가 그런 당연한 마음을 가지고 있는 여자라는 사실을 상상조차 해보지 못했다. 그리고 모든 걸 당장 포기하고 떠나고 싶어도 그럴 수 없었던 가장 큰 이유가 자식들 때문이었다는 사실도 머리로만 알았을 뿐 가슴으로는 몰랐다.

범우야, 범재야, 정말 미안하다. 정말 미안해. 정말 미안해. 부디 열심히 공부해서 훌륭한 사람이 되어야 해. 아빠같이 무식하고 난폭한 사람은 되지 말아야 해. 이 엄마가 너희들을 어찌 잊으리. 사랑한다. 사랑한다. 이 엄마는 범우와 범재를 너무너무 사랑해. 어떻게 하니. 어떻게 하니. 내 너희들을 두고 어떻게 가니. 이 엄마를 용서해달라는 말을 하지는 않겠다.

범우 아빠, 당신과 살을 맞대고 산 지 벌써 십이 년째야. 내가 당신과 살면서 무엇을 그렇게 잘못했을까. 당신은 애들과 나를 항상 불안하게 해. 나는 인내심이 부족해. 이젠 지칠 대로 지쳤어. 내 한 몸이 죽어 없어지는 게 비겁한 짓인 줄 알지만 난 그 길을 택하겠어. 내가 죽으면 범우와 범재가 불쌍해지겠지. 나는 애들이 아니었으면 벌써 이 세상 사람이 아니었을 거야. 이젠 다 끝났어. 우리 애들 어떡하지. 정말 어떡하지.

'사랑한다. 사랑한다. 엄마는 범우와 범재를 너무너무 사랑해.' 삼십 년이나 흘러서야 내게 전해진 어머니의 사랑한다는 말에 숨이 턱 막혔다. 이 글은 유서였다. 날짜가 적혀 있지 않은 글이었지만, 나는 어머니가 언제 이 글을 썼는지 짐작할 수 있었다. 세월의 언저리에 오랫동안 묻혀 있던 기억이 되살아났다.

내가 어머니의 지갑에 손을 댄 사건 이후 며칠이 지난 뒤였다. 나는 잠을 자다가 문득 이상한 기분을 느껴 깨어났다. 어머니가 큰 옷가방을 옆구리에 낀 채 내 곁에 앉아 있었다. 어머니는 말없이 잠자리에 누워 있는 나를 바라보며 슬픈 표정을 짓다가 자리에서 일어났다. 나도 따라 일어났다. 나와 동생의 머리맡에는 좋아하는 과자 몇 봉지가 놓여 있었다. 어머니는 표정을 지우며 내게 도로 누워 자라고 손짓하더니 옷가방을 들고 문밖으로 사라졌다. 나는 지금 쫓아가지 않으면 다시는 어머니를 못 볼 것 같았다. 하지만 나는 쫓아가면 매를 맞을까 봐 두려워 다시 잠자리에 누웠고 곧 잠이 들었다.

다음 날부터 나와 동생은 가까운 친척 집에서 숙식을 했다. 동생은 매일 어머니를 찾으며 울었다. 일이 바빴던 아버지는 우는 동생에게 화를 내며 어머니가 금방 돌아올 테니까 그때 집으로 돌아가자고 달랬다. 혹시 내가 어머니의 지갑에서 돈을 훔쳤기 때문일까. 그래서 어머니가 내게 몹시 실망해 가족까지 버리고 떠난 걸까. 친척 집에서 나와 동생이 머물던 작은방의 창문 바깥으로 고개를 내밀면 가까운 교회의 십자가 첨탑이 보였다. 나는 며칠 동안 밤마다 동생이 잠들고 나면 십자가 첨탑을 올려다보며 다시는 그런 짓을 하지 않을 테니 어머니가 집으로 돌아오게 해달라고 울면서 빌었다.

보름가량 지난 후 어머니가 집으로 돌아왔다. 나와 동생은 어머니를 붙잡고 엉엉 울었지만, 어머니는 아무런 표정을 짓지 않았다. 어머니가 돌아온 후 아버지의 태도에 변화가 있었다. 술에 취해 어머니에게 욕을 하며 살림을 부수는 일이 줄어든 것이다. 그와 동시에 아버지가 술에 취해 있지 않을 때 어머니에게 살갑게 굴던 모습도 줄어들었다. 둘 사이의 대화도 자연스럽게 줄어들었다. 그때부터 집 안에는 늘 왠지 모를 냉기가 흘렀다.

그럭저럭 조용하게 굴러가던 집 안에 새로운 균열이 발생하기 시작했다. 균열의 원인은 동생이었다. 처음에는 학교 수업 중에 갑자기 사라져 담임선생으로부터 호출을 받는 정도였다. 그러던 동생의 일탈은 나중에 가출, 절도, 폭력 등으로 이어졌고 어머니는 수시로 경찰서와 보호관찰소에 드나들어야 했다. 나 또한 어머니와 함께 여기저기를 쑤시고 돌아다니며 동생의 행방을 찾아다니는 일이 많아졌다.

1993년 1월 9일 토요일

오전 열한 시에 파출소에서 전화가 왔다. 범재를 데리고 가라는 연락이었다. 파출소에 가보니 아이들 몇몇이 무릎을 꿇고 벌을 받고 있었다. 범재가 그 아이들과 함께 문방구에서 물건을 훔쳤다고 한다. 나는 당황스럽고 떨렸다. 수원으로 일하러 간 그이는 내게 안부 전화를 하지 않는다. 그이가 없는 저녁이 너무 허전해 잠이 잘 오질 않는다. 괴롭고 슬프다.

1993년 2월 11일 목요일

사는 게 무엇인가. 어렸을 때 꿈은 다 어디로 사라져버린 걸까. 괴로운 마음을 누군가와 이야기하고 싶은데 말벗이 없다. 범재가 학교를 빼먹고 가지 않아 속이 상해 매를 댔다. 범재만 매를 대면 안 될 것 같아서 범우도 같이 때렸다. 범우가 시들은 풀잎처럼 풀이 죽어 있다. 나는 왜 씩씩하지 못하느냐고 범우에게 또 매를 댔다. 속이 상했다.

당시 아버지는 늘 먼 곳에서 일했다. 한 달에 한 번 혹은 두 달에 한 번 집에 들르는 일이 부지기수였다. 그런 생활은 아버지의 사업이 IMF 외환위기로 엎어질 때까지 몇 년간 계속됐다. 아버지는 집에 들를 때마다 동생을 호되게 혼냈지만 그때뿐이었다. 동생을 감당하는 일은 거의 어머니의 몫이었다. 머리가 커진 동생은 나뿐만 아니라 어머니에게도 심하게 대들었고 심지어 주먹질을 하며 힘으로 위협하기도 했다. 어머니는 더 이상 매로 다스릴 수 없는 동생을 몹시 힘겨워했다. 또한 어머니는 집에 들르지 않고 연락도 뜸하게 하는 아버지에게 다른 여자가 생긴 게 아닌지 의심했던 것 같다. 그때부터 어머니는 술에 의존하기 시작했다.

나는 자주 어머니의 술 심부름을 했었다. 술에 취한 어머니는 나를 앞에 두고 아버지와 주변 사람들의 흥을 보며 격하게 감정 표현을 하곤 했다. 어린 시절 아버지의 주사에 학을 뗐던 내게 어머니의 주사가 결코 좋게 보일 리가 없었다. 처음에는 저녁에만 술을 마셨던 어머니는 종종 아침부터 술을 입에 대기도 했다. 어머니가 주방에서 술을 마시려고 하면, 나는 얼른 내 방으로 자리를 피해 귀에 이어폰을 끼고 음악을 들었다. 밖에서 어머니가 나를 부르는 소리가 음악 소리를 뚫고 들려도 나는 무시했다.

1993년 6월 22일 화요일

오늘도 그이는 전화하지 않았다. 범우에게 막걸리를 사 오라고 했다. 막걸리를 다 마시니 정신이 오락가락하다. 그이는 며칠째 바쁘다며 집으로 돌아오지 않는다. 그이가 보고 싶다. 그이의 팔베개를 하고 눕고 싶다. 혹시 다른 여자가 생긴 게 아닐까. 내 몸매가 점점 미워지고 있다. 아랫배가 많이 나오고 허리도 어디로 갔는지 없다. 내 몸매가 미워지니 우울하다.

1993년 9월 5일 일요일

그이가 내게 별 인사도 없이 멀리 일하러 갔다. 너무 화가 나서 견딜 수 없어 소주 한 병을 마셨다. 너무 많이 마셨는지 머리가 아프다. 부부는 같이 있어야 한다는데 떨어져 있어서 서로 정이 없어지는 것 같다. 난 그이가 내게 좀 더 말을 많이 하고, 더욱더 솔직하게 행동했으면 좋겠다.

1993년 9월 8일 수요일

무척이나 괴로운 밤이다. 범재 때문에 하루라도 마음 편할 날이 없다. 이제는 제멋대로 학교를 빼먹고 다닌다. 죽이고 싶도록 미웠다. 그이는 오늘도 집에 전화하지 않았다. 술 몇 잔을 했다. 지금 막 생명의 전화에 전화했다. 이십 분 정도 통화를 했다. 살고 싶지 않다. 이제 옛날보다 조금 살 만해졌는데 마음은 더 괴롭다.

나는 그때 어머니가 자살 예방 상담 기관에 전화를 걸 정도로 심각하게 스트레스를 받았음을 일기로 처음 알게 됐다. 그리고 어머니가 기댈 수 있는 유일한 언덕이 나였음을 뒤늦게 깨달았다. 술에 취한 어머니의 부름을 무시하며 방에서 음악을 듣던 사춘기 시절의 내 모습 위로 십삼 년 전 어머니의 손을 뿌리치며 현관문을 나서던 내 모습이 겹쳐졌다. 어머니에 관한 죄책감을 원망과 미움으로 덮어서 밀어내려 했던 내게 늦은 후회가 한꺼번에 밀려들어와 가슴을 할퀴었다.

열심히 아끼고 모아봤자 아무 소용없다는 허무함 때문이었을까. 아버지의 사업이 IMF 외환위기와 맞물려 엎어지고 가세가 기운 이후, 어머니는 더 이상 가계부를 쓰지 않았다. 일기 또한 일 년에 한두 번씩 간헐적으로 이어졌다. 어머니는 늘 술에 취해 일기를 썼고, 글씨 또한 엉망이어서 알아보기 어려웠다.

1995년 2월 3일 금요일

무척이나 오랜만에 일기를 써본다. 그이랑 심하게 싸웠다. 그이는 살림을 많이 때려 부쉈다. 텔레비전도 고장 나고, 거울도 박살 나고, 스탠드도 깨지고, 장롱에 흠도 많이 났다. 온 방에 깨진 유리투성이다. 발바닥이 유리에 찔려 심하게 다쳤다. 새빨간 피가 장판 위에 번졌다. 더 이상 세상을 살아서 무엇 하나 싶다. 냉장고에 남아 있던 소주 반병을 꺼내 마셨다. 이제 술이 없으면 잠을 청하지 못한다. 매일 마시다시피 한다.

1996년 10월 24일 목요일

마음이 괴로워 견딜 수가 없다. 사랑이란 뜨겁지만 순간적이고 단순하다. 내게 남은 것은 상처와 배신감밖에 없다. 이젠 눈물도 나오질 않는다. 너무나 괴로운 나날들이다. 나는 산다는 것이 무섭다. 그리고 죽는다는 것도 너무너무 무섭다. 고통 없이 잠자듯 이 세상을 떠나는 방법은 없는 걸까.

1997년 3월 14일 금요일

오랜만에 펜을 들었다. 무척이나 외롭고 쓸쓸하다. 이제는 범재가 내게 무례하게 대든다. 서글프고 괘씸했다. 날이면 날마다 술만 늘어간다. 낮에 잠자면 밤에 잠을 이루지 못한다. 그래서 술을 마신다. 그이가 내게 왜 자꾸 술을 마시느냐고 화를 냈다. 자기가 내게 화를 낼 자격이 있다고 생각하는 걸까.

1998년 2월 12일 목요일

밤 열 시 삼십오 분이다. 오랜만에 일기를 써볼까 한다. 범재가 며칠째 집에 들어오지를 않는다. 이제는 찾아다닐 기력도 없다. 도대체 어디에서 무엇을 하고 있는 걸까. 무척이나 슬프고 우울하고 괴로운 밤이다. 소주 몇 잔을 마셨다. 속이 좋지 않아 오바이트를 했다. 범재는 도대체 무엇이 불만인 걸까. 내가 도대체 무엇을 잘못한 걸까.

1999년 9월 30일 목요일

범재가 두 달 전에 여자친구 전화를 받고 나간 후 지금까지 집에 들어오지 않고 있다. 가슴이 답답하고 소화가 안 된다. 하루에도 몇 번씩 울분이 치밀어 오른다. 자식이 집을 나갔는데도 이 엄마는 밥을 잘도 먹는다. 그렇지만 소화가 하나도 안 된다.

당시 고등학생이었던 나는 아침 일찍 등교해 야간 자율학습까지 마친 후 밤 열 시가 넘어 귀가했다. 학교에서 강제로 이뤄지는, 말만 자율인 야간 자율학습을 좋아하는 학생들은 거의 없었다. 나는 그 시간을 좋아하는 희귀종이었다. 집에선 하루가 멀다 하고 어머니와 아버지 사이에 싸움이 벌어졌다. 아버지가 집을 비운 날이면 어머니는 늘 술을 마셨다. 자주 집을 나갔던 동생은 학업을 제대로 이어가지 못했고, 어쩌다 집에 붙어 있는 날이면 어머니와 충돌했다. 나는 가능한 한 일찍 집에서 나와 늦게 들어갔다. 특별한 취미가 없었던 나는 학교에서 공부에 재미를 붙였다. 내가 고등학교에서 충실하게 보낸 시간은 성적을 급격하게 상승시켰다. 집에 붙어 있고 싶지 않아 시작한 공부가 나를 우등생으로 만들어줬다. 정말 아이러니한 일이었다.

나는 이왕 재미를 붙인 공부이니 더 열심히 공부해 집에서 벗어나야겠다고 결심했다. 방학이나 휴일에도 나는 학교에 상시 열려 있는 자습실에서 시간을 보냈다. 입시에서 나는 서울로 대학을 진학할 수 있는 괜찮은 성적을 받았다. 고등학교에 입학하기 전에는 상상도 하지 못한 결과였다. 서로를 향해 늘 으르렁거렸던 어머니와 아버지도 그때만큼은 한목소리로 기뻐했다. 나는 이제야 집에서 벗어나는 데 성공하게 됐다며 안도했다.

2000년 2월 28일 월요일

범우가 서울로 올라갔다. 오늘 범우를 대전역에 데려다줬다. 해준 것도 없는데 혼자 열심히 공부해서 서울로 올라가는 큰아들을 보니 대견하고 또 안쓰럽다. 서울로 떠나는 범우를 보니 눈물이 났다. 난 항상 우리 큰아들을 보면 미안하다. 화를 풀 곳이 없어서 큰아들을 너무 많이 때리고 마음고생을 시켰다. 큰아들을 생각하면 미안하고 불쌍하고 속상하다. 어렸을 때 많이 사랑해주지 못해 미안하다.

나는 그날을 생생하게 기억한다. 내가 대학 입학을 며칠 앞두고 미리 짐을 챙겨 서울로 올라가는 날이었다. 어머니는 플랫폼까지 나를 따라와 배웅하며 눈물을 흘렸다. 나는 그런 어머니의 모습을 처음 본 터라 살짝 당황했다.

대학 합격 통지를 받은 후, 나는 겨울방학을 이용해 혼자 서울로 올라와 학교 근처에서 숙소를 알아봤다. 기숙사의 문턱은 높았고, 원룸이나 하숙은 집안 형편상 비용을 감당하기가 어려웠다. 현실적으로 비용을 감당할 수 있는 숙소는 고시원, 그중에서도 학교에서 조금 멀리 떨어진 창문이 없는 고시원이었다.

창문이 없는 고시원은 문을 닫으면 암흑으로 변했다. 한 평도 되지 않아 보이는 공간에 작은 침대와 냉장고, 채널을 손으로 돌리는 오래된 로터리 방식의 텔레비전이 놓여 있었다. 침대에 누워 천장을 보니 마치 관 속에 누워 있는 듯한 느낌이 들었다. 공용 화장실과 욕실은 지저분했다. 과연 사람이 살 수 있는 공간인지 의심스러웠지만, 나로서는 선택의 여지가 없었다. 밥과 김치가 추가 비용 없이 제공된다는 점이 그나마 위안이었다. 나는 이 말도 안 되게 초라한 공간을 굳이 보여주고 싶지 않아 대학 입학식에 참석하겠다는 어머니와 아버지를 만류했다.

내가 열차에 오르기 전, 어머니는 내게 봉투를 챙겨줬다. 봉투 안에는 1만 원짜리 지폐 서른 장이 들어 있었다. 나는 감사하다는 말을 짧게 남기고 열차에 올랐다. 내가 좌석에 앉은 뒤에도 어머니는 플랫폼에서 떠나지 않았다. 나는 어머니에게 돌아가시라고 손짓을 했지만, 어머니는 옷소매로 눈물을 훔칠 뿐이었다. 열차가 출발했다. 어머니는 열차가 움직이는 방향으로 걸으며 내게 손을 흔들었다. 나는 그런 어머니를 시선으로 좇았다. 열차가 속도를 내자 어머니는 빠르게 작아지더니 곧 사라졌다. 마음이 시원섭섭했다.

나는 이십 년 만에야 그때 어머니가 흘린 눈물의 의미를 알게 됐다. 어린 나이에 갑작스러운 사고처럼 한 남자를 만나 아무런 준비 없이 세 아이를 낳고 한 아이를 잃은 여자. 아무도 그녀에게 어떻게 살아가야 하며, 어떻게 아이들을 키우고 가르쳐야 하는지 일러주지 않았다. 자식 양육에 필요한 인내심을 배우기에는 그 어떤 환경도 그녀를 받쳐주지 못했다. 나는 태어날 때부터 엄마로 태어난 엄마는 없다던 경선의 말을 떠올렸다. 나는 오랜 세월이 흐른 뒤에야 알게 된 어머니의 진심 앞에서 눈물을 쏟아냈다. 눈물이 일기장 위로 떨어져 번졌다.

2001년 3월 6일 화요일

지금 시간은 새벽 세 시 오십오 분이다. 그이도 범재도 며칠째 집에 들어오지 않는다. 아무도 없는 새벽에 라면을 하나 끓여 먹었다. 며칠 전에 다친 발목이 좀처럼 낫지 않는다. 난 왜 이렇게도 무기력한지 그냥 아무것도 하고 싶지 않다. 라면을 먹었더니 너무 소화가 안 된다.

2002년 5월 12일 일요일

눈알이 아프다. 눈두덩이 퉁퉁 부었다. 많이 울었다. 술도 마셨다. 낮에 범재와 싸웠다. 너무나도 무례하게 엄마에게 대들어 할 말을 잃었다. 무서워서 내가 먼저 범재 앞에서 자리를 피했다. 서글프고 쾌씸해서 잠이 오질 않는다. 범우는 유민이라는 아이와 연애하느라 바쁜지 집에 연락도 잘 하지 않는다. 사는 게 무엇인지 회의가 느껴진다. 이제는 삶에 집착하지 않겠다.

2003년 1월 3일 금요일

새해부터 온몸이 붓고 아프다. 범재는 날이면 날마다 PC방에 출근하다시피 한다. 그이가 아무리 야단을 치고 화를 내도 소용이 없다. 어떻게 해야 할지 모르겠다. 이 엄마 말은 전혀 들은 척도 하지 않는다. 나는 이제 세상에 갈 곳이 아무 데도 없다. 너무나도 서글프다.

나는 대학에 진학한 이후 어머니가 세상을 떠나기 전까지 집에 거의 들르지 않았다. 신입생 때는 유민과 연애하느라 바빴고, 그 뒤에는 군 복무를 하느라 휴가가 아니면 집에 들를 일이 없었다. 제대 후에는 고시 공부를 한다는 핑계로 어머니를 잊고 살았다. 나는 일기로 남아 있지 않은 어머니의 마지막 삶을 짐작할 수 있었다. 기댈 언덕이 모두 사라진 어머니는 홀로 시들어갔을 것이다. 가족 누구도 어머니가 시들어가는 줄 몰랐다. 나는 끝까지 방관자였다.

2005년 9월 7일 수요일
내 마음은 아침부터 우울하다. 서글프고 살아가는 게 무의미한 것 같다. 무슨 재미로 사는지 모르겠다. 맑고 파란 가을 하늘을 보니 눈물이 핑 돈다. 그이는 날마다 고주망태가 되어서 집에 들어온다. 나 또한 날마다 고주망태가 될 때까지 술을 마신다. 그이나 나나 모두 한심하다. 우리는 고작 이렇게 살자고 오랜 세월을 함께했던 걸까.

어머니의 일기는 이날을 끝으로 더 이어지지 않았다. 그로부터 일 년 반 후에 어머니의 삶도 멈췄다. 가진 건 많지 않아도 서로 사랑하고 사랑받는 가정을 꾸미는 것. 일기에 드러난 어머니의 희망은 소박했다. 그저 주린 배를 채우기 위해 먹는 음식이 사료나 마찬가지이듯, 희망 없는 삶은 고통일 뿐이다. 스무 살 혜진은 세상을 자유롭게 훨훨 날아다니고 싶었던 어린 새였다. 어린 새는 날개를 채 펴기도 전에 붙잡혀 오랜 세월 새장 속에 갇혀 있었다. 어머니의 자살은 갑작스러운 충동에서 나온 선택도, 누군가를 미워해서 벌인 선택도 아니었다. 어머니는 고통에서 벗어나기 위해 삶에서 벗어나는 길을 선택했다. 어머니가 살면서 오직 자신만을 위해 결정한 처음이자 마지막 선택이었다. 온몸으로 새장과 부딪쳤던 어린 새는 죽음으로써 새장에서 벗어날 수 있었다. 나는 노트북으로 어머니의 일기를 옮긴 뒤 경선에게 이메일을 보내며, 어머니를 AI로 되살려 자살의 이유를 묻겠다던 내 계획은 처음부터 잘못된 것이었음을 깨달았다.

4

고백

평일 오전의 시외버스터미널은 한산했다. 나는 매표소에서 줄을 서는 일 없이 강릉행 버스 티켓을 끊었다. 일기장 바깥의 어머니는 어떤 사람이었을까. 어머니의 일기를 정리하며 나는 더 많은 의문에 사로잡혔다. 일기로 남아 있지 않은 어머니를 가장 많이 기억하고 있을 만한 사람은 아버지였다. 아버지가 기억하는 어머니는 어떤 사람인지, 그리고 아버지는 어떤 사람인지 알고 싶었다.

나는 어머니의 일기를 정리한 후 오랜만에 고향 집에서 하룻밤을 머물렀다. 예전에 내가 썼던 방에선 침대가 사라진 지 오래였다. 침대가 있는 방은 안방뿐이었다. 침대 위에 이불을 펼치던 나는 안방 침대의 위치가 바뀌었다는 걸 뒤늦게 알아챘다. 내 기억 속에서 안방 침대의 머리는 출입문 방향으로 붙어 있었다. 침대에 누우면 바로 바깥 풍경이 보였다. 그런데 지금 침대의 머리는 그때와 정반대로 배치돼 있었다. 어쩌면 아버지는 어머니가 안방 너머 베란다에서 창밖으로 몸을 던지는 모습을 직접 봤을지도 모른다는 생각이 들었다. 나는 떨리는 마음으로 안방 너머 베란다로 걸음을 옮겼다. 그곳에 서서 나는 조심스럽게 창밖으로 고개를 내밀었다. 오래전에 어머니가 추락한 곳이 바로 아래였다. 무릎이 풀렸다. 아버지는 어머니의 마지막 모습을 본 게 틀림없었다. 나는 안방 침대에 펼쳤던 이불을 도로 챙겨 내 방으로 가져와 바닥에 펼친 뒤 누웠다. 좀처럼 잠이 오질 않았다.

어머니의 장례식을 마친 뒤 나는 아버지와 상의해 집을 내놓으며 이사할 집을 찾았다. 삼십 년이 다 된 한 동짜리 낡은 아파트의 시세는 형편없었고, 매매도 잘 이뤄지지 않았다. 설령 집이 팔린다고 해도 그 돈으로 이사를 할 만한 집을 찾기가 어려웠다. 나는 도저히 그 집에서 먹고 잘 용기가 나지 않아 얼마 후에 다시 서울로 돌아갔다. 집을 팔고 다른 집으로 이사를 하려던 계획은 흐지부지됐고, 다시 긴 시간이 흘렀다. 아버지는 계속 그 집에서 홀로 먹고 잤다. 어쩌면 아버지는 나보다도 훨씬 혹독한 지옥에서 하루하루를 보냈을지도 모르겠구나. 가슴속에 찬바람이 불었다.

아버지는 내가 강릉에 들르겠다는 연락에 반색했다. 돌이켜 생각해보니 내가 아버지에게 먼저 연락했던 일도, 아버지를 먼저 찾은 일도 거의 없었다. 어머니가 세상을 떠난 뒤에는 더 그랬다. 나는 살아서 아버지를 몇 번이나 더 만날 수 있을까. 지금 내 몸 상태를 아버지에게 어떻게 설명하는 게 좋을까. 그냥 숨길까. 온갖 고민으로 머릿속이 복잡해졌다. 전화벨이 울렸다. 나 회장이었다. 나는 자세를 바로잡으며 전화를 받았다.

"회장님, 출장 잘 다녀오셨습니까?"

"내가 직접 현장으로 가니 생각보다 일이 수월하게 진행됐어요. 몸은 어때요? 괜찮아요?"

"제가 먼저 회장님께 감사하다는 말씀을 드렸어야 했는데 송구합니다. 다행히 아직은 별일 없습니다."

"항암치료는 언제부터 시작하나요?"

"실은…… 치료를 받기 전에 꼭 해야 할 일이 있습니다."

"아무리 그래도 그렇지, 사람 목숨이 달린 일보다 더 급한 일이 세상에 어디 있나."

나 회장의 목소리가 살짝 높아졌다. 나는 조용히 한숨을 쉬었다.

"치료를 시작하면 할 수 없는 일입니다. 솔직히 치료가 잘 이뤄진다고 보장할 수 없는 상황이기도 하고요. 며칠이면 충분합니다. 죄송합니다, 회장님."

전화기 너머로 나 회장의 깊은 한숨 소리가 들렸다. 나는 그에게 아무 말도 할 수 없었다. 그가 먼저 입을 열었다.

"지금까지 살면서 주변을 돌아보니까 그래요. 많은 사람이 자신과 가까운 사람이 세상을 떠나면 대체로 인생의 허무함을 느껴요. 그런데 말이죠, 죽음이 자신과 가까워졌다고 느끼는 사람들의 태도는 조금 달라요. 죽기 전에 무언가를 자꾸 하려고 조바심을 내요. 낯선 곳을 여행하든, 그동안 못 만난 사람을 만나든, 맛있는 음식을 먹든."

'인간은 죽는다. 그것이 사실일지는 모르나, 반항하며 죽어야겠다.' 나는 알베르 카뮈가 죽음에 관해 남겼다는 말을 곱씹었다.

"꼭 만나야 할 사람이 있습니다. 이번 기회가 아니면 언제 다시 만날 수 있을지 알 수 없습니다. 만나고 바로 돌아가겠습니다. 이번 기회도 회장님이 아니었으면 알지도 못하고 지나쳤을 기회입니다. 다시 한 번 감사드립니다."

나는 전화를 끊으며 버스에 올랐다. 버스는 약 세 시간 반 후에 강릉에 도착할 예정이었다. 차창 커튼 틈새로 들어오는 햇살이 겨울답지 않게 따사로웠다. 나는 창가에 기대 햇살을 손으로 매만지다 잠이 들었다.

버스는 예정보다 십 분 일찍 강릉에 도착했다. 아버지는 경포해수욕장 인근 펜션 공사현장에서 인테리어 작업을 하고 있었다. 아버지는 오늘 작업량이 많지 않아 오후 네 시 반쯤에는 일이 끝날 것 같다고 말했다. 아버지의 목소리가 들떠 있었다. 터미널에서 경포해수욕장까지 시내버스로 약 사십 분이면 이동이 가능했다. 택시를 타려던 나는 아버지의 작업 종료 시각에 맞춰 도착하도록 시내버스를 탔다.

평생 처음 보는 동해였다. 동해의 바닷물은 짙푸른 빛깔이 인상적이었다. 나는 그 빛깔에 이끌려 백사장을 가로질러 바다로 걸었다. 발걸음을 옮길 때마다 고운 모래가 서걱거렸다. 잔잔한 파도가 백사장을 훑으며 뭍을 향해 경계선을 넓혔다. 바닷물이 정수기에서 받은 물처럼 맑았다. 나는 맑은 바닷물이 정말 짠지 궁금해 손가락으로 찍어 맛을 봤다가 바로 뱉어냈다. 해변은 오가는 사람들이 적어 조용했지만, 조용한 해변은 조용한 대로 운치가 있었다. 이 나이를 먹도록 동해안에 한 번 와본 일이 없고 여권도 만들어보지 못한 내가 새삼 우습게 느껴졌다.

저 멀리 하늘과 맞닿는 수평선 위로 이곳과 정반대에 있는 바다의 풍경이 겹쳐졌다. 탁한 바닷물 빛깔과 비교돼 더 푸르게 보였던 한낮의 하늘, 해 질 무렵부터 백사장을 떠들썩하게 만들던 폭죽 소리, 그리고 달콤한 바나나우유 향기. 바다는 내 생에 가장 눈부시던 날의 기억, 그래서 더 쓰리고 아픈 기억을 불러냈다.

스무 살 봄, 나는 유민과 대천해수욕장 해변에 있었다. 선배와 신입생들이 단체로 모여 학과 엠티로 찾은 바다이긴 해도, 둘이 함께 서울을 벗어나 먼 곳까지 오기는 처음이었다. 당시 나와 유민은 사귄 지 한 달 정도 된 캠퍼스 커플이었다. 남자 중학교와 고등학교의 우중충한 분위기에 익숙한 내게 캠퍼스는 총천연색으로 물든 활기찬 공간이었다. 그 공간에서 처음 내 눈에 들어온 사람은 유민이었다. 둥근 얼굴에 귀여운 인상과 아담한 체구를 가진 유민은 체구에 어울리지 않게 빠르게 걸어 다녔다. 그 모습은 마치 내게 캠퍼스 곳곳을 날아다니는 작은 새처럼 보였다. 나는 귀찮게 유민의 뒤를 따라다니며 관심을 표했다. 유민은 처음엔 그런 나를 귀찮게 여겼지만, 내 정성이 통했는지 얼마 지나지 않아 마음을 열었다. 나와 유민 모두 서로가 첫 연애 상대였다. 유민은 내게 매우 도도하게 굴었다. 나는 그런 유민에게 쩔쩔맸고, 한동안 둘 사이에 뜨뜻미지근한 관계가 이어졌다. 바다는 둘의 관계를 조금 더 친밀하게 해준 공간이었다.

나와 유민은 무리에서 벗어나 단둘이 해변을 거닐었다. 유민은 바다를 바라보며 밝은 표정을 짓다가 갑자기 눈물을 흘리기 시작했다. 놀란 나는 유민을 어떻게 달래야 할지 몰라 허둥댔다. 잠시 후 유민은 눈물을 옷소매로 닦으며 내게 말했다.

"미안해……. 놀랐지? 사실 나 오늘 처음으로 바다를 봤어. 바다를 보니까 나도 모르게 갑자기 눈물이 나네."

그날 나는 유민이 지금까지 바다에 한 번도 놀러 가지 못했을 정도로 홀어머니 밑에서 가난하게 자랐으며, 더 좋은 대학에 진학할 수 있었는데도 장학금을 받기 위해 마음에 들지 않는 대학을 선택했음을 알게 됐다. 나는 그제야 평소 유민의 얼굴에 옅게 드리워져 있던 그림자를 이해할 수 있었다. 자신의 속내를 처음으로 털어놓은 유민은 내게 조금 더 친밀하게 다가왔다. 나는 유민의 어깨를 끌어안으며 평생 이 여자를 행복하게 해줘야겠다고 다짐했다.

어느덧 해변에 어둠이 깔렸다. 백사장에서 관광객들이 터뜨리는 수많은 폭죽이 하늘로 솟아올랐다. 조악한 싸구려 폭죽이었지만, 한꺼번에 하늘로 솟아오르자 꽤 볼만한 풍경을 연출했다. 나와 유민은 해수욕장 만남의 광장 근처 벤치에 앉아 캔맥주를 들고 그 풍경을 한참 동안 말없이 바라봤다. 유민이 내 어깨에 머리를 기댔다. 내 얼굴에 열꽃이 피어오르고 가슴이 뛰었다. 둘의 눈이 마주쳤다. 나는 유민의 입술에 내 입술을 포개며 눈을 감았다. 유민의 입술에서 바나나우유 향기가 느껴졌다. 유민이 두 팔로 내 목을 감았다. 나와 유민의 첫 키스였다. 폭죽 소리가 더욱 커졌다.

나와 유민이 사귄 십 년 동안에 연애다운 연애를 한 기간은 초반 이 년에 불과했다. 내가 군에 입대한 이후 유민은 본격적으로 사법시험 공부를 시작했다. 나 역시 군에서 제대한 후 바로 사법시험 공부를 시작한 터라 유민과 자주 만날 수가 없었다. 유민은 1차 시험에는 쉽게 통과했지만 2차 시험에서 자꾸 미끄러져 점점 예민해졌다. 당시 유민은 내게 연인보다는 돌봐야 할 아픈 가족에 더 가까운 사람이었다. 나는 점점 심한 감정

기복을 보이는 유민을 달래는 데 많은 힘을 쏟았다. 언젠가 유민은 울면서 내게 이런 고백을 했다. 그 고백은 내가 유민의 손을 먼저 놓을 수 없는 중요한 이유가 됐다.

"네가 없었다면, 난 이미 이 세상 사람이 아닐지도 몰라. 내 곁에 있어줘서 고마워."

유민은 내게 슬픔을 나눠주는 데만 익숙할 뿐, 내게서 슬픔을 나눠 가지는 데는 인색했다. 좋게 말하면 자기방어가 과했고, 나쁘게 말하면 몹시 이해타산적이었다. 나는 그런 유민의 성격을 모르지 않았고, 때로는 그 성격에 질리기도 했었다. 하지만 유민은 가족의 끈끈한 정을 느끼지 못했던 내게 가족 이상의 존재였다. 스무 살 봄에 해변에서 다짐했듯이, 그저 나는 유민의 행복한 모습을 보고 싶을 뿐이었다. 유민의 마음이 나와 크게 다르지 않을 거라고 믿은 게 문제였다.

상황에 따라 거침없이 변하고 굴절하는 게 사람의 마음인 걸까. 함께 지내온 세월이 짧지 않은 내게 최소한의 배려를 보여줄 수는 없었던 걸까. 내가 어머니의 자살로 큰 충격에 빠져 방황하는 걸 알면서도, 나를 버리고 떠나야 할 만큼 새로운 사랑이 다급했던 걸까. 남들에게 굳이 나를 사랑이 아니라고 부정할 필요가 있었을까. 유민에게 나는 과연 무엇이었을까…….

유민이 떠난 이후 나는 사람이 두려워 누군가에게 쉽게 정을 주지 못했다. 내가 호감을 가졌던 여자도, 내게 호감을 보였던 여자도 없진 않았다. 하지만 관계가 조금 진전되면, 먼저 버려질지도 모른다는 불안감이 나를 엄습했다. 그럴 때마다 나는 습관처럼 상대방을 밀어낼 구실을 찾았고, 이런 나를 견디는 여자는 없었다. 그런 일이 반복될수록 유민을 향한 미움이 내 마음속에 두껍고 단단하게 쌓여갔다.

파도 소리가 전화로 울먹이던 유정의 목소리처럼 들렸다. 나는 왼손 약지를 물끄러미 살폈다. 첫 마디가 오른손 약지의 첫 마디보다 약간 가늘었다. 십 년 동안 커플링이 끼워져 있던 자리다. 커플링을 뺀 지 십 년이 넘었는데도 손가락에는 여전히 그 흔적이 남아 있었다. 나는 쓸쓸하게 웃었다.

유민이 이제 와서 나를 흔드는 이유를 모르지는 않는다. 예전에도 그랬듯이 유민에게 다급한 건 자신의 아픈 감정을 달래는 일이지 내 감정은 안중에도 없음을 말이다. 유민과 다시 만나 관계를 회복하고 싶은 마음이 있는 건 아니다. 그런데 왜 나는 아직도 유민에게 흔들리는 걸까. 무시하고 넘어가면 될 일을 왜 무시하지 못하고 붙잡는 걸까. 짙푸른 바다가 뿌옇게 흐려졌다. 바다는 나를 더 외롭게 만들었다. 나는 고개를 흔들며 해변에서 벗어나 아버지가 일하는 펜션으로 향했다.

펜션에서는 아직도 작업이 진행 중이었다. 아버지는 합판을 머리 위로 들고 이동 중이었다. 아버지가 나를 보고 밝게 웃었다.

"빨리 왔네? 금방 끝난다."

나는 펜션 내부 공사현장을 살폈다. 톱밥 냄새, 본드 냄새가 진동했다. 어렸을 때 아버지 몸에서 늘 맡았던 익숙한 냄새였다. 쾌적하다는 말과 거리가 한참 먼 작업 환경이었다. 아버지는 내게 나가서 기다리라고 손짓을 했다. 바쁘게 움직이는 아버지의 머리카락에 톱밥 가루가 덕지덕지 묻어 있었다. 그 모습이 낯설었다. 나는 그 이유가 무엇인지 곰곰이 생각하던 중 아버지가 내게 단 한 번도 작업복 입은 모습을 보여주지 않았음을 깨달았다. 아버지의 걸음걸이가 불편해 보였다. 문득 내가 어머니만큼이나 아버지에 관해서도 아는 게 별로 없을지 모른다는 생각이 들었다.

내가 공사현장에 들어갔다가 나온 사이에 해가 떨어졌다. 해가 짧은 걸 보니 겨울은 겨울이었다. 잠시 후 옷을 갈아입은 아버지가 나왔다. 조금 전에 낯설게 느껴졌던 아버지의 모습이 다시 익숙해졌다. 아버지는 먼 곳까지 오느라 고생했다며 내 어깨를 두드렸다. 아버지의 몸에서 톱밥 냄새와 뒤섞인 땀 냄새가 났다. 오랜만에 맡는 냄새가 반가웠다. 아버지는 근처에 괜찮은 횟집이 있다며 나보다 앞서 걸었다. 아버지는 오른쪽 다리를 절었다.

"다리를 다치셨어요?"

"꽤 됐다. 무릎 연골이 다 닳았다더라. 인공관절 수술을 받았다. 전보다 덜 아픈데 걷기는 살짝 불편하네."

처음 듣는 이야기였다.

"언제 수술을 받으셨어요? 제게 왜 이야기도 하지 않으시고."

"너도 바쁜 거 아는데, 뭘."

서운했다. 내가 아버지 수술 소식을 알았다고 하더라도, 아버지에게 뭔가 실질적인 도움을 줄 수 없었을 거라는 걸 잘 안다. 그래도 내게 수술 소식을 알려주는 게 그토록 어려웠던 걸까. 아버지에게 한마디를 하려다가 내 몸 상태를 알리지 않은 나 또한 아버지와 다를 게 없지 않은가 자문하며 입을 닫았다.

횟집에 자리를 잡은 아버지는 방어회를 주문했다. 횟집 주인은 아버지를 알아보고 과장된 목소리로 반갑게 맞았다. 아버지는 이맘때가 방어 맛이 가장 좋다며 내 소주잔에 술을 채웠다. 해삼, 멍게, 전복 등 곁들이 안주가 방어회보다 먼저 테이블에 나왔다. 아버지와 나는 건배하고 잔을 비웠다. 아버지는 내 빈 잔에 다시 소주를 채우며 내게 강릉까지 찾아온 이유를 물었다. 나는 술자리를 처음부터 심각하게 만들고 싶진 않았다.

"HT에 연구원으로 취직했어요."

"HT? 요즘 TV에 자주 나오는 그 회사 맞지? 그 대표인가 회장인가 하는 사람이 아주 대단하던데. 그 양반 나오는 방송을 나도 재방송으로 봤다. 그러면 글 쓰는 일은 어떻게 하고?"

HT가 아버지도 잘 아는 기업이라는 사실에 뿌듯한 마음이 들었다. 하지만 나 회장의 자서전을 대필한 사람이 나이며, 그 자서전을 바탕으로 다큐멘터리가 만들어졌다는 말은 차마 아버지에게 할 수 없었다.

"저는 인공지능 연구실에 있어요. 기술자뿐만 아니라 저 같은 작가나 음악가, 미술가처럼 다양한 예술인들도 참여해요."

"그래? 작가도 그런 일과 관련 있다니 신기하네."

"인공지능은 말 그대로 인간의 지능을 인공적으로 구현하는 기술이니까요. 기술에 관한 이해만큼이나 인간에 관한 이해가 중요해요. 소설은 인간의 내면을 깊게 파고들어 묘사하는 작업이니까요."

나는 언젠가 수연이 내게 했던 말을 아버지에게 그대로 들려줬다. 기분이 좋아진 아버지는 횟집 주인에게 방어회를 빨리 달라고 재촉했다. 나는 지갑에서 명함 한 장을 꺼내 아버지에게 건넸다. 아버지는 명함을 보며 감탄했다.

"명함 멋있네."

"연봉도 높고 복지도 좋아요. 회장님이 직원을 매우 잘 챙겨주세요. 저를 회사로 끌어온 분도 회장님이세요. 제 글을 마음에 들어 하셔서."

"그래? 범우가 출세했네. 이제 장가만 가면 되겠다."

나는 잠시 수연의 얼굴을 떠올렸다가 고개를 저었다.

"그게 어디 제 마음대로 되나요."

"뭐가 문제야? 사지 멀쩡하고, 직장 훌륭하면 충분하지. 요즘에는 늦게 장가가는 게 별로 흠이 아니다."

사지는 멀쩡해도 속은 멀쩡하지 않은 나는 쓴웃음을 흘렸다. 주방 아주머니가 방어회를 테이블로 가지고 나왔다. 아버지는 아주머니에게 소주 한 잔을 받으라고 권하며 1만 원 지폐 한 장을 잔 아래에 깔았다.

"우리 큰아들인데 유명한 작가야. 그런데 HT 회장님이 얘가 마음에 들어서 직접 자기 회사에 스카우트했다네?"

"아이고! 그래요? 축하할 일이네!"

나는 아버지의 자랑이 민망해 손사래를 쳤다. 아주머니는 소주를 반 잔만 마시고 팁을 챙기며 다시 주방으로 돌아갔다. 아버지는 내게 방어 뱃살을 먼저 먹어보라고 권했다. 나는 방어 뱃살 한 점 위에 고추냉이를 살짝 올리고 간장을 찍어 입에 넣었다. 기름기가 잔뜩 오른 방어 뱃살은 달짝지근한 감칠맛과 고소한 맛을 자랑했다. 과연 제철에 먹는 방어 뱃살의 맛은 굉장했다. 내년 이맘때에 아버지와 다시 이 맛을 볼 수 있을까. 갑자기 우울해졌다. 나는 화제를 돌렸다.

"범재는요? 소식이 있어요?"

"그놈 얘기는 됐다. 소식이 없는 걸 보니 제 앞가림하며 살고 있겠지. 무소식이 희소식이라지 않냐. 방어나 얼른 먹어."

아버지는 미간을 찌푸리며 소주잔을 비웠다. 나도 아버지를 따라 잔을 비웠다. 아버지가 자신의 잔에 먼저 소주를 채운 뒤 내 잔에도 채웠다. 나는 본론으로 들어갔다.

"뜬금없는 소리이긴 한데, 아버지는 어머니를 어떻게 만나셨어요?"

"뭐? 흰소리하지 말고 방어나 먹어."

아버지는 내 말에 코웃음을 쳤다.

"어머니가 생전에 일기를 꾸준히 쓰셨다는 걸 아세요?"

아버지가 젓가락질을 멈췄다.

"어머니는 아버지를 처음 만났을 때부터 돌아가시기 전까지 일기를 쓰셨어요. 거의 삼십 년 동안이나."

아버지는 전혀 몰랐다는 듯 난감한 표정을 지었다.

"어머니의 일기를 읽다 보니 아버지가 어떤 사람인지 궁금해지더라고요. 아버지가 아는 어머니에 대해서도."

"어디에서 찾은 거냐."

"예전에 어머니 장례식을 마치고 물건을 정리하면서 발견했어요. 그때 따로 챙겨뒀어요."

아버지는 말없이 소주잔을 꺾었다.

"어떻게 어머니를 만나 함께 살게 되셨어요? 일기에는 그런 이야기가 잘 나오지 않아서."

나는 아버지의 빈 소주잔을 채웠다. 아버지는 고개를 숙여 잔을 내려다봤다. 잔 위에 떠 있는 자신의 얼굴을 들여다보는 걸까. 아니면 다른 얼굴이 잔 위에 떠 있는 걸까. 둘 사이에 수십 초간 이어진 침묵이 몇 시간처럼 길게 느껴졌다. 아버지가 먼저 입을 뗐다.

"그때는 어리고 철딱서니가 없었지."

아버지는 어머니와 같은 해에 대전에서 여덟 남매 중 막내로 태어났다. 태어난 달은 어머니보다 반년 늦은 12월이었다. 아버지는 어머니를 처음 만났을 때 자신이 세 살 더 나이가 많다고 속였다. 그 말을 믿고 아버지를 오빠라고 여겼던 어머니는 몇 년 후에 그 사실을 알고 분통을 터트렸다. 심지어 생일도 아버지가 자기보다 몇 달 늦은 줄은 몰랐으니 말이다. 일기로는 알 수 없었던 사실이다. 아버지는 예나 지금이나 동년배보다 나이가 더 들어 보이는 사람이니 충분히 속을 만했을 것이다.

"네 엄마 말이다. 남산에서 처음 봤을 때 정말 예뻤다. 그날 놓치면 평생 후회할 것 같더라."

아버지는 그야말로 타고난 한량이었다. 할아버지는 막내인 아버지를 유독 귀여워해 어디를 가든 항상 데리고 다니려 했고, 넉넉하지 않은 살림에도 대학까지 보내려 했다. 할아버지의 기대와는 달리 아버지는 어렸을 때부터 집에 붙어 있는 일이 없는 사고뭉치였다. 학교 수업도 빼먹기 일쑤여서 아버지의 가방끈은 초등학교를 마치기도 전에 끊겼다. 실망한 할아버지는 기대를 접었다. 할아버지의 눈 밖에 나서 마냥 놀 수만은 없었던 아버지는 밥벌이할 기술을 배워야 했다. 그때 아버지가 배운 기술이 목공 일이었다.

"기술을 배우는 일이 공부보다 훨씬 힘들더라. 네 할아버지가 무서워서 몇 년을 꾸역꾸역 버티다가, 집에서 패물 몇 개를 몰래 훔쳐 서울로 도망쳤다. 서울에 가면 무엇이든 할 수 있을 것 같았거든. 그런데 아니더라. 가방끈 짧은 놈이 서울에서 할 수 있는 일은 날품팔이밖에 없었어. 서울에는 아무런 연고도 없으니 그나마도 쉽지는 않았지. 기대한 대로 되는 일은 아무것도 없었다."

할 일이 없어서 찾았던 남산에서 아버지는 또래 여자들 무리와 마주쳤다. 그 무리 속에 어머니가 있었다. 어머니는 봉제공장에서 함께 일하는 동료들과 남산에 놀러 온 터였다. 아버지는 어머니에게 첫눈에 반했다. 아버지는 가까운 매점에서 급히 사이다 한 병을 산 뒤 어머니에게 다가가 무작정 데이트를 신청했다. 어머니는 아버지를 이상한 사람으로 취급하며 피했다. 무시를 당해 기분이 상한 아버지는 오기가 생겨 계속 어머니의 뒤를 쫓았다. 어머니는 그날 숙소로 돌아가는 버스를 타지 못했다.

"정말 막무가내였네요."

"그때는 그렇게 하는 게 남자다운 줄 알았어. 부끄럽지만. 어쨌든 그렇게 네 엄마랑 살게 돼 너도 낳고 범재도 낳아 키웠다."

아버지의 표정에서 왠지 모를 자부심이 엿보였다.

"어머니가 처음에 아버지를 정말 싫어했다는 걸 아세요?"

"싫은 사람과 같이 사는 게 말이 되냐. 싫었으면 당장 헤어졌
겠지."

"지금도 결혼 안 한 남녀가 동거부터 하는 걸 좋게 보는 사람
별로 없어요. 아버지가 젊었을 때는 더 그랬을 거예요. 어머니
는 시골에서 막 서울로 올라온 사람이었어요. 어리고 세상 물
정을 하나도 모르는 여자. 어머니는 얼떨결에 아버지와 살게
됐더라고요. 어머니가 세상 물정을 조금 더 알고 나이가 몇 살
만 더 많았으면 안 그랬을 거예요."

아버지는 미간을 찌푸리며 술잔을 비웠다. 나는 빈 잔에 술을
채웠다.

"그런데 말이죠, 어머니가 평생 아버지를 얼마나 사랑했는지
아세요? 저는 어머니가 아버지를 그 정도로 깊게 사랑하신 줄
은 몰랐어요."

아버지의 눈빛이 흔들렸다.

"왜 평생 어머니를 혼자 두셨어요?"

나는 아버지에게 어머니가 형을 임신했을 당시에 어떤 심정
이었는지 전했다. 어머니가 정식으로 결혼도 하지 않은 상태에
서 아무런 준비 없이 임신해 얼마나 부끄러워했는지, 돈이 없

어서 임부복 하나 사 입지 못하고 먹고 싶은 음식도 제대로 사 먹지 못하는 신세를 얼마나 서글퍼했는지, 홀로 단칸방에서 휴일에도 밖으로 놀러 나간 아버지를 기다리며 얼마나 외로워했는지, 아버지가 술에 취해 함부로 던지는 폭언에 얼마나 많은 마음의 상처를 입었는지.

"어머니는 오직 아버지 한 사람만 믿고 아무런 연고도 없는 대전으로 내려왔어요. 그런데 아버지는 어머니를 병원에 한 번 데리고 가지 않으셨더라고요. 친가에서도 어머니를 가족으로 대접해주지 않았고요. 누구 하나 어머니를 살뜰하게 챙겨주는 사람이 없었어요. 정말 한 사람도 없었어요. 그런데 어떻게 아이가 건강하게 태어납니까."

나는 높아지려는 목소리를 눌렀다. 아버지 이마의 주름이 깊어졌다.

"범우야, 그땐 나도 겁이 났었다."

어머니는 공장이 제공하는 숙소에서 나와, 아버지가 머물던 방에서 함께 살았다. 둘이 누우면 꽉 차는 좁은 방이었다. 아버지가 안정된 직장을 찾지 못해서 밥벌이는 어머니의 몫이 됐다. 아버지는 여기저기 돌아다니기를 좋아해 어머니에게 늘 용돈을 얻어 썼다. 어머니는 자주 월급을 가불했다. 혼자 쓰기에도 부족한 공장 월급이 두 입을 먹이는 데 들어가니 살림이 제대로 돌아갈 리가 없었다. 그런 와중에 아이까지 덜컥 들어섰다. 배가 점점 불러오자 어머니는 더 이상 공장에 나갈 수가 없었다.

"네 엄마의 벌이가 끊기니까 바로 쌀이 떨어졌어. 둘이 같이 사는 게 소꿉장난이 아니더라. 사랑하는 사람과 같이 살면 마냥 즐거울 줄 알았는데, 어쩌다 하는 날품팔이로는 두 입을 감당할 수 없었어. 내 마음대로 일이 돌아가지 않으니까 짜증만 나더라. 너무 철이 없었지."

아버지는 일을 구한다는 핑계로 어머니를 두고 늘 밖으로 돌았다. 그러나 다가오는 현실을 언제까지 외면할 수 없는 노릇이었다. 아버지는 결국 임신한 어머니와 함께 낙향할 수밖에 없었다. 패물을 훔치고 떠났다가 느닷없이 임신한 여자를 데리고 빈털터리로 돌아온 아버지를 아무도 기쁘게 맞아주지 않았다. 둘은 눈칫밥을 먹으며 큰집에서 더부살이했다. 어머니의 일기에는 없던 내용이다. 어머니가 친가에서 제대로 대접받지 못한 이유를 알 것 같았다.

"잘살아보겠다고 서울로 올라갔는데 부끄럽더라. 그래도 여러 가족이 있는 큰집에서 당분간 같이 사는 게 낫지 않을까 싶었다."

"아버지도 큰집에 들어오는 게 불편하셨을 텐데, 어머니에겐 하루하루가 가시방석 아니었겠어요? 아버지에겐 큰집 식구들이 가족일지 몰라도, 어머니에겐 생판 처음 보는 남이잖아요.

정식으로 결혼한 사이도 아니었고요."

"그땐 다시 일을 배우느라 정신이 없었다. 거기까지 생각하지는 못했지."

"첫아이를 낳자마자 잃었는데 미역국 하나 끓여주는 사람이 없었대요. 어머니가 왜 친가 친척들과 사이가 좋지 않았는지 이제야 알겠더라고요."

아버지는 한 손으로 이마를 감싸며 깊게 한숨을 쉬었다. 나는 가슴이 답답해졌다.

"네 형을 그렇게 잃고 나니 정신이 번쩍 들더라. 그때 앞으로 다시는 그런 비참한 일을 겪지 않겠다고 다짐했다."

어머니는 첫아이를 잃은 후 큰집 더부살이를 거부했다. 처음에 아버지는 돈도 없는데 무슨 말도 안 되는 소리냐며 반대했지만, 어머니의 요구가 워낙 단호해 물러설 수밖에 없었다. 아버지는 할아버지에게 집을 얻는 데 필요하니 나중에 물려받을 재산의 일부라도 떼어달라고 부탁했다. 할아버지는 아버지에게 단칸방 전세를 겨우 얻을 수 있을 만큼의 돈을 내줬다.

방을 얻어 나온 후, 아버지는 목공 기술을 배우는 데 열중했다. 못을 박는 타카, 나무를 자르는 원형 톱 등 위험한 기계를 상시 다루는 일이다 보니 현장 분위기는 늘 시끄러웠다. 실수하면 바로 심한 욕을 먹었고, 발로 정강이를 차이는 일도 부지기수였다. 그사이에 내가 태어났다.

"내가 그때 공부 안 한 걸 처음으로 후회했다. 하지만 이대로 내가 물러서면 너와 네 엄마는 어떡하겠냐. 물러설 곳이 없더라. 당장이라도 일을 때려치우고 싶었는데, 갓 태어난 너를 떠올리면서 버텼다."

나는 술잔을 든 아버지의 손가락을 바라봤다. 끝마디의 절반 이상이 사라진 오른손 검지가 눈에 들어왔다. 내가 중학교 1학년 때의 일이다. 학교에서 집으로 돌아오니 아버지가 오른손에 붕대를 감은 채 식탁에 앉아 있는 모습이 보였다. 어머니와 범재가 아버지 옆에 앉아 울고 있었다. 아버지는 그날 목공 작업을 하다가 원형 톱에 오른손 검지 끝이 잘리는 사고를 당했다. 급히 병원으로 아버지를 옮겼지만, 잘린 부위의 오염과 훼손이 심해 봉합수술이 어려웠다. 나는 아버지의 일이 늘 위험을 안고 있음을 그때 처음으로 실감했다. 아버지는 슬픈 표정으로 나와 범재를 바라보며 말했다.

"너희들은 공부 열심히 해라. 그래야 이런 일을 안 겪는다."

나를 낳은 어머니는 또 아이를 잃을까 봐 불안에 떨었다. 어머니는 첫아이를 잃은 대전에서 더 살기를 원하지 않았다. 아버지 역시 고향보다 일이 많은 서울이 살기에 더 나으리라 생각했다. 내 돌이 지나기도 전에 우리 가족은 다시 서울로 이사했다. 서울로 이사를 온 지 얼마 되지 않아 범재도 태어났다. 먹을 입이 하나 더 늘어나자 아버지의 서울살이도 더 고달파졌다. 아무리 서울에 일이 더 많다고 해도, 연고도 없는 아버지가 괜찮은 일자리를 구하기는 어려웠다. 힘들게 일해놓고 임금을 떼이는 일도 종종 벌어졌다. 아버지는 바깥에서 받은 스트레스를 술로 풀었고, 해가 갈수록 마시는 양도 늘어났다.

"아버지는 술만 안 드시면 참 좋은 사람이었어요."

"그땐 술이라도 마시지 않으면 도저히 견딜 수가 없었어."

"어머니도 저도 아버지가 술에 취해 들어오시는 날이면 늘 비상이었어요. 손에 집히는 물건을 아무 데나 던지고, 어머니에게 욕하고 소리를 지르고. 집 안에 멀쩡한 살림이 하나도 없었잖아요. TV도 장롱도 모서리가 다 깨져 있었고요."

"미안하다."

미안하다……. 이 말을 아버지의 목소리로 듣기는 처음이었다. 나는 아버지가 이런 말을 할 수 있는 사람이란 게 놀랍고 낯설었다. 아버지의 이마에 깊게 팬 주름이 더 선명하게 느껴졌다. 세월에 장사는 없는 걸까. 아버지는 한숨을 쉬며 고개를 떨궜다. 아버지의 어깨가 작아졌다. 내 마음속에서 원망과 안쓰러움이 교차했다.

"아버지가 저와 범재에게 매를 대신 일은 거의 없었죠. 하지만 아버지가 그렇게 집 안을 뒤집어놓으면, 어머니는 다음 날 꼭 제게 화풀이를 하셨어요. 어렸을 때 어머니에 대한 기억을 돌이켜보면 맞은 것밖에 없더라고요."

"몰랐다."

"어머니는 늘 집 안에만 계셨잖아요. 답답한 마음을 풀 곳이 없었겠죠. 어머니는 그때 지금 저보다도 한참 어렸어요."

아버지는 힘없이 술잔을 들었다. 주방 아주머니가 작은 접시 하나를 테이블로 가져왔다.

"고노와다예요. 서비스예요. 아드님하고 맛있게 드세요."

면발처럼 생긴 노랗고 물컹거리는 무언가가 접시 안에 들어 있었다. 아버지는 내 쪽으로 접시를 밀며 먹으라고 권했다.

"이게 뭐죠?"

"처음 봐? 해삼 내장이야. 해삼에서 제일 맛있는 부분. 먹어봐. 해삼 한 마리를 잡아봐야 얼마 나오지도 않는 귀한 부분이다."

나는 해삼 내장을 젓가락으로 집어 올려 살폈다. 짙은 바다 냄새가 났다. 아버지는 내게 어서 먹으라고 손짓했다. 나는 해삼 내장을 입에 넣었다. 짭조름한 감칠맛이 입안에서 폭발했다.

"이거 정말 맛있네요."

"네 엄마도 이걸 참 좋아했다."

"그래요?"

"그 좋아하던 걸 한 번밖에 못 사줬다."

아버지는 내가 초등학교에 입학할 때가 다가오자 다시 낙향을 결심했다. 고향 선배가 아버지에게 목공소를 동업해보지 않겠느냐고 제안했다. 서울에선 아무리 열심히 일해도 벌이가 시원치 않았다. 사업을 하면 지금보다 훨씬 살림살이가 나아져 자식들을 공부시키기에도 더 좋지 않을까 싶었다. 사장님 소리를 들어보고 싶은 욕심도 있었다. 어머니는 모아놓은 돈도 많지 않은데, 동업을 위해 빚을 낼 수는 없다며 반대했다. 아버지는 어머니의 말을 듣지 않고 동업을 하겠다고 고집을 피웠다. 처음 듣는 이야기였다.

"다행히 동업은 잘됐다. 벌이가 이전보다 나아지니 금방 집을 넓힐 수 있었지. 하지만 일이 늘 잘 풀리지는 않았어. 남의 돈을 버는 일은 더럽고 어려웠지만, 내 돈을 남의 주머니에 넣어주는 일은 그보다 훨씬 더럽고 어렵더라."

아버지의 퇴근 후 술자리가 점점 잦아지면서 집 안 분위기는 살얼음판이 됐다. 내 기억 속 아버지는 맨정신으로 귀가하는 날이 별로 없었다. 술에 취해 자제력을 잃은 아버지는 살림살이를 부수고 소리를 지르다가 쓰러져 잠들었다. 다음 날 아침에 깨어난 아버지는 전날 밤 자신이 술에 취해 벌인 행각을 거의 기억하지 못했다. 어머니는 아버지가 맨정신일 때 제발 술 좀 적게 마시라고 하소연했지만 상황은 나아지지 않았다.

"표현하지는 못했지만, 네 엄마에게 많이 미안했다. 하지만 네 엄마가 가족을 두고 집을 나가버릴 줄은 꿈에도 몰랐다."

나는 어머니가 일기장에 남긴 유서를 떠올렸다.

"아버지, 그때 어머니가 그냥 집을 나가신 게 아니었어요. 일기장을 보니까 그때 쓴 유서가 남아 있더라고요."

"나도 안다. 그때 네 엄마가 콱 죽어버릴 생각으로 집을 나갔다고 말하더라."

아버지는 처가에 수소문한 끝에 어머니가 속초의 한 여인숙에 머물고 있음을 알아냈다고 회상했다.

"네 엄마를 해변에서 가까운 횟집에서 찾았다. 거기서 종업원으로 일하고 있더라. 바깥에서 네 엄마가 일하는 모습을 지켜봤어. 일이 익숙하지 않은지 자주 실수를 하고, 그때마다 손님한테 고개를 숙이느라 바쁘더라. 그 꼴을 보니 답답하고 화가 나서 횟집으로 쳐들어갔지."

횟집에서 만난 아버지와 어머니를 상상하니 웃음이 나왔다.

"어머니가 많이 놀라셨겠네요."

아버지는 쓴웃음을 지었다.

"괴물이라도 본 것처럼 화들짝 놀라더라. 네 엄마를 빈자리에 앉히고, 그 횟집에서 가장 비싼 회를 주문했다. 고작 이러려고 집을 나온 거냐고 따지니까 대답이 가관이야. 원래 바다나실컷 보고 죽으려고 멀리까지 온 건데, 바다가 너무 아름다워서 억울해 못 죽었다더라. 앞으로 술을 조금만 마실 테니 빨리 짐을 챙겨서 나오라니까 꿈쩍도 안 해. 남의 집에서 엄마 기다리며 울고 있는 애들이 불쌍하지 않냐니까 그제야 마음이 움직

였는지 서럽게 울더라. 그때 횟집 주인이 서비스로 내온 게 이
해삼 내장이었어."

아버지는 해삼 내장을 젓가락으로 들었다가 도로 내려놓았다.

"네 엄마는 회보다 이걸 훨씬 더 잘 먹더라. 그래서 주인에게
한 접시 더 달라고 했지. 그날 이후 네 엄마에게 이걸 사준 일이
없어. 자주 챙겨주지 못한 게 후회된다."

"어머니가 집으로 돌아오신 뒤에 아버지가 달라지긴 했죠.
하지만 아버지가 평소에 어머니를 대하는 태도도 달라졌어요.
제 기억에 아버지는 그때부터 어머니를 무척 퉁명스럽게 대했
어요. 어머니는 그걸 더 힘들어하셨어요. 그 모습을 지켜보는
저도 불안했고요."

아버지는 해삼 내장이 담긴 접시를 젓가락으로 뒤적거렸다.

"살림살이를 펴주는 다리미는 돈이라고 생각했어. 너도 알겠
지만 나는 정말 몸이 부서지도록 일했다. 솔직히 그때 네 엄마
가 많이 야속했어. 내가 잘못한 부분도 분명히 있지. 하지만 밖
에서 일 때문에 술을 많이 마실 수밖에 없는데 그걸 왜 이해하
지 못하나 싶었어."

"어머니의 바람은 큰 게 아니었어요. 그저 아버지가 조금 더
다정하게 자신을 대해주기를 바란 게 전부예요. 아버지를 처음
만났을 때부터 돌아가시기 전까지 언제나."

1990년대 중반은 건설경기의 호황기였다. 당시 아버지는 인

부들을 이끌고 전국 곳곳의 건설 현장을 돌며 인테리어 공사를 했다. 마흔도 안 된 나이에 많은 인부들을 몰고 다니며 사장님 소리를 들으니 아버지는 자신만만했다. 일이 바빠 집에 들를 틈도 없었던 아버지에게 외박은 일상이 됐다. 나는 한두 달에 한 번씩 아버지의 얼굴을 봤다.

"지금까지 대한민국에서 경기가 제일 좋았던 시절이 그때였어. 직접 작은 건설업체를 차리면 훨씬 더 많은 돈을 벌 수 있을 것 같더라. 주변에서도 다들 사업을 키워보라고 부추겼지. 네 엄마는 이제야 조금 살 만해져 겨우 돈을 써보게 생겼는데 왜 굳이 일을 벌이느냐며 반대했어. 그런데 눈앞에 성공이 아른거리니까 네 엄마의 반대가 귀찮고 성가시기만 하더라."

아버지는 서둘러 건설업체를 차리고 시장에 뛰어들었다. 공교롭게도 그와 동시에 IMF 외환위기가 터졌다. 가장 큰 타격을 받은 업종이 건설업이었다. 매일 크고 작은 수많은 건설업체가 쓰러졌다. 아버지의 사업은 날개를 펴보기도 전에 추락했다. 여기저기서 빚 독촉이 이어졌다. 불황은 오랫동안 지속됐다. 아버지는 그 이후 다시 날개를 펴볼 기회를 얻지 못했다.

"재기해보려고 무척 애를 썼다. 그런데 한번 크게 자빠지니까 일어서기가 정말 어렵더라. 네 엄마가 원망을 많이 했을 거야. 나도 알아. 그때 사업을 벌이지 않고 신도시에 평수가 넓은 신축 아파트나 한 채 샀으면 지금쯤 돈이 꽤 됐겠지."

아버지는 쓸쓸한 미소를 머금으며 술잔을 들었다.

"그래도 말이다. 내가 잘해보려 했다가 그 지경이 된 거지, 일부러 망한 건 아니지 않냐. 네 엄마가 나를 위로해줄 줄 알았어. 그런데 안 그러니까 원망하는 마음이 생기더라. 이기적이지. 알아. 하지만 그땐 당장 내 마음이 너무 힘드니까 아무것도 안 보였다."

나 또한 아버지처럼 쓸쓸한 미소를 지으며 술잔을 들었다.

"어머니는 사실 그때 아버지보다도 범재 때문에 더 힘들어하셨어요. 아버지는 항상 먼 곳에 계셨잖아요. 범재가 사고를 치면 뒷일은 모두 어머니의 몫이었어요. 어머니는 머리가 큰 범재를 감당하지 못했어요. 저도 하루 대부분을 학교에서 보내니 걔를 신경 쓰지 못했고요. 아니, 솔직히 말하자면 저도 마음이 힘드니까 어머니에게 모든 걸 미뤘어요. 어머니가 나중에 왜 술에 의존했는지 일기를 보고 알게 됐어요. 그때 어머니에겐 술 말고는 기댈 언덕이 아무 데도 없었어요."

아버지의 얼굴이 술기운을 받아 붉어졌다.

"내가 술 때문에 네 엄마 속을 그렇게 많이 썩였는데도, 네 엄마가 술 마시는 꼴은 보기가 싫더라. 이제 와서 하는 말인데, 나도 네 엄마한테 그놈을 미뤘다. 어쩌다 그놈을 보면 호되게 야단을 치면서도 무서웠다. 그놈은 내 얼굴만 빼닮은 게 아니라, 내가 어렸을 때 했던 행동까지 그대로 따라 하더라. 내가 걔한테 무슨 할 말이 있나 싶었어."

어머니에 관한 고해성사 같은 고백이 계속 이어졌다. 쓰키다시와 회가 많이 남았는데 매운탕이 나왔다. 나는 아버지에게 매운탕 한 그릇을 떠서 건네며 서로에게 마지막 고해성사를 해야 할 때가 왔음을 알았다. 나는 아버지의 빈 잔과 내 빈 잔에 소주를 채웠다.

"실은 강릉으로 오기 전에 집에 들렀다가 왔어요. 어머니 일기장을 챙겨둔 곳이 제가 쓰던 방의 벽장이거든요."

"그 방에 벽장이 있었어?"

"어머니 장례식이 끝난 후 안방에 있던 장롱 하나를 제 방으로 옮겼잖아요. 그때 벽장이 장롱에 가려졌어요."

"그래. 기억이 난다. 오래돼 바닥이 내려앉은 벽장."

나는 매운탕 국물 한 숟갈을 뜨며 심호흡을 했다.

"어머니가 돌아가신 날에 있었던 일에 대해 제가 말씀드리지 않은 게 있어요."

나는 아버지에게 어머니와 내가 마지막으로 나눴던 대화를 털어놓았다. 아버지의 표정이 고통으로 일그러졌다. 내 목소리에 울음이 섞였다.

"제가 그때 어머니의 말을 무시하지 않고 집에 머물렀다면, 그런 일이 없었을 거라는 자책감에 오랫동안 시달렸어요. 꿈에는 어머니가 늘 그날 피투성이가 된 험악한 모습을 하고 나타

나서 저를 원망하는 눈빛으로 노려봤어요. 그런 꿈을 꾼 날에
는 괴로워서 아무 일도 할 수 없었어요. 그리고 누구에게도 이
런 말을 할 수 없다는 게 더 괴로웠어요. 괴로움을 잊으려고 일
부러 어머니를 미워했어요. 그래서 어머니의 기일도 일부러 챙
기지 않았어요. 어떻게든 어머니를 제 안에서 밀어내야 제가
살 수 있을 것 같았으니까요. 어머니가 그 지경이 될 때까지 내
버려둔 아버지도 많이 원망했어요."

"미안하다, 범우야. 미안하다."

"어머니의 일기를 읽고 알게 됐어요. 가족 모두의 오랜 무관
심이 어머니를 홀로 시들어 죽게 했다는 걸. 그런데도 어머니
는 누구도 원망하지 않고 사랑했다는 걸."

아버지는 횟집 천장을 올려다보며 깊은 한숨을 쉬었다. 둘 사
이에 잠시 무거운 침묵이 흘렀다. 아버지는 무언가 결심한 듯
힘겹게 입을 열었다.

"나도, 할 말이 있다."

그날 저녁, 아버지는 어머니의 주사를 피해 안방으로 들어가
문을 닫고 침대 위에 누웠다. 아버지는 바깥에서 어머니가 내
게 주사를 부리는 소리를 듣고 싶지 않아 텔레비전을 켜고 볼
륨을 높였다. 주방에서 접시 깨지는 소리가 들렸다. 아버지는
화가 치밀어 올라 침대에서 일어났지만, 술에 취한 어머니와
말을 섞고 싶지 않아 다시 침대에 누웠다. 잠시 후 어머니가 문

을 열고 안방으로 들어왔다. 아버지는 어머니를 외면했다. 어머니는 아버지를 보며 생글생글 웃었다.

"나 이제 갈 생각인데 인사 안 할 거야?"

아버지는 어머니에게 술을 마시려면 똑바로 마시라고 화를 내며 텔레비전으로 시선을 돌렸다. 어머니는 아버지에게 작별 인사를 하듯 손을 흔들며 미소를 지었다.

"안녕. 나중에 봐."

아버지는 어머니가 갑자기 왜 저러나 싶으면서도, 뭔가 서늘한 기운이 느껴져 자리에서 일어났다. 그때 어머니가 안방 너머 베란다에서 창밖으로 넘어가려는 모습이 보였다. 경악한 아버지는 다급하게 침대에서 일어나 베란다로 뛰었다. 아버지는 급히 베란다로 뛰다가 거실에서 미끄러져 넘어졌다. 급히 자리에서 일어난 아버지가 베란다에 도착했을 땐 이미 어머니가 창밖으로 추락한 뒤였다. 나는 아버지의 뒤늦은 고백을 듣고 괴로운 신음을 토했다. 아버지의 충혈된 두 눈에서 눈물이 터져 나와 뺨을 타고 흘러 테이블 위로 떨어졌다. 아버지의 호흡이 거칠어졌다.

"세월이 슬픔을 훑어간다는 건 다 거짓말이더라. 그때 말이다, 네 엄마 태도가 이상하다는 걸 조금이라도 빨리 눈치챘다면 어땠을까. 내가 거실에서 넘어지지 않았다면 네 엄마를 붙잡을 수 있었을까. 아니, 내가 조금만 더 빨리 뛰었다면 네 엄마를 충분히 붙잡을 수 있지 않았을까……. 그날 이후 수천 번, 수만 번 같은 질문을 했다. 꿈에서도 네 엄마가 베란다를 넘는 모습을 수도 없이 지켜봤는데, 한 번도 붙잡지 못했다. 한 번을 못붙잡았다. 한 번을……."

아버지는 끅끅 소리를 내며 울었다. 나도 애써 참았던 눈물을 터뜨렸다. 무언가를 더 가져오던 주방 아주머니가 발걸음을 도로 주방으로 돌렸다. 아버지의 울음소리가 잦아들었다. 나는 물수건으로 눈물을 닦으며 아버지에게 물었다.

"아버지, 저는 이미 오랜 시간이 흘렀는데도, 집에서 하룻밤을 머무르는 게 너무 힘들었어요. 아버지는 그 집에서 오랫동안 어떻게 홀로 지내셨어요?"

"처음에는 당장 그 집에서 떠나고 싶었지."

어머니 장례식을 치른 후 인근 부동산에 내놓은 집은 좀처럼 나가지 않았다. 부동산에서 전화 몇 통이 오긴 했지만 그게 전부였다. 시세보다 싸게 내놓아도 소용이 없었다. 처음에 아버지는 홀로 집에 들어갈 엄두가 나지 않아 동네 찜질방을 전전했지만 오래 버티지 못했다. 도대체 얼마나 큰 잘못을 저질렀기에 마누라를 그렇게 험하게 보냈나. 세상 사람들 모두가 아버지에게 손가락질하는 것 같았다. 여관에서 잠을 청하기도 했지만, 그날을 떠올리면 잠이 오지 않기는 마찬가지였다. 피할 곳이 없었다. 결국, 아버지는 다시 집으로 돌아갔다.

"집에 가보니까 안방 침대 위치가 바뀌었더라고요. 그걸 보고 아버지께도 그날 무슨 일이 있긴 있었을 거라고 짐작했죠."

"네 엄마가 베란다 창문을 넘던 모습이 떠올라서 한동안 그 방에 들어가지도 못했어."

"그런데 왜 이사를 하지 않으셨어요?"

"그렇게라도 네 엄마에게 속죄하고 싶었다."

나처럼 아버지도 처음에는 어머니를 원망했다고 고백했다.

"삼십 년을 함께 살아온 사람이 어떻게 그런 식으로 가족을 버리고 떠날 수 있는지. 그땐 네 엄마를 도저히 이해할 수가 없었다."

아버지는 그 무렵 집 근처 여관에서 자다가 꿨던 꿈 이야기를 들려줬다.

"네 엄마랑 산에서 버섯을 따고 있었다. 산속으로 깊이 들어갈수록 더 많은 버섯이 보이더라. 네 엄마는 뒤따라가기가 힘드니까 제발 같이 가자고 잔소리를 해. 나는 잔소리를 무시하고 앞서 걷다가 버섯이 가득 찬 숲을 찾아냈지. 기뻐서 네 엄마를 불렀는데, 대답이 없는 거야. 아무리 불러도 대답이 없어. 숲에서 빠져나와 여기저기 헤맸는데도 네 엄마가 안 보여."

아버지의 목소리에 울음이 섞였다.

"네 엄마 이름을 애타게 부르다가 잠에서 깨어났는데 캄캄한 여관방이더라. 볼을 꼬집어보고서야 꿈을 꿨다는 걸 알았다.

그런데 불을 켜려고 침대에서 일어나다가 협탁에 부딪혀 넘어졌어. 너무 아파서 눈물이 나는데, 그제야 알겠더라. 내가 앞만 보며 달리는 사이에 네 엄마를 계속 혼자 뒀다는 걸. 그날 밤새도록 울었다. 장례식 때도 그렇게 안 울었는데."

그날 이후 아버지는 어머니를 오랫동안 고통스럽게 기억하는 길을 택했다고 고백했다. 아버지는 부동산에 전화를 걸어 집을 내놓지 않겠다고 말했다. 이대로 집을 팔고 떠나버리면 어머니를 영영 잊어버릴 것만 같았기 때문이다. 아버지는 어머니와 각방을 쓴 지 오래였다. 어머니는 주로 거실에 이부자리를 폈다. 어머니가 없는 집에서 아버지는 거실에 이부자리를 폈다. 처음에 아버지는 어머니 생각 때문에 쉽게 잠들지 못하고 자다가 깨어나기를 반복했지만, 시간이 흐르자 잠자리가 익숙해졌다. 깊은 잠을 자고 상쾌하게 깨어난 어느 날 아침, 아버지는 잠자리를 안방으로 다시 옮겼다.

"네 엄마는 그렇게 불쌍하게 가버렸는데, 내가 너무 편하게 잠들고 깨어나는 게 싫었어. 일부러 잠자리를 안방으로 다시 옮겼다. 그래도 차마 베란다 쪽을 보며 눕진 못하겠더라. 침대 머리를 반대로 돌리니 그나마 견딜 만했다. 그렇게 지낸 지 꽤 됐다."

"시묘살이가 따로 없었네요."

시묘살이라는 말에 아버지는 피식 웃었다. 나도 따라 웃었다.

매운탕 국물이 줄어들어 냄비가 바닥을 드러내기 직전이었다. 소주병에 남은 술은 한 잔 분량이었다. 소주를 한 병 더 주문해야 할지 망설이는데, 주방 아주머니가 말없이 다가와 냄비에 육수를 부었다. 나는 소주 한 병과 라면 사리를 추가 주문했다.

"회가 많이 남긴 했는데, 면을 안 먹으면 서운해서요."

나는 아버지의 잔에 소주를 채우며 입을 열었다.

"많이 힘드셨죠? 저보다 훨씬 더 지독한 지옥에서 홀로 너무 오랜 시간을 보내셨어요. 이제 그만 나오셔도 돼요."

아버지의 눈가가 다시 붉어졌다. 아버지는 내 잔에 소주를 채우며 나직한 목소리로 말했다.

"범우야, 그동안 마음고생이 많았다. 너도 혼자 많이 힘들었지?"

아버지의 위로에 눈물이 쏟아졌다. 어쩌면 아버지와 나는 누군가가 자신에게 그 말을 해주기를 오랫동안 간절히 바라왔는지도 모르겠다. 아버지와 나는 눈물을 훔치며 서로의 빈 접시에 라면 사리를 덜어줬다.

횟집에서 나온 아버지는 나를 이끌고 자신이 머무는 숙소로 향했다. 술에 취한 데다 무릎까지 좋지 않은 아버지는 숙소로 걸음을 옮기는 내내 심하게 비틀거렸다. 나는 아버지를 부축했다. 아버지는 내 손길을 막지 않았다.

"이 큰길을 쭉 따라가다가 왼쪽으로 꺾으면 여관이 나온다.

그런데 범우야."

"네, 아버지."

"네가 큰 회사에 들어간 건 좋은 일인데 말이다. 그게 정말 네가 하고 싶은 일인 거냐?"

"언제까지 하고 싶은 일만 할 수는 없는 노릇이잖아요. 밥은 먹고살아야죠."

나는 먹고살기 위해 대필한 많은 책을 떠올리며 쓴웃음을 지었다.

"내 꿈은 가수였다."

"네? 정말요?"

아버지는 어지간한 가수보다 훌륭한 목소리를 가지고 있어서 사람들과 노래방에 가면 인기가 좋았다. 하지만 박자가 심하게 엉망이어서 다음 소절 가사를 놓치기 일쑤였다. 그런 아버지의 꿈이 가수였다니. 처음 듣는 말이었다. 심지어 아버지는 서울에 올라왔을 때 동대문 근처에 있는 유명 작곡가의 사무실에 찾아간 일도 있다고 내게 고백했다.

"전문가가 단번에 박치라고 퇴짜를 놓으니 나는 안 되는 놈인가 싶어서 포기했어. 지금 생각해보면 그때 너무 쉽게 포기한 게 아닌가 싶어서 후회도 된다. 다른 작곡가들도 찾아가볼걸 그랬어."

내게 과거를 털어놓은 아버지의 얼굴에서 회한이 엿보였다.

아버지의 꿈이 가수였다면, 어머니의 꿈은 무엇이었을까. 궁금해졌다.

"어머니의 꿈은 무엇이었는지 아세요?"

"글쎄다."

세련된 검은색 비즈니스 정장을 입고 회사 대표로 취임한 어머니의 우아하고 아름다운 모습. 나는 아버지에게 얼마 전 꿈속에서 보았던 어머니를 묘사했다. 아버지는 하늘을 올려다보며 긴 한숨을 쉬었다.

"어머니는 공장에서 돈을 모아 스물여섯 살 때쯤 시집을 가는 게 목표였어요. 이제 와서 하는 말이지만, 좋아하는 남자도 따로 있었던 모양이더라고요."

"안다."

"어머니가 좋아했던 남자를요?"

아버지는 고개를 끄덕였다.

"그래서 내가 무리해 네 엄마를 붙잡았다. 그때 그렇게 붙잡지 않았다면, 네 엄마가 더 행복한 삶을 살지 않았을까."

나는 임신으로 배가 불러 아무 데도 움직이지 못했을 어머니를 생각했다.

"어머니의 일기를 읽다 보니 제가 어머니 인생에 족쇄가 아니었나 하는 생각이 들었어요."

아버지는 고개를 저으며 내 어깨에 손을 올렸다. 아버지의 손은 뜨거웠다.

"없을 때는 잘 살아도, 낳은 뒤에는 없으면 못 사는 게 자식이 더라. 자식을 족쇄로 여기는 부모는 세상에 아무도 없어."

아버지가 머무는 숙소는 지은 지 오래된 티가 많이 나는 여관이었다. 아버지는 카운터에 내 이부자리를 추가로 요청했다. 내가 여관 종업원에게서 이부자리를 전달받는 동안, 아버지는 침대에 앉아 오른쪽 무릎을 주물렀다. 아버지는 통증이 심한지 표정을 심하게 찡그렸다.

"무릎이 많이 안 좋으세요?"

"참을 만하다. 그러니까 이렇게 멀리까지 일하러 돌아다니지."

나는 바닥에 이부자리를 펴며 아버지를 살폈다. 무릎을 주무르는 오른손. 오른손에 붙어 있는 끝마디가 반쯤 잘린 검지. 그 검지 끝에 흔적만 남은 손톱. 왼쪽 종아리보다 눈에 띄게 가늘어진 오른쪽 종아리. 아버지의 몸 곳곳에서 아프고 나이 든 티가 났다. 아버지는 홀로 병원에 입원해 수술을 받았다. 병원에 입원하는 내내 찾아오는 가족이 없었던 아버지는 몹시 외로웠을 것이다. 그 사실을 몇 년 동안 까맣게 몰랐던 나는 그런 아버지가 야속하면서도 한편으로는 안타까웠다.

"왜 수술한다고 제게 알리지 않으셨어요?"

"아까 말했잖아. 너도 바쁠 텐데 괜히 신경 쓰게 하고 싶지 않았다고."

아버지는 대수롭지 않다는 표정으로 자신의 무릎을 주무르는 데 집중했다.

"그건 배려가 아니에요. 제가 만약 큰 수술을 받는데 아버지께 알려드리지 않았다면, 아버지 마음은 편하시겠어요?"

"그런 쓸데없는 소리 하지 말고, 피곤할 테니 얼른 자라."

나는 잠시 망설인 끝에 결심을 굳히고 아버지 오른편에 앉았다.

"저 사실은…… 대장암 진단을 받았어요."

아버지의 몸이 굳어졌다.

"그게 뭔 말이냐?"

아버지가 내게 떨리는 목소리로 물었다. 나는 애써 태연한 척했다. 아버지는 당장이라도 울음을 터뜨릴 듯한 표정으로 나의 다음 말을 기다렸다.

"입사할 때 신체검사를 받다가 알게 됐어요. 덕분에 그냥 지나칠 뻔한 암을 발견하게 됐으니 천만다행이죠."

나는 대장암 4기에다 간과 복막으로 암이 전이됐다는 말까지는 차마 꺼낼 수 없었다. 아버지는 깊은 한숨을 내쉬며 두 손으로 얼굴을 세게 문질렀다.

"암이 어디 보통 병이냐."

"암 중에서 가장 완치가 쉬운 암이 대장암이라니까 너무 걱정하지 않으셔도 돼요. 조기 발견하면 대부분 완치할 수 있는

암이에요. 암세포가 자라는 속도도 다른 암보다 느려서 항암치
료도 수월한 편이고요."

"내가 뭘 도와야 하냐? 당장 필요한 게 뭐냐?"

아버지는 다급한 목소리로 내 말을 받았다.

"회사 복지가 좋아서 따로 도와주실 건 없어요. 질병 휴직을
해도 회사가 일 년 동안 월급을 주니까 당장 생활비 걱정은 안
해도 돼요. 또 의료비도 3,000만 원까지 지원해주기 때문에 암
처럼 큰돈이 들어가는 치료도 돈 걱정 안 하고 받을 수 있어요.
아버지도 의료비 지원을 받으실 수 있으니까 나중에 병원에 가
실 일 있으면 제게 꼭 말씀해주세요."

아버지가 오른손으로 내 왼손등을 감싸며 물었다.

"네가 치료를 받으면 누가 옆에서 너를 돌보냐?"

"아버지도 무릎 수술을 홀로 잘 받고 나오셨잖아요. 요즘에는
간병인이 가족보다 더 나아요. 너무 걱정하지 않으셔도 돼요."

"무릎 수술과 암 치료가 어떻게 같아. 네 엄마를 그렇게 보내
고 지금까지 죽지 못해 살았는데, 혹시라도 네가 잘못되면……
나는 세상을 더 살 이유가 없다."

아버지의 손에서 긴장감과 떨림이 느껴졌다.

"곧 어머니 기일이죠? 그날 어머니 산소에 들렀다가 회사로
돌아가서 휴직 신청을 하고 바로 치료를 받을 거예요."

"기일은 내가 알아서 챙기면 되니까 너는 얼른 돌아가서 치

료부터 시작해라."

나는 오른손으로 아버지의 오른손등을 감싸며 말했다.

"저를 보세요. 누가 암 환자인 줄 알겠어요. 아직 멀쩡해요. 치료를 시작하면 한동안 자유롭게 움직이기 어려울 거예요. 어머니가 돌아가신 후 한 번도 산소에 찾아간 일이 없잖아요. 치료를 시작하기 전에 어머니를 뵙고 잘 돌봐달라고 부탁을 드리고 싶어요. 이번 기일에는 저와 함께 어머니 산소로 가요. 그리고 집도 다시 부동산에 내놓으시고요. 그 집에 홀로 너무 오래 계셨어요."

아버지와 단둘이 한방에서 자는 일은 수십 년 만에 처음이라 어색했다. 나는 모로 누워 벽을 보며 잠을 청했지만, 좀처럼 잠이 오지 않았다. 아버지도 잠이 쉽게 오지 않는지 침대 위에서 계속 몸을 뒤척였다. 나는 잠을 청하고자 머릿속으로 숫자를 세다가 잠시 엉뚱한 생각에 빠져들었다. 아버지가 만약 다른 작곡가를 만나 재능을 인정받았다면 어떤 미래가 펼쳐졌을까. 지금보다 훨씬 폼 나는 삶을 살았을까. 어머니가 만약 아버지를 거절하고 좋아하는 남자와 인연을 맺어 결혼했다면 어땠을까. 훨씬 더 행복한 삶을 살았을까. 내가 알지 못하는 어머니의 꿈도 이뤄질 수 있었을까.

아버지가 침대에서 일어나는 소리가 들렸다. 나는 모든 생각을 멈추고 그 소리에 귀를 기울였다. 아버지도 나처럼 잠을 이루지 못하는 듯했다. 나는 등 뒤에서 들리는 소리를 따라가며 보이지 않는 아버지의 모습을 어둠 속에 그렸다.

아버지가 벽을 보고 누워 잠든 나를 내려다보고 있다. 작은 소리로 훌쩍인다. 침대 협탁을 더듬어 크리넥스 티슈 상자에서 휴지 몇 장을 뽑는다. 휴지로 흐르는 눈물과 콧물을 닦는다. 휴지를 협탁 옆 휴지통에 버리며 내 몸 곳곳을 눈으로 훑는다. 잠시 후 울음 섞인 목소리로 흐느낀다.

"순옥아…… 범우 어떡하냐……. 아직 새파랗게 젊은데 어떡하냐……."

아버지의 흐느낌이 길어진다. 다시 휴지를 몇 장 뽑아 코를 풀고 눈물을 닦는다. 내 베갯잇이 눈물로 젖어든다. 아버지는 조용히 어머니와 내 이름을 번갈아 부르며 훌쩍인다. 내 어깨가 나도 모르게 들썩인다. 둘 사이에 밤이 느린 걸음으로 지나간다.

5

증언

　　　　　아버지와 강릉에서 술을 마시고 함
께 여관에서 잠든 다음 날 이른 아침, 나는 아버지의 출근 채비
소리에 깨어났다. 아버지는 내게 조금 더 자라고 했지만, 한번
깨어나니 다시 잠이 들기 힘들었다. 아버지는 젊었을 때부터
잠이 없었다. 그때나 지금이나 여전한 아버지의 모습이 반가웠
다. 함께 숙소에서 나와 펜션 공사현장으로 걷던 아버지가 허
름한 식당 앞에서 발걸음을 멈췄다.

　"해장하자. 여기 순두부백반 좋더라. 속도 편하고 든든해."

　금방 식사가 나왔다. 이 식당의 백반에 포함된 순두부는 매
콤한 양념장으로 맛을 낸 순두부찌개와 달랐다. 아무런 양념
도 하지 않은 순두부가 대접에 담겨 테이블 위에 올랐다. 나는
순두부를 한 숟가락 떠서 입에 넣었다. 담백하면서도 부드러운
단맛이 느껴졌다.

　"이 맛 오랜만이네요."

　"먹어봤어?"

"저 어렸을 때 동네에 두부장수가 자주 돌아다녔잖아요. 그 때 어머니가 순두부를 사 오라고 심부름을 자주 시키셨어요. 그때 먹었던 순두부 맛과 이 집이 거의 비슷해요."

"나는 나이가 들어서 그런지 맛이 싱겁다."

아버지는 순두부 위에 양념장을 듬뿍 올렸다. 내가 양념장에 손을 대자 아버지가 막았다.

"너는 몸 생각해서 싱겁게 먹어라. 짜게 먹으면 몸에 안 좋다."

"아버지는요?"

"이 나이에 뭘 그런 걸 따지겠냐. 앞으로 얼마나 더 일하며 살 수 있을지 모르는데, 일할 때라도 먹고 싶은 걸 가리지 않고 먹 어야지."

"백 세 시대잖아요. 챙길 수 있을 때 챙겨야죠."

"백 세? 골골백년은 필요 없다. 나는 됐으니 너나 건강 잘 챙 겨서 백 살 넘게 잘 살아라. 다시는 술 같은 것 마시지 말고. 술 은 독이다. 내가 누구보다 잘 안다. 아침 먹고 바로 서울로 올라 가 빨리 휴직인지 뭔지 하고 병원부터 가봐라. 알았지?"

"알았어요."

나는 아버지에게 어머니의 기일을 챙긴 뒤 치료를 시작하겠 다고 말하려다가, 어젯밤 잠자리에서 들었던 아버지의 흐느낌 을 떠올리며 말을 줄였다. 어쩌면 다가올 어머니의 기일이 내 가 챙길 수 있는 마지막 기일이 될 수도 있다는 생각이 들자 마음이 무거워졌다. 나는 다가올 어머니의 기일에 아버지, 나와 범재 그리고 AI로 다시 태어난 어머니가 함께할 수 있기를 바랐다. 나는 오랫동안 미뤘던 탈상을 내 손으로 마치고 싶었다. 마음이 급해졌다.

어머니의 꿈은 무엇이었을까. 한때 가수를 꿈꿨다는 아버지의 고백을 듣고 내 머릿속에 떠오른 의문이다. 어머니에 관해 조금 더 알고 싶다는 조바심이 들었다. 아울러 AI로 되살린 어머니에게 질문 대신 해주고 싶은 말이 생겼다. 지금까지 내가 모은 어머니의 흔적만으로는 부족했다. 어머니의 어린 시절까지 파악해야 가능한 일이었다. 그 시절을 기억할 만한 사람이 두 명 남아 있었다. 이모와 막내 외삼촌이었다.

"아버지, 혹시 이모랑 막내 외삼촌이랑 연락하세요?"

"하지 않은 지 오래됐다. 내가 원망스럽겠지. 네 엄마를 그렇게 보내버리고 말았으니. 둘이 어떻게 지내고 있는지 궁금한데 연락할 면목이 없어."

아버지의 표정이 침울해졌다.

"두 분 연락처를 가지고 계시면 제게 알려주세요. 저도 어머니 장례식 이후 두 분에게 연락을 안 한 지 너무 오래돼서."

"그래. 너라도 둘이 어떻게 지내는지 한번 연락해봐."

아버지는 내게 자신의 휴대전화를 넘겼다. 정순주. 휴대전화에는 이모의 번호만 저장돼 있었다. 나는 이모의 번호를 내 휴대전화로 옮겼다.

"막내 외삼촌 번호는 없네요. 이모가 아직 이 번호를 그대로 쓰고 계실까요?"

"글쎄다. 다 먹었으면 일어나자. 곧 작업 시작이다."

나는 펜션 공사현장 앞에서 아버지에게 고개 숙여 작별 인사를 전했다. 현장으로 가던 아버지가 걸음을 멈췄다. 아버지는 뒤돌아서서 나를 보며 두 팔을 벌렸다. 아버지는 입으로 웃고 눈으로 울었다. 아버지와 나는 서로를 강하게 끌어안았다.

"범우야, 꼭 건강해져라."

아버지의 목소리가 젖어 있었다. 아버지의 몸에서 푹 전 땀 냄새, 톱밥 냄새, 전날에 마신 술 냄새가 섞여 올라왔다. 목이 멘 나는 아무 말도 하지 못하고 고개를 끄덕였다.

나는 아버지와 헤어진 후 택시를 타고 시외버스터미널에 도착했다. 터미널에서 나는 이모에게 전화를 걸었다. 건조한 신호음이 지루하게 울리다가 음성 사서함으로 넘어갔다. 다시 전화를 걸어봐도 마찬가지였다. 나는 음성 사서함에 내 이름과 함께 다시 전화를 걸겠다는 메시지를 남겼다.

다른 지역으로 이사를 하지 않았다면, 이모와 막내 외삼촌은 대구에 있을 것이다. 강릉에서 대구로 가는 버스는 하루에 두 번 운행했고, 첫 버스가 한 시간 반 후에 터미널에서 출발할 예정이었다. 나는 그 시간 안에 이모에게서 연락이 오기를 바라며 터미널 앞 카페에 앉아 노트북을 펼쳤다. 나는 어제 아버지에게서 들은 어머니 이야기를 정리하며, 이모를 통해 내가 몰랐던 어머니를 더 알 수 있게 되기를 기대했다. 내가 정리를 마친 어머니 이야기를 경선에게 이메일로 보낼 때까지 이모의 연락은 없었다. 그사이에 첫 번째 대구행 버스가 터미널에서 떠났다. 낙담한 내가 카페에서 자리를 정리하는데, 문자메시지 수신음이 울렸다. 휴대전화에 저장돼 있지 않은 번호였다. 나는 이모가 보낸 메시지인가 싶어서 급히 확인했다. 송신자는 뜻밖의 인물이었다.

—나 유민이야.

이별을 고할 땐 짧은 전화 한 통이더니 이번에는 고작 문자 한 줄이었다. 의례적인 인사말도 용건도 없었다. 유정은 내게 유민이 우울증과 공황장애를 앓고 있다고 말했다. 그러나 짧은 문자메시지에선 그런 느낌이 전혀 없었다. 유민에겐 여전히 내가 쉬운 사람인 걸까. 아니면 나를 볼 면목이 없어서 이런 방식으로 겨우 자신의 존재를 드러낸 걸까. 짧은 문자 하나에 흔들리는 나 자신이 우스웠다. 답장을 고민하며 문장을 쓰고 지우던 나는 유민의 번호를 수신차단 목록에 등록하고 문자메시지를 지웠다. 그런데도 뭔가 찝찝한 기분을 털어내기 어려웠다.

전화벨이 울렸다. 나는 화들짝 놀라 휴대전화를 바닥에 떨어트렸다. 휴대전화에 뜬 번호는 이모의 번호였다.

"범우야, 미안하다. 새벽까지 일하고 잠이 깊게 들어서 전화벨 소리도 못 들었다. 별일 없지?"

이모의 목소리는 예나 지금이나 상냥했다. 덕분에 오랫동안 연락을 주고받지 않아 생긴 서먹함을 조금이나마 덜어낼 수 있었다. 유민의 문자메시지를 받고 찝찝해졌던 감정도 함께 쓸려 나갔다.

"저는 별일 없이 지내고 있어요. 건강히 잘 지내셨어요? 오랫동안 연락 한번 제대로 못 드려서 정말 죄송해요."

"아니야. 언니가 그렇게 된 후에 네가 많이 힘들었을 텐데, 챙기지 못한 내가 무심했지. 형부는 건강히 잘 계시고?"

"아버지는 별일 없이 잘 지내세요. 그런데 무슨 일이기에 새벽까지 일을 하세요?"

나는 대화를 무겁게 끌고 가지 않으려고 화제를 돌렸다.

"순호하고 막창집 개업을 준비하고 있어."

"그래요? 언제 개업하세요?"

"며칠 안 남았어."

마지막 대구행 버스는 두 시간 후에 터미널에서 출발할 예정이었다.

"많이 바쁘세요? 제가 대구로 내려가서 이모랑 외삼촌 얼굴을 뵙고 싶은데 괜찮으세요?"

"바쁘지 않아?"

나는 지금 이 시간에도 내 몸속에서 자라고 있을 암 덩어리를 생각했다.

"마침 대구로 내려갈 만한 시간이 나서요. 나중에는 시간이 어찌 될지 알 수 없거든요."

"그래? 네가 내려오면 우리야 반갑지. 아직 가게를 열진 않았지만, 매일 가게 안에서 막창을 구우면서 어떻게 메뉴를 내놓을지 고민 중이야. 네가 우리보다 젊으니까 먹어보고 좋은 아이디어를 주면 좋겠다. 언제쯤 올 수 있어?"

강릉에서 대구까지는 대략 다섯 시간 반 거리였다.

"넉넉잡아 오후 일곱 시면 동대구터미널에 도착할 수 있어요."

"터미널에 바로 동대구역이 연결돼 있어. 거기서 지하철을 삼십 분 정도 타면 안지랑역이 나와. 역 근처에서 곱창골목이 가까워. 그 골목 안으로 들어오면 가게가 있어. 내가 주소를 문자로 보내줄게. 이따가 보자."

안지랑 곱창골목에는 많은 가게가 영업 중이었지만, 날씨가 추워 돌아다니는 사람들이 많지 않았다. 이모의 가게는 곱창골목 입구에서 한참 걸어들어가야 나왔다. 목이 좋다는 느낌은

들지 않았다. '개업 준비 중'이라는 안내문이 붙은 가게 문을 열고 들어가자 이모와 막내 외삼촌이 반갑게 나를 맞아줬다. 나는 오랫동안 못 본 사이에 나이 든 이모의 얼굴이 어머니 얼굴과 판박이처럼 비슷해 깜짝 놀랐다.

"범우야, 이게 얼마 만이냐!"

"그동안 잘 지내셨어요."

이모가 나를 포옹했다. 나는 마치 어머니가 나를 안아주는 듯한 기분을 느꼈다. 나도 모르게 눈시울이 붉어졌다. 가게 안에는 막창을 굽는 연기가 자욱했다. 나는 눈가에 고인 눈물을 슬쩍 훔쳤다.

"여기 환기에 신경을 써야겠는데요? 연기가 너무 매워요."

연탄불 석쇠 위에서 뽀얀 막창이 지글거리는 소리를 내며 익어갔다. 고소한 막창 냄새가 식욕을 자극했다. 막내 외삼촌이 내 앞에 놓인 접시에 구운 막창을 올렸다. 나는 막창이 지금 내 몸에 좋지 않은 음식이란 생각이 들어 젓가락질을 망설였다. 이모는 어서 막창 맛을 보라고 재촉했다. 어차피 막창을 하루 먹지 않는다고 내 몸이 달라지는 것도 아니지 않은가. 나는 고민을 털어내며 막창을 된장 소스에 찍어 입에 넣었다. 막창을 씹을 때마다 혀 위로 고소한 기름이 퍼졌다. 여기에 된장 소스의 감칠맛이 더해지자 술 생각이 절로 났다.

"빈말이 아니고요, 정말 맛있는데요? 소스가 예술이네요. 이모가 직접 만드신 소스인가요? 훌륭하네요."

나는 이모와 막내 외삼촌에게 엄지손가락을 세워 보였다. 내
호들갑에 둘의 표정이 밝아졌다. 막내 외삼촌은 쉴 새 없이 막
창을 구워 내 접시 위에 올렸다. 나는 막내 외삼촌에게 내가 직
접 굽겠다고 말했지만, 외삼촌은 어설프게 구우면 맛이 없다며
집게와 가위를 손에서 놓지 않았다.

"올 때 보니까 가게 목이 좋은 편은 아니어서 걱정했는데, 이
정도 맛을 계속 유지한다면 충분히 승산이 있겠어요."

"괜찮은 거래처를 뚫어놓고 시작하는 장사라 막창의 질 하나
는 정말 자신이 있지."

"맛만 좋다면 가게 목이 좋든 나쁘든 찾아오는 게 손님이니
까요."

막창을 모두 구운 막내 외삼촌이 테이블에 앉았다. 자연스럽
게 서로의 근황을 주고받는 대화가 이어졌다. 이모의 외아들
현성은 지금 군대에 있었다. 이모가 오래전에 이혼한 후 고생
해서 홀로 키운 자식이다. 내 기억 속에 아직 꼬마인 외사촌 동
생이 벌써 군인이란 사실이 믿기지 않았다. 말문이 트일 무렵
에 봤던 막내 외삼촌의 두 딸 아영이와 다영이는 이제 초등학
교 고학년생이었다.

막창집 개업은 사실상 불황형 창업이었다. 보험설계사로 오
랫동안 일했던 이모는 늘 실적 압박에 시달려 지쳐 있었고, 중

소기업에서 영업팀장으로 일했던 막내 외삼촌은 매출 부진을 이유로 권고사직을 당해 막막한 처지였다. 다행스럽게도 외삼촌의 고등학교 동창이 믿을 만한 막창 거래처를 소개해줬다. 마침 이모에게 호감을 가진 보험 고객이 곱창골목의 건물주여서 저렴한 임대료로 가게 자리를 내줬다.

"곧 재혼하세요?"

이모는 얼굴을 붉히며 손사래를 쳤다.

"재혼은 무슨. 서로 좋은 감정으로 만나는 정도지, 뭐. 형부는 계속 혼자 지내셔?"

"네, 그렇죠."

"형부 나이가 이제 겨우 환갑을 넘겼어. 옛날에나 환갑이 노인 소리를 들었지, 이젠 젊어. 앞으로 최소한 이삼십 년은 더 살 텐데 혼자서는 외롭지. 먼저 떠난 언니에겐 미안한 말이지만, 형부가 새로운 분을 만날 수 있게 네가 챙겨드려야 한다. 그게 진짜 효도다."

"저도 제 앞가림을 못 하고 있는데요, 무슨."

외삼촌이 내 잔에 소주를 채우며 물었다.

"너는 만나는 사람이 있고?"

"아직……."

"요즘에는 다들 결혼을 늦게 하지만, 그래도 아이 낳고 살 생각이라면 빨리 결혼하는 게 낫다. 네 나이가 올해 몇이지?"

"마흔이에요."

"네 나이가 벌써 마흔이냐? 세월 빠르네. 마흔이면 지금 당장 결혼해 아이를 낳아도 말이다, 나중에 그 아이가 대학에 갈 때 네 나이가 환갑이다. 늙어서 자식 감당하기 어렵다."

"순호야, 범우 막창 먹다가 체하겠다. 그만해라."

이모는 외삼촌의 말을 끊으며 내게 말했다.

"내가 살아보니까 그래. 결혼한다고 행복하게 사는 것도 아니고, 자식이 없다고 결혼 생활이 불행한 것도 아니더라. 네가 하고 싶은 대로 하면서 살아. 그게 제일 행복하게 사는 거야."

외삼촌이 끼어들었다.

"누나, 말이 좋아 화려한 싱글이지. 나이 들어서도 혼자 있으면 우울하고 초라해져."

"나를 봐라. 돌싱이 되니까 얼굴이 더 피지 않았니? 우울하고 초라해진다고? 정 그러면 연애만 하면서 살면 되지, 무슨 걱정이야. 주변을 봐라. 결혼하고도 외로움에 치를 떠는 사람들이 천지에 깔렸다. 정신병원에 다니는 사람 중에 미혼이 더 많을까, 기혼이 더 많을까? 내기해볼까? 나는 기혼에다 내 손모가지를 걸겠다. 너는?"

외삼촌과 나는 이모의 열변에 박장대소했다.

"그래. 누나 말이 옳다. 범우 너는 그냥 연애나 하면서 살아라. 골치 아프게 결혼은 무슨."

나는 말없이 잔을 반쯤 비웠다.

"요즘 어떻게 지내고 있어? 소설을 쓰고 있다는 이야기는 얼핏 들었다만."

"얼마 전에 HT에 인공지능 연구원으로 입사했어요."

"HT? 거기 회장이 인물이더라. 나도 그 양반 TV에서 봤다."

"대단하신 분이죠. 여러모로."

"큰누나가 너를 돌봐주는 모양이다. 잘됐구나. 잘됐어."

나는 외삼촌과 건배하며 남은 잔을 비웠다. 나는 다른 이야기가 더 길어지기 전에 외삼촌에게 어머니에 관해 물었다.

"요즘 들어 궁금해진 건데, 어머니는 어렸을 때 어땠어요?"

"네 엄마는 왜?"

"그냥…… 어머니에 대해 아는 게 별로 없어서요. 어렸을 때 어떻게 자랐는지, 무엇을 좋아하셨는지, 고향을 떠난 이유가 무엇인지, 꿈은 무엇이었는지."

외삼촌은 먼 산을 바라보듯 창밖을 내다봤다.

"큰누나는 내가 네 살 때쯤 집을 떠났지? 솔직히 나도 큰누나에 대한 기억은 별로 없어서 해줄 말이 없네. 작은누나가 시골에서 큰누나랑 같은 방을 쓰지 않았어?"

이모는 생각에 잠긴 듯 미간을 찌푸렸다.

"나는 언니를 생각하면 안타까운 마음밖에 없다. 언니가 우리 사 남매 중 가장 재주도 많고 똑똑한 사람이었거든. 집에서 언니를 중학교에만 보내줬어도, 언니 인생이 꽤 많이 달라졌을 거야."

이모는 어머니가 초등학교 시절 반에서 1등은 물론, 전교 1등도 놓치지 않았던 수재였다고 말했다. 처음 듣는 이야기였다.

"집에서 학교까지 걸어서 왕복 삼십 리 길이었어. 그땐 시내버스도 안 다녔지. 언니는 눈이 오나 비가 오나 새벽에 일어나 하루도 빼먹지 않고 학교에 갔어. 학교에 조금 더 빨리 가고 싶어서 일부러 산길을 넘어가는 날도 많았어. 산길을 넘어가면 힘은 들어도 등굣길이 꽤 줄어들었거든. 언니는 그 시절에 개근상을 받은 사람이야. 그땐 아이들이 농사일을 돕느라 수업을 자주 빠져 개근상을 받기 어려웠거든. 대단하지."

항상 집에만 틀어박혀 있던 어머니가 어린 시절에는 수시로 산길을 넘나들며 학교에 다녔다니. 상상하기 어려웠다.

"언젠가 언니가 산길에서 뱀을 만나 울며 집으로 돌아온 날이 있었어. 그런데도 언니는 다음 날 새벽에 다시 산길로 학교에 가더라. 나는 그 말을 듣고 무서워서 언니랑 같이 학교에 못 갔는데."

"산에서 뱀을 만났는데도 말이에요?"

"소변이 급해 풀숲에 들어가 쭈그려 앉았는데, 그 자리에 백사가 있어서 깜짝 놀라 도망친 일이 있었대."

"그냥 뱀도 아니고 백사를 봐요? 하얀 뱀? 설마요."

"나야 모르지. 언니가 그렇게 말해줬으니."

이모의 이야기는 내가 오랫동안 잊고 있던 기억 하나를 되살렸다. 오래전 내 초등학교 졸업식 때의 일이다. 졸업식이 끝난 뒤 어머니는 나를 경양식집으로 데려가 돈가스를 사줬다. 어머니는 접시에 얼굴을 파묻고 돈가스를 먹는 나를 바라보며 졸업하니까 슬프고 아쉽지 않느냐고 물었다. 중학교 입학식 전까지 자유시간이었던 나는 졸업식이 슬프고 아쉬울 리가 없었다. 게다가 함께 졸업한 친구들 다수가 같은 중학교에 입학하는 터라 새롭게 시작될 학교생활을 기다리는 마음이 더 컸다. 그때 어머니는 지나가는 말로 내게 부럽다고 했었다. 나는 어머니에게 이유를 물었으나, 어머니는 대답해주지 않았다.

"언니는 국민학교를 졸업하던 날에 눈이 탱탱 붓도록 많이 울었다. 자기는 앞으로 친구들을 학교에서 만나지도 못하고, 공부도 더 할 수 없게 됐다면서 며칠 동안 밥도 제대로 먹지 않았어. 졸업 전에 학교 선생님들이 집까지 찾아왔었지."

"선생님들이 왜요?"

"언니의 재주와 머리가 아까우니까 공부를 더 시켜야 한다고 부모님을 설득하려고 했지. 그런데도 소용이 없었다. 나중에는 교장 선생님까지 찾아와 언니를 자기 집에 데리고 있으면서 공부를 시키겠다고 나섰는데도 안 되는 건 안 되더라. 부모님이 언니한테 해도 너무했지. 언니에겐 그때 그 일이 평생 한으로 남았을 거야."

언젠가 어머니가 외할아버지의 장례식장에서 눈물 한 방울 흘리지 않아 동네 사람들에게 욕을 많이 먹었다는 뒷말을 건너 들은 일이 있다. 내 기억에 희미하게 남아 있는 외할아버지는 나를 보면 인자한 미소를 지으며 어머니 몰래 용돈을 쥐여주던 마음 좋은 분이었다. 외할아버지 장례식장에서 몹시 슬프게 울었던 나는 뒷말로 들은 어머니의 냉정함을 이해하기가 어려웠다. 나는 뒤늦게 이모의 말을 들으며 그 이유를 짐작할 수 있었다.

"지금은 그때 부모님이 왜 그랬는지 조금은 이해가 되지. 평생을 시골에서 살며 나이가 들고 생각이 굳어버린 분들이잖아. 부모님이 언니를 사랑하지 않은 건 아니라고 생각해. 먹고사는 일이 급하니까 당장 눈앞에 보이는 세상 외에 다른 세상이 있다고 상상하지 못하셨을 뿐이야. 부모님도 불행했고 언니도 불행했지."

외가의 살림은 부쳐 먹을 땅 한 평 없을 정도로 가난했다. 교육에 신경 쓸 여력이 없는 소작농 집안에서 자식은 중요한 일손이었다. 외할아버지에겐 맏딸을 중학교까지 보낼 생각이 처음부터 없었다. 외할머니도 어머니가 빨리 공부에서 손을 놓고 바쁜 농사일을 돕기를 바랐다. 하지만 어머니는 외할아버지와 외할머니가 원하는 대로 움직여주지 않았다. 어머니의 선택은 철저히 아무 일도 하지 않기였다.

"그때 언니 정말 대단했다. 부모님이 농사일을 도우라고 아무리 윽박지르고 때려도 언니는 절대 말을 듣지 않았어. 서울로 떠날 때까지 몇 년 동안이나. 못된 년이라고 욕도 많이 먹었지. 하지만 오빠가 고등학교를 졸업하기도 전에 집을 나가버리고, 언니까지 고집을 부리다가 서울로 떠나버리니까 부모님도 변하더라. 내가 언니가 못 간 중학교와 고등학교를 졸업하고 대학교까지 갈 수 있었던 건 다 언니가 고집을 부렸던 덕분이야. 범우야, 나는 언니에게 늘 미안한 마음뿐이다."

내 어린 시절에 유일한 선생님은 어머니였다. 어머니는 껌 종이, 포장지, 신문지와 같은 폐지를 절대 그냥 버리지 않았다. 폐지는 내 공부를 위한 연습장으로 한 번 더 쓰였다. 어머니는 내게 수시로 폐지에 구구단 쓰기와 받아쓰기를 시켰고, 제대로 하지 못하면 매를 들었다. 단칸방 벽에는 천자문이 걸려 있었고, 내 잠자리 머리맡에는 영어단어 사전이 놓여 있었다. 매일 천자문에서 한 글자, 영어단어 사전에서 한 단어를 열 번씩 베껴 쓰는 게 숙제였다. 내가 숙제를 허술하게 하면 어머니는 어김없이 매를 들었다.

어머니의 교육 방법이 실제로 효과가 있었는지는 의문이다. 그건 내게 공부라기보다 하고 싶지 않은 그림 그리기나 마찬가지였다. 머릿속에 남은 지식이 거의 없었다. 하지만 어머니의 교육 방법이 적어도 내게 한자리에 오래 앉아 있을 수 있는 인내심을 길러준 것만은 사실이다. 나는 어렴풋이 알 것 같았다. 어머니는 자신의 배움이 짧고 집안 살림이 넉넉하지 않아 어떻게 나를 가르쳐야 할지 요령을 몰랐지만, 어떻게든 나를 잘 가르치고 싶었던 것이다.

몇 년 동안 아무 일도 하지 않으며 부모님에게 시위했던 어머니. 어머니가 중학교에 진학했다면 다른 인생을 살았을지도 모른다는 이모의 말은 결코 과장이 아니라는 생각이 들었다. 저렇게 배움을 향한 강한 의지가 있었다면 어머니는 중학교에서 더 많은 걸 배워 안목을 넓혔을 테다. 그렇게 넓어진 안목은 어머니가 다른 세상으로 나아갈 수 있도록 이끌었을지도 모른다. 나는 내 꿈에 커리어우먼으로 나타났던 어머니의 모습을 떠올렸다. 어머니는 더 많이 공부할 기회를 얻게 된 나를 진심으로 부러워했던 게 아닐까. 나는 중학교에 진학하는 나를 보고 부럽다고 말했던 어머니의 심정을 뒤늦게 이해할 수 있었다. 어머니는 공부로 어떤 미래를 꿈꿨던 걸까.

"언니의 꿈은 화가였어."

이모의 대답은 어머니가 학교에서 1등을 놓치지 않는 우등생이었다는 말만큼 충격적이었다. 상상도 못 한 대답이었다. 뒷이야기는 더욱더 충격적이었다.

"언니가 그린 그림들을 엄마가 아궁이에 넣어 다 태워버렸어. 언니가 그때 정말 큰 상처를 받았지."

어머니가 처음부터 집안일을 나 몰라라 한 건 아니었다. 어머니는 농사일을 돕다가 틈나는 대로 그림을 그렸다. 어려운 살림에 변변한 미술도구가 있을 리 없었다. 큰외삼촌이 쓰는 공책이나 연습장, 연필, 볼펜, 색연필이 어머니의 미술도구였다.

"언니는 정말 그림을 잘 그렸어. 6학년 때 신문사가 주최하는 전국미술대회에 나가 상을 받아올 정도였으니까. 공부도 잘하는데 그림까지 잘 그리니 학교에서 선생님들이 언니를 얼마나 예뻐했겠어. 언니가 비록 학교에는 못 가도 그림까지 포기하진 않았지. 그런데 엄마가 그림까지 못 그리게 하니까 언니도 폭발한 거야."

당시 어머니는 스무 살이 되면 서울에서 돈을 벌어 검정고시로 미대에 진학하겠다고 이모에게 입버릇처럼 말했다. 어머니는 스무 살이 되자마자 도망치듯 서울로 떠났고, 이모는 강한 의지를 가진 어머니가 서울에서 꼭 성공해 고향으로 돌아올 것이라고 믿었다. 그런 어머니가 서울로 올라간 지 일 년도 안 돼 아버지를 만나 동거를 하고 심지어 임신까지 할 줄은 이모는 상상도 하지 못했다.

"솔직히 나는 그때 언니에게 크게 실망했다. 내겐 누구보다 멋있었던 언니가 그렇게 초라해질 줄은 꿈에도 몰랐거든. 처음에는 형부가 아주 미웠어. 언니 앞길을 막은 사람이 형부인 것 같아서."

나는 어머니가 스무 살에 쓴 일기를 떠올리며 어머니와 아버지를 변호했다.

"어머니도 아버지도 서울에서 많이 외로웠을 거예요. 냉정한 판단을 내릴 수 없을 만큼. 스무 살은 세상 물정을 알기에 너무 어린 나이잖아요. 마흔 살인 저도 세상 물정을 잘 모르겠는데 말이죠."

"사실 시골에 언니를 좋아하는 남자들이 꽤 있었거든. 그 남자들 지금 다들 돈 많이 벌고 잘살고 있어. 언니가 만약 서울로 올라가지 않았다면, 그중 한 사람과 결혼해서 잘 먹고 잘살았을지도 몰라. 이제 와서 생각하면 다 부질없는 이야기지만."

나는 어머니의 일기장에서 봤던 상섭이란 이름을 기억해냈다.

"혹시 상섭이란 이름을 가진 분을 아세요?"

"네가 그 오빠를 어떻게 아니?"

이모는 놀란 표정을 지으며 내게 물었다. 나는 대답을 얼버무렸다.

"예전에 어머니에게서 얼핏 그 이름을 들은 기억이 있어서."

이모는 한숨을 내쉬었다.

"상섭 오빠가 예전에 언니를 정말 좋아했었지. 언니가 서울로 올라가서 돈을 벌어 공부할 거라니까 그 오빠가 엄청나게 뜯어말렸다. 그랬던 언니가 서울로 올라가자마자 남자를 만나 임신까지 했다는 소식을 듣고 오빠가 많이 상심했지. 그 오빠는 아마 언니가 임신까지 해서 자신에게 돌아왔어도 모른 척 받아줬을걸? 언니를 그 정도로 좋아했거든."

"그분은 지금 뭐 하세요?"

막내 외삼촌이 대신 답했다.

"큰누나를 좋아했던 남자 중 그 형님이 가장 출세했다. 지금 시골에서 도의원에 지역 유지로 떵떵거리며 살고 있어. 아주 부자야. 애들 시집 장가도 다 잘 보냈고. 금싸라기 땅에 가지고 있는 건물도 몇 채나 된다."

그 말을 들은 이모가 쓴웃음을 지으며 술잔을 비우다 반쯤 남겼다. 인생이 갈림길의 연속이라면, 어머니는 평생 자신이 가지 않은 길을 생각하며 후회하지 않았을까. 내 물음에 이모는 고개를 저었다.

"눈앞에 보이는 세상을 전부라고 여기고 만족하는 사람도 있지만, 언니는 그런 사람이 아니었어. 언니는 그때 어떻게든 시골에서 벗어나기를 원했고, 언니를 붙잡을 사람은 아무도 없었지. 이유야 어찌 됐든 언니가 선택한 길이야. 아마도 언니는 자신의 선택을 끊임없이 후회했을 거야. 수백 번, 수천 번, 수만 번. 하지만 언니가 다시 과거로 돌아갈 기회를 얻었을지라도, 같은 길을 택했을 거라고 생각한다."

"왜요?"

"나는 과거로 돌아가면 이혼한 네 이모부와 다시 만나 결혼

할지도 몰라. 말도 안 되는 소리처럼 들리지? 그런데 나는 현성이가 없는 세상을 상상할 수 없거든. 언니도 나와 비슷한 생각이었을 거라고 생각해. 현성이가 내게 새로운 세상을 열어줬듯이, 너도 범재도 언니에게 새로운 세상을 열어준 소중한 존재야."

불콰해진 막내 외삼촌이 두 손을 휘저으며 끼어들었다.

"새로운 세상은 무슨! 나는 아영이와 다영이가 아무리 예뻐도 그런 선택은 차마 못 하겠다. 자식이 먹는 모습만 봐도 배가 부르다고? 내가 보기에는 다 거짓말이야. 내가 배를 곯지 않아야 자식이 먹는 모습도 예뻐 보이는 거야. 솔직히 나는 가끔 두 녀석을 밖으로 던져버리고 싶을 때도 있어."

이모가 손바닥으로 막내 외삼촌의 등을 때렸다.

"애들한테 그게 무슨 소리야. 범우가 다 듣는다."

"들으면 어때? 누나도 알지만 둘 다 내 말을 더럽게 안 듣잖아. 공부도 안 해. 누나는 예전에 현성이가 학교에서 맨날 사고 치고 돌아올 때 그런 기분을 느낀 적 없었어?"

"애들이 어리면 철이 없는 게 당연하지, 안 그래? 너는 어릴 때 안 그랬어?"

"지나간 일이지만, 그때 나는 현성이가 매형처럼 누나를 괴롭히는 것 같아 미웠어. 누가 뭐래도 가장 소중한 사람은 나야. 내가 나를 아끼지 않는데 누가 나를 아껴? 누나도 그걸 알아야 해."

막내 외삼촌이 내게로 시선을 돌렸다.

"범우 너도 명심해라. 네가 제일 소중하게 여길 사람은 너야. 너 말고 너를 챙겨줄 사람은 아무도 없어."

이모와 막내 외삼촌이 티격태격 말싸움을 하는 동안 막창이 석쇠 위에서 타들어갔다. 어머니는 이모와 가까운 사람이었을까, 막내 외삼촌과 가까운 사람이었을까. 어느 쪽이든 간에 나는 어머니의 어린 시절을 더 깊이 알고 싶어졌다. 나는 둘의 말싸움을 끊었다.

"혹시 외갓집이 아직 그대로 남아 있나요?"

나는 이모네 집에 비어 있는 현성의 방에서 하룻밤을 머문 뒤, 어머니가 태어나 어린 시절을 보낸 안동으로 향했다. 어젯밤 내가 이모에게 외갓집에 관해 물었을 때, 이모는 지금쯤 그 집이 폐가가 돼 있을 거라고 했다. 외할머니가 돌아가신 뒤 이모와 막내 외삼촌은 그 집을 동네 사람에게 헐값에 넘겼는데, 그 집을 산 사람도 몇 년 전에 세상을 떠났다는 게 이모의 설명이었다. 여름이면 수돗가에 포도송이가 주렁주렁 열리고, 마당에 병아리가 떼를 지어 돌아다니던 시골집이 폐가가 됐다니 마음이 쓸쓸해졌다. 폐가로 남은 그곳에서 나는 어머니에 관한 흔적을 찾을 수 있을까. 의문을 뒤로하고 나는 안동으로 가는 버스에 올랐다.

버스는 약 한 시간 반 만에 목적지에 도착했다. 경북도청 시외버스 정류장은 시내버스 정류장이라고 말해도 믿을 정도로 시설이 단출했다. 정류장 주변은 내가 기억하는 오래전 시골 풍경과 거리가 멀었다. 과거 대구에 있었던 경북도청이 안동으로 옮겨온 지 십 년이 넘었다는 사실을 이번에 처음 알게 됐다. 정류장 주변 곳곳에 늘어선 세련된 건물은 마치 수도권 신도시 같았다.

나는 택시를 타고 기사에게 병산서원으로 가달라고 요청했다. 다소 이질적으로 느껴졌던 차창 밖 풍경은 택시를 타고 조금 이동하자 거짓말처럼 사라졌다. 택시는 한참 동안 텅 빈 논이 이어지는 길을 달리다가 좁은 산길로 들어섰다. 놀랍게도 산길은 여전히 비포장도로였다. 택시 내부로 전해지는 격렬한 진동은 내가 이곳에 마지막으로 왔던 십여 년 전 늦여름 큰 외삼촌의 임종 당시로 기억을 되돌렸다.

나는 신림동 고시촌 독서실에서 읽히지도 않는 사법시험 수험서를 읽다가 큰 외삼촌이 위독하다는 연락을 받았다. 큰 외삼촌은 대구의 한 대학병원에 입원 중이었다. 큰 외삼촌은 일본에서 이십 년 넘게 불법체류자로 살다가 강제추방을 당했다. 강제로 고국으로 돌아온 큰 외삼촌의 몸 상태는 이미 손을 쓸 수 없는 상황이었다. 몸속의 모든 장기를 포함해 뇌까지 암세포가 퍼져 항암치료도 의미가 없었다. 쉴 틈 없이 혈관을 타고 흘러야 할 혈액은 혈소판 이상증식으로 응고돼 오히려 온몸의 모세혈관을 하나하나 가로막았다. 심장에서 먼 말단 부위부터 조직괴사가 시작됐다. 숨이 아직도 붙어 있다는 게 놀라울 지경이었다. 덜 고통스럽게 죽음을 맞이할 수 있도록 돕는 것만이 먼 길을 돌아 가족의 품으로 돌아온 큰 외삼촌에게 베풀 수 있는 마지막 배려였다.

막내 외삼촌은 큰 외삼촌이 의식을 잃기 전까지 일본어로 한참 동안 횡설수설했는데 통 무슨 말인지 모르겠다며 답답해했다. 나는 그 알아들을 수 없는 일본어가 큰 외삼촌의 유언임을 직감했다. 막내 외삼촌이 알아들을 수 있었던 단어는 사다코가 유일했다. 큰 외삼촌은 의식을 잃기 직전까지 사다코를 찾았다. 큰 외삼촌은 평생을 독신으로 살았다. 막내 외삼촌과 나는 사다코가 일본에서 큰 외삼촌이 인연을 맺었던 여인이 아닐까 하는 추측을 했다. 막내 외삼촌의 휴대전화가 울렸다. 전화를 받은 막내 외삼촌이 중환자실로 뛰었다.

나는 간호사의 안내에 따라 초록색 가운을 급하게 걸쳐 입고 중환자실로 들어갔다. 중환자실에선 역한 동물성 기름 냄새가 났다. 냄새는 병상에 가까워질수록 더 짙어졌다. 큰 외삼촌이 입을 벌린 채 눈을 감고 병상에 누워 있었다. 그 옆에 위치한 심장박동 모니터는 평행선을 그리며 기계음을 흘렸다. 막내 외삼촌은 큰 외삼촌의 손을 붙잡으며 주저앉아 통곡했다.

언제부터인지 모르지만, 이모도 내 옆에 서 있었다. 이모는 울지 않았다. 이모는 그저 안타까운 표정으로 큰 외삼촌의 이마를 쓰다듬으며 더 잘해주고 싶었다는 혼잣말만 되풀이했다. 큰 외삼촌의 손과 발은 검붉은 반점으로 뒤덮여 있었다. 조직 괴사의 흔적인 듯했다. 나는 악수를 하듯 큰 외삼촌의 손을 잡아보았다. 손이 차가웠다. 간호사는 큰 외삼촌의 혈관에 박힌 온갖 주삿바늘을 하나하나 뽑았다. 그때 마침 옆자리에 누워 있던 노인의 심장박동 모니터가 평행선을 그리며 기계음을 울렸다. 간호사들이 바쁘게 움직였다.

큰 외삼촌의 부고를 전할 만한 사람은 거의 없었다. 빈소를 찾아올 만한 사람은 몇 안 되는 친지들이 전부였다. 타국에서 객사하는 비극을 면했다는 게 그나마 다행이라면 다행이었다. 영정사진 속 큰 외삼촌은 어색한 미소를 지은 채 입을 약간 벌리고 있었다. 벌어진 입에서 알아듣지 못할 일본어가 쏟아져 나올 것만 같았다. 이모가 내게 다가와 일주일 전에 찍은 사진이라고 작은 목소리로 속삭였다. 이모는 사진이 예쁘게 잘 나오지 않았냐며 쓴웃음을 지었다. 의료보험 혜택을 받으려면 주민등록이 돼 있어야 하는데, 큰 외삼촌은 오래전에 주민등록이 말소된 상태여서 의료보험 혜택을 받을 수 없었다. 큰 외삼촌은 세상을 떠나기 며칠 전에 병원 근처 사진관에서 새로 증명사진을 찍었다. 그 사진은 이십 년 만에 재발급된 큰 외삼촌의 주민등록증 사진과 영정사진을 겸하게 됐다.

이모는 내게 큰 외삼촌의 병세가 어머니가 세상을 떠났다는 소식을 듣고 더 나빠졌다고 말했다. 큰 외삼촌이 큰 충격에 빠진 것 같았다고. 나는 이모에게 큰 외삼촌이 어머니의 사인을 알고 돌아가셨느냐고 물었다. 이모는 고개를 저었다. 어쨌거나 나는 차라리 큰 외삼촌이 어머니의 죽음을 모르고 세상을 떠난 게 더 좋지 않았을까 하는 아쉬움이 들었다.

나는 다 꺼져가는 향 옆에 새로운 향을 사르며 큰 외삼촌의 영정사진을 바라봤다. 사진 속 벌어진 입은 애타게 사다코를 부르는 것처럼 보였다. 나는 사다코가 어떤 모습의 여인일지 가늠해보려 눈을 감고 잠시 상상에 빠져들었다. 기모노를 입고 짙은 화장을 한 일본 여인의 모습이 머릿속에 아른거렸다. 얼굴을 확인해보고자 한 걸음 앞으로 다가서자 여인은 고개를 숙인 채 종종걸음으로 멀어져갔다.

빈소가 마련된 후 한나절이 지났을 때 조금 특별한 조문객이 빈소로 찾아왔다. 큰 외삼촌과 일본에서 가까이 지냈다는 중년의 남자였다. 큰 외삼촌의 낡은 수첩에 적힌 지인들의 연락처는 대부분 불통이었다. 그는 연락이 됐던 몇 안 되는 지인 중 하나였다. 막내 외삼촌과 나는 큰 외삼촌이 일본에서 어떤 생활을 했는지 조금이라도 더 이야기를 듣고자 그의 말에 귀를 기울였다. 특별한 이야기는 없었다.

나는 그에게 사다코가 누구인지 아느냐고 물었다. 그는 고개를 끄덕였다. 나보다 막내 외삼촌이 더 몸이 단 듯 그에게 꼬치꼬치 캐물었다. 예상대로 사다코는 큰 외삼촌과 한때 일본에서 동거했던 여인이었다. 그녀는 일본인이 아니라 최정자라는 이름을 가진 한국인이었다. 큰 외삼촌과 같은 불법체류자, 그저 정자(貞子)라는 이름의 일본어 발음이 사다코였을 뿐이었다. 사다코는 큰 외삼촌보다 몇 년 앞서 한국으로 강제추방을 당해 소식을 알 길이 없었다. 나는 큰 외삼촌의 낡은 수첩을 다시 한 번 꼼꼼히 살폈다. 그 속에서 나는 최정자라는 이름이 적힌 휴대전화 번호를 찾았다. 나는 떨리는 마음으로 심호흡을 하며 그 번호로 전화를 걸었다. 한 차례 신호음이 울리더니 없는 번호라는 안내 음성이 되돌아왔다.

장례는 간소하게 이틀장으로 치러졌다. 마지막 날 오전에 큰 외삼촌의 염습이 있었다. 장례지도사는 알코올이 묻은 솜으로 큰 외삼촌의 얼굴과 몸 구석구석을 닦기 시작했다. 시신을 염포로 동여매기 전, 나는 큰 외삼촌의 이마를 쓰다듬으며 얼굴을 살폈다. 이마에서 전해지는 끈적거리는 냉기가 뼛속까지 시렸다. 큰 외삼촌의 얼굴에는 어머니 얼굴도 일부 담겨 있었다. 갑자기 눈물이 쏟아졌다.

운구 버스는 시 외곽의 한 화장장으로 향했다. 연식이 오래된 운구 버스는 기사가 기어를 바꿀 때마다 심하게 덜컹거렸다.

뒷좌석에서 나이 든 친지들의 거친 기침 소리와 잔소리가 터져 나왔다. 기사는 대꾸하지 않았다. 화장장 주변 풍경은 교외의 공원만큼 수려했다. 아직도 지지 않은 수많은 배롱나무 꽃이 가지를 붉게 물들이고 있었다. 나는 고개를 들어 꽃들을 바라보았다. 푸른 하늘에 점점이 떠 있는 구름 사이로 붉은 꽃 몇 송이가 새겨졌다. 막내 외삼촌과 나는 공원 매점에서 유골함을 샀다. 나무로 만든 싸구려 유골함이었다. 나는 진열장에 전시된 값비싼 유골함들을 물끄러미 바라봤다.

큰 외삼촌이 화로 안으로 들어갔다. 아무도 울지 않았다. 더 이상 흘릴 눈물이 없어 울지 못하는 사람들과 울 만큼의 슬픔을 느끼지 못하는 사람들이 뒤섞여 있었다. 나는 후자에 가까웠다. 화장에 드는 시간은 넉넉잡아 두 시간가량이었다. 대기 시간을 견디기 어려워하던 몇몇 친지들이 화장장 건물 근처의 벤치에 앉아 빈소에서 챙겨온 음식과 청주로 술판을 벌였다.

큰 외삼촌은 예정보다 빠른 한 시간 반 만에 화로에서 나왔다. 화장장 직원들이 함석 쓰레받기에 큰 외삼촌을 싸리비로 쓸어 담아 분골기에 집어넣었다. 방앗간의 제분기보다 조금 작은 분골기는 요란한 소리를 내며 큰 외삼촌을 빻았다. 잠시 후 큰 외삼촌이 유골함에 담겼다. 나는 큰 외삼촌의 영정과 유골함을 앞세우며 운구 버스 방향으로 걸었다. 내 뒤로 이모와 막내 외삼촌이 따랐다. 그 뒤로 술에 취한 친지들이 딸꾹질하며 비틀비틀 따라왔다. 아무도 울지 않았다. 운구 버스에는 나와 아버지, 이모, 막내 외삼촌만이 올라탔다. 나머지는 모두 이런 저런 사정을 핑계로 여기저기 흩어졌다.

운구 버스는 한 시간 반 정도를 달려 외할아버지 산소가 있는 병산서원 부근에 도착했다. 낙동강 상류의 맑은 물이 내려다보이는 비포장도로 위로 레저용 사륜 오토바이 몇 대가 내달렸다. 예전에는 없었던 민박집들이 곳곳에 들어서 외지 손님을 맞이하고 있었다. 막내 외삼촌이 외할아버지 산소로 향하는 길잡이 역할을 맡았다. 운구 버스에서 내린 나는 낯설게 변한 마을 풍경을 뒤로한 채 유골함과 영정을 들고 뒤를 따랐다. 산소로 가는 길은 온갖 이름 모를 잡초로 가로막혀 걸음을 옮기기 쉽지 않았다. 수확을 포기한 채 버려진 밭에서 썩어가는 고추, 배추 같은 작물들이 을씨년스러운 분위기를 더했다. 외할아버지 산소도 큰 외삼촌만큼이나 남루했다. 떼가 벗겨진 봉분은 곳곳에서 맨살을 드러냈다. 봉분 위에 무성하게 자란 잡초 사이로 도마뱀 몇 마리가 빠르게 기어 다녔다.

막내 외삼촌이 큰 외삼촌의 유골함을 열었다. 먼저 아버지가 큰 외삼촌을 한 줌 쥐어 봉분 옆 키 작은 소나무 주위에 골고루 뿌렸다. 이모와 막내 외삼촌이 그 뒤를 따랐다. 마지막에 나도 큰 외삼촌을 한 줌 쥐었다. 옅은 회색빛 재로 변한 큰 외삼촌은 아직도 화로 속의 열기를 머금고 있었다. 몇 시간 전 큰 외삼촌의 이마를 쓰다듬으며 느꼈던 끈적거리는 차가움은 먼 이야기처럼 느껴졌다. 나는 큰 외삼촌의 혼백과 몇 안 되는 옷가지에 불을 붙이며, 먼저 세상을 떠난 어머니가 사다코 대신 큰 외삼촌을 따뜻하게 맞아주고 위로해주길 바랐다.

세상은 대책 없이 피만 끓는 청춘에게 가차 없었다. 큰 외삼촌의 꿈은 무엇이었을까. 잘 먹고 잘살아보려 고향을 떠나고 고국을 등진 게 죄는 아닐 텐데, 마지막은 왜 그리도 초라했던 걸까. 내가 큰 외삼촌의 마지막을 회상하는 사이에 택시가 병산서원 근처에 도착했다. 나는 큰 외삼촌이 누워 있던 중환자실에서 맡았던 역한 동물성 기름 냄새와 그의 손발을 뒤덮은 검붉은 반점을 떠올리며 몸서리를 쳤다. 내 마지막은 그런 모습이 아니기를 희망했다.

최근 조성한 듯한 대형 주차장에는 관광버스 몇 대가 주차돼 있었다. 단체 관광객으로 보이는 중년 여성 일행이 깔깔거리며 병산서원 방향으로 걸었다. 오래전 큰 외삼촌과 어머니가 도망치듯 떠나 살아서 돌아오지 못한 이곳은 이제 방송도 여러 번 타고 관광객들이 단체로 찾는 명소가 됐다. 낯설게 변한 곳이 더 낯설어졌다.

나는 기억을 더듬어 외갓집을 찾았다. 이모의 말대로 외갓집은 폐가가 돼 있었다. 여름이면 포도송이가 늘어져 있던 수돗가는 흔적도 없이 사라진 지 오래였다. 마당 곳곳에 온갖 쓰레기가 널려 있었다. 창틀과 문짝이 떨어져 나간 채 버려진 집은 마치 납량특집에나 나올 법한 흉가를 떠올리게 했다. 당장 무너져 내려도 이상하지 않을 만큼 허름한 상태였다. 주변에 있는 몇몇 빈집도 외갓집과 비슷한 신세였다.

그나마 멀쩡한 건 마당에서 부엌으로 바로 드나드는 커다란 나무 문뿐이었다. 나는 조심스레 손잡이를 당겼다. 문이 열리며 날카롭게 삐걱거리는 소리를 냈다. 캄캄한 부엌에 빛이 들었다. 오래 묵은 퀴퀴한 공기가 밀려 나와 숨이 막혔다. 제대로 된 세간살이를 찾아볼 수 없는 버려진 부엌은 무섭도록 고요했다.

아궁이로 시선이 움직였다. 뚜껑이 사라진 무쇠솥이 아직도 아궁이에 걸려 있었다. 외할머니는 내가 외갓집에 오면 저 무쇠솥으로 밥을 하다가 뜸을 들이기 전에 뚜껑을 열고 달걀 물을 담은 사발을 올렸다. 밥을 솥에서 퍼낼 시간이 되면 달걀찜도 함께 완성됐다. 달걀찜은 외갓집에서 내 입에 맞는 유일한 반찬이었다.

여름방학에는 닭장에 있던 닭 두세 마리가 솥에 들어가 백숙이 됐다. 나는 외할머니가 닭 모가지를 비트는 모습을 보고 기겁해 한동안 닭을 입에 대지 못했었다. 겨울방학 때 외갓집에 가면 솥에서 감자와 옥수수가 익었다. 막내 외삼촌이 공기총으로 잡은 꿩이나 쥐약을 풀어 잡은 토끼가 솥에서 끓기도 했다.

어린 내 눈에 무쇠솥은 알라딘의 요술 램프 같은 물건이었다.

무쇠솥의 말라붙은 밑바닥에는 금이 길게 가 있었다. 나는 금이 간 솥을 바라보며 어머니가 그린 그림들을 아궁이에 넣고 태우는 외할머니의 모습과 재로 변한 그림들을 보며 서럽게 우는 어머니의 모습을 떠올렸다. 나는 쪼그려 앉아 아궁이 속을 들여다봤다. 아궁이 속은 내가 대학 시절에 머물던 창 없는 고시원보다 더 캄캄했다. 그 속에서 타들어가는 어머니의 그림을 들여다보던 외할머니의 마음은 과연 편했을까. 버려진 집은 내게 아무 말도 해주지 않았다. 나는 부엌에서 나와 문을 닫았다. 문은 닫힐 때도 열릴 때처럼 날카롭게 삐걱거리는 소리를 냈다. 마치 이곳에서 찾을 수 있는 어머니의 흔적은 더 이상 없음을 알리는 선언처럼. 이 마을에서 내가 온전히 더듬을 수 있는 어머니의 흔적은 단 하나, 등굣길뿐이었다.

어머니의 남매들은 모두 같은 초등학교를 나왔다. 학교는 외 갓집에서 약 6.5킬로미터 떨어진 곳에 있었다. 왕복 13킬로미터, 이모의 말대로 삼십 리 남짓 되는 길이었다. 휴대전화 지도 앱으로 확인하니, 내가 버스정류장에서 택시를 타고 병산서원까지 온 길을 그대로 되돌아나가는 길이 어머니의 등굣길과 거의 일치했다. 나는 이미 여러 차례 경험한 그 길 대신 산길로 학교까지 가보기로 했다. 지도 앱으로 길을 검색해보자 산길을 타면 등굣길이 왕복 3킬로미터가량 줄었다. 산길은 서원 뒤쪽에 열린 좁은 길에서 시작됐다.

해발 300미터도 되지 않는 야트막한 산이어서 가볍게 여겼는데, 예상외로 금방 힘에 부쳤다. 숨이 턱까지 차올랐다. 찬바람을 오래 맞은 귀와 뺨이 찢어질 듯 아팠다. 나는 수시로 걸음을 멈추며 길이 얼마나 남았는지 살폈다. 오르막과 내리막이 완만하게 이어지는 산길은 험하진 않았지만, 좀처럼 끝날 기미를 보이지 않아 힘을 뺐다. 어른도 다니기 힘든 이 길을 어린 여자아이가 육 년 동안 수시로 오갔다는 사실이 믿기지 않았다. 산에선 해가 빠르게 기울어 어스름이 짙어졌다. 나는 발걸음의 속도를 높였다. 숨소리가 거칠어졌다.

어딘가에 잠시 주저앉아 쉬고 싶어질 때쯤 능선이 보였다. 이제 내려갈 길만 남았다는 생각에 마음이 편해지자, 참았던 소변이 급해졌다. 산길을 타는 동안 길에서 마주친 사람은 아무도 없었다. 나는 주위를 둘러보며 소변을 볼 곳을 찾았다. 몸을 숨길 만한 적당한 곳이 길 바깥에 보였다. 발목이 빠질 정도로 두껍게 낙엽이 쌓여 있어 발바닥이 푹신했다. 두 발로 낙엽을 들추며 걷던 나는 기다란 무언가를 보고 놀라 뒷걸음질을 치다가 넘어졌다. 피부가 하얀 뱀, 백사였다. 등에서 식은땀이 흐르고 높은 주파수로 이명이 울렸다. 나는 백사를 자극하지 않기 위해 넘어진 채로 천천히 뒤로 이동했다. 내가 길로 빠져나올 때까지 백사는 움직이지 않았다.

나는 일어서서 안도하며 숨을 돌렸다. 시선이 산 아래로 향했다. 마을을 감싸 돌며 흐르는 강, 그 건너 첩첩이 쌓인 산봉우리들, 노을빛으로 물든 하늘과 구름. 왠지 모르게 낯이 익은 풍경이었다. 나는 언제 이 풍경을 봤는지 기억을 되돌렸다. 서른 살, 스무 살, 열 살…… 추억의 영사기가 초등학교 2학년 여름방학 마지막 날에서 회전을 멈췄다. 멀어서 흐릿했던 기억이 선명해졌다. 그곳에 크레파스를 손에 쥔 어머니가 있었다.

그 시절 초등학교에 다녔던 아이들 대부분이 그랬듯, 나도 방학 숙제를 개학 전날에 몰아서 하곤 했다. 방학 숙제의 상당수는 자연스럽게 어머니의 몫이 됐다. 나는 어머니의 야단을 맞아가며 팔이 빠지도록 밀린 일기와 독후감을 썼고, 어머니는 나 대신 만들기와 그림 그리기 숙제를 했다.

방학 숙제를 대신하는 어머니는 꽤 즐거워 보였다. 특히 어머니가 그리는 그림은 어린 내 눈에도 근사했다. 어머니의 크레파스 사용법은 매우 독특해서 나는 밀린 일기 쓰기를 멈추고 그 모습을 한참 동안 넋을 놓고 구경했다. 어머니는 도화지에 먼저 4B연필로 옅게 밑그림을 그린 뒤에 크레파스로 색을 칠했다. 그러고 나서 휴지로 이곳저곳을 문질렀다. 어머니의 손이 닿는 곳마다 크레파스의 색이 얇게 번지며 마치 빛이 퍼져나가는 듯한 효과를 냈다. 또한 어머니는 연필 깎는 칼로 크레파스를 살짝 갈아낸 뒤, 그 가루를 도화지 위에 올려 손가락으로 문지르기도 했다.

어머니의 손끝을 따라 하늘을 물들인 노을의 농도가 미세하게 변했고, 손끝이 닿지 않은 부분에선 뭉게구름이 피어올랐다. 흰색 크레파스로 구름을 그리지 않고도 구름을 표현하는 어머니의 손끝은 내게 마치 마술처럼 경이로웠다. 도화지 위에 손끝이 스칠 때마다 산과 나무가 태어나고 강물이 흘렀다. 노을이 퍼지는 방향을 따라 그림자가 길어졌다. 얼마 지나지 않아 크레파스로 그렸다고 믿기 어려운 훌륭한 풍경화가 도화지 위에 탄생했다. 어머니는 만족스러운 미소를 지어 보였다. 이런 그림을 내가 그렸으리라고 믿을 만큼 선생님은 순진하지 않았다. 하지만 그림을 보며 감탄하는 선생님의 표정만큼은 결코 거짓이 아니었다.

내가 산길에서 내려다본 풍경이 오래전 어머니가 그린 그림 속 풍경과 같다는 확신이 들었다. 기억에 희미하게 남은 그림 속 풍경이 눈앞에 펼쳐진 풍경과 같다고 확신하는 나 자신이 당혹스러웠지만, 한번 마음속으로 파고든 확신을 쉽게 물리칠 수 없었다. 내가 조금 전에 마주친 백사도 어머니가 오래전에 마주쳤던 백사였을까. 두려움보다 호기심이 앞섰다. 나는 주변을 살펴 긴 나뭇가지를 찾아 집어 들고 조심스레 백사를 목격한 장소로 발걸음을 옮겼다.

백사의 정체를 확인한 나는 허탈한 웃음을 터뜨렸다. 그것은 뱀의 허물이었다. 온전한 뱀의 형태에 반투명한 흰색을 띠고 있어 얼핏 보면 백사로 오해하기에 충분했다. 어머니도 나처럼 뱀의 허물을 보고 놀라 도망쳤던 걸까. 그때 어머니가 봤던 풍경도 내가 본 풍경과 같았을까. 어쩌면 어머니는 자신이 본 게 뱀의 허물인 줄 알면서도 이모에게 과장했을지도 모른다는 생각이 들었다. 어린아이가 뱀이 나오는 길인 줄 알면서도 겁 없이 혼자 산길로 다니진 않았을 테니 말이다. 어머니는 고향이 싫어 떠났으면서도, 마음 깊은 곳에선 힘들 때마다 고향을 그리워했던 게 아닐까. 나는 어린 어머니에게 한 발짝 더 다가선 기분을 느꼈다.

산에서 내려오니 빈 논을 옆에 낀 지루한 길이 이어졌다. 차량 외에는 오가는 사람 하나 없는 쓸쓸한 길이었다. 찬바람이 강하게 불었다. 택시로는 금방 왔는데, 내가 걷는 속도로는 좀처럼 목적지까지 남은 길이 줄어들지 않았다. 어머니가 어렸을 때는 지금보다 더 볼거리가 없는 지루한 길이었을 것이다. 어머니는 언젠가 내게 범재가 태어날 무렵까지도 외갓집에 전기가 들어오지 않아 호롱불을 피웠다는 전설 같은 이야기를 들려줬었다. 전기가 없으니 텔레비전이나 라디오로 바깥 이야기를 접할 일도 드물었을 테다. 그렇다면 어머니에게 학교는 다른 세상과 소통하는 유일한 공간이 아니었을까. 세상 어떤 장난감보다도 즐겁고, 휴일이 아쉬울 정도로 간절하고 소중한 공간. 그런 공간을 더 이상 누리지 못하게 된 어머니는 어떻게든 고향에서 벗어나고 싶지 않았을까. 그러지 않고서는 숨을 쉴 수 없었을 테니 말이다. 나는 왜 어머니가 졸업 후 몇 년 동안 아무런 집안일도 돕지 않으며 시위를 벌였는지, 왜 스무 살이 되자마자 도망치듯 고향을 떠났는지 조금 알 것 같았다. 나는 처음이자 마지막인 졸업식이 끝난 후 집으로 돌아와 방구석에서 홀로 눈물을 쏟았을 어린 어머니의 등을 쓸어내리며 위로해주고 싶었다.

어머니의 모교는 몇 년 전 폐교돼 캠핑장으로 쓰이고 있었다. 최근에는 캠핑장 영업도 하지 않는 듯 교정은 황량했다. 2층짜리 건물 한 동이 학교 건물의 전부였다. 건물 앞에 서 있는 오래된 이순신 장군 동상, 쇳물이 번져 삭아가는 철봉과 미끄럼틀, 더 이상 아무도 오르지 않는 구령대는 해 질 무렵의 오래된 교정에 스산함을 더했다.

나는 건물로 가까이 다가갔다. 중앙 현관 앞 큰 유리창에 출입 금지를 알리는 안내문이 붙어 있었다. 나는 유리창 너머로 내부를 들여다봤다. 현관 가운데에는 대형 거울이 자리 잡고 있었고, 양쪽 벽장에 많은 트로피와 우승컵이 전시돼 있었다. 오래된 초등학교 현관에서 볼 수 있는 전형적인 풍경이었다.

현관 앞에서 돌아서려는데, 문득 어제 이모가 내게 지나가듯 한 말이 내 발목을 붙잡았다.

'언니는 정말 그림을 잘 그렸다. 6학년 때 신문사가 주최하는 전국미술대회에 나가 상을 받아 올 정도였으니까.'

혹시 저 많은 트로피와 우승컵 사이에 어머니가 받은 게 있지 않을까. 나는 출입 금지 안내문 앞에서 잠시 망설이다가 현관문을 밀었다. 문은 잠겨 있지 않았다. 나는 벽장에 전시된 트로피와 우승컵을 하나하나 천천히 살폈다. 2007 유소년 씨름대회 단체전 우승, 교육감기 배드민턴대회 국민학교 여자부 우승 1994년 7월 16일, 유소년축구단 전국대회 장려상 1987년 10월 23일, 국민학교 대항 체육대회 준우승 1980년 5월 12일, 경북 학생 종합 학예 발표대회 합주부 최우수상 1975년 6월 13일……

소년한국미술대회 특선
1971년 7월 10일
소년한국일보·한국일보 사장 장기영

있었다. 이모의 기억이 맞는다면, 이 빛바랜 우승컵은 어머니가 초등학교 6학년이던 해에 미술대회에 출전해 받은 게 분명했다. 나는 주위에 누가 오는지 살피며 떨리는 손으로 벽장의 유리문을 열고 우승컵을 꺼냈다. 벽장 바닥에 두껍게 깔려 있던 먼지가 일어나 재채기를 유발했다. 더운 여름날에 열린 큰 미술대회에 출전한 어린 어머니가 품에 안고 기뻐했을 우승컵이 반세기 만에 내 손으로 들어왔다. 나는 어린 어머니가 정말 자랑스러웠다. 큰 상을 받고도 집에서 부모님의 눈치를 보며 기쁨을 드러내지 못했을 어린 어머니를 생각하니 가슴이 아려왔다. 나는 우승컵을 품에 안고 쓰다듬으며 벽장 앞에 주저앉아 흐느꼈다.

"엄마……, 참 잘했어요……. 정말 잘했어요……."

6

시작

집으로 돌아온 나는 이모와 막내 외삼촌에게서 들은 어머니에 관한 이야기, 내가 직접 어머니의 등곳길을 오가며 경험한 일과 느낀 바를 정리해 경선에게 이메일로 보냈다. 지난 며칠 사이에 나는 어머니에 관해 내 평생 알아온 것보다 더 많은 것을 알게 됐다. 내가 AI로 맞이하게 될 어머니는 과연 얼마나 어머니와 가까운 존재일까. 나는 그 존재를 맞이할 준비가 돼 있는가. 그 존재를 맞이하는 일은 내게 무슨 의미가 있을까. 전화벨이 울렸다. 경선이었다.

"범우 씨, 보내주신 자료 잘 받았어요. 몸은 괜찮으세요?"

"아직은 별일 없습니다. 당장 몸이 아프지는 않으니까 제가 암 환자라는 게 아직도 실감이 나지 않네요."

"빨리 휴직하셔야죠. 언제 회사에 휴직을 신청하실 건가요?"

나는 나 회장의 얼굴을 떠올리며 머리를 긁적였다.

"더 지체하면 안 되니 내일 휴직을 신청할 생각입니다."

"그러면 잘됐네요. 내일 연구실에 들르실 수 있죠?"

"연구실에 급한 일이 있나요?"

"범우 씨 어머니의 아바타를 만들어야 해서요. 어머니의 얼굴 정면이 잘 보이는 사진을 몇 장 골라 연구실로 가져오실 수 있나요?"

경선은 어머니의 사진을 기초로 3차원 모델링을 할 계획이었다. 3차원 모델링은 사진에서 얼굴의 윤곽선을 찾아내 입체적인 얼굴을 만들고, 이 얼굴이 다양한 표정을 짓게 만드는 기술이라고 그녀는 설명했다.

"과거에는 3차원 캐릭터를 만들려면 실제 사람의 움직임을 하나하나 촬영하고, 여러 전문가가 달려들어 오랫동안 그래픽 작업에 매달려야 했어요. 하지만 3차원 모델링은 사진 한 장이면 충분해요. 매우 간단해서 앞으로 상업적 활용도가 높은 기술이에요."

"어머니의 어렸을 때 모습이나 나이 든 모습을 재현하는 것도 가능한가요?"

"물론이죠. 자세한 건 내일 만나 사진을 보며 얘기해요. 사진은 크면 클수록 좋아요. 최근 사진이면 더 좋고요."

나는 경선의 전화를 받기 전에 했던 고민을 그녀에게 털어놓았다.

"제가 하는 일이 의미가 있는 일이겠죠?"

"적어도 회사에는 의미 있는 일이 될 거예요. 범우 씨의 사례는 앞으로 회사의 연구에 쓰일 좋은 참고자료예요. 범우 씨도 HT의 연구원이잖아요. 월급을 받는 연구원으로서 할 일을 했다고 생각하면 마음이 편해지지 않을까요?"

월급을 받는 연구원으로서 할 일을 했다. 휴직하기 전에 밥값을 했다는 말로 들렸다. 경선의 냉정한 판단을 들으니 이상하게 마음이 편해졌다. 나는 그녀와 통화를 마친 뒤 오래된 사진 앨범을 책상 위에 펼쳤다. 며칠 전 고향집에 들러 어머니의 일기장을 확인했을 때 따로 챙긴 물건이다. 집에 남아 있는 앨범이라고는 이게 전부였다. 앨범이 하나뿐이니 연구실로 가져갈 만한 어머니 사진이 별로 없었다.

나는 사진에 찍힌 날짜순으로 어머니 사진을 모았다. 스무 살때 공원에서 찍은 독사진, 스물네 살 때 나를 안고 찍은 사진, 스물여덟 살 때 뒤늦게 결혼식을 올리며 웨딩드레스를 입고 찍은 사진, 서른여섯 살 때 내 초등학교 졸업식에서 나와 함께 찍은 사진……. 어머니의 얼굴 정면이 나온 사진은 고작 몇 장뿐이었다. 어머니의 장례식 때에도 영정으로 쓸 만한 사진이 없어서 내 초등학교 졸업식에서 찍은 사진을 확대해 사용했다. 부족한 사진이 어머니의 아바타를 만드는 데 충분할지 의문이 들었지만, 지금으로선 경선을 믿어보는 수밖에 없었다. 사진을 챙긴 나는 며칠 만에 다시 온라인 암 환자 커뮤니티를 돌아다니며 새롭게 올라온 환자들의 치료 후기들을 읽다가 마음이 심란해져 노트북을 닫았다.

다음 날 찾은 연구실에는 처음 보는 남자가 경선과 테이블에 나란히 앉아 있었다.

"범우 씨, 여산전자 연구소에서 인공지능을 연구하는 박대혁 책임연구원이에요. 3차원 모델링 관련 최신 기술 전문가여서 부득이하게 여기로 모셔왔어요."

그는 내게 명함을 건네며 악수를 청했다.

"처음 뵙겠습니다. 박대혁입니다."

"저는 이범우입니다."

대혁의 얼굴은 처음 보는데 낯이 익었다. 경선은 내게 어머니 사진을 달라고 했다. 나는 어제 챙긴 사진을 그녀에게 건넸다. 사진을 훑어보던 그녀가 미간을 찌푸렸다.

"이 사진들로는 어렵나요?"

"애매하네요. 얼굴이 너무 작고 사진이 흐리네. 대혁 씨가 보기에는 어때?"

경선은 대혁에게 사진을 건넸다. 그는 사진을 훑어보며 고개를 갸우뚱거렸다.

"그러게. 애매하네. 일단 사진이 너무 작아. 어떤 사진은 얼굴이 너무 작고. 사진이 한 장은 아니니까 얼굴을 하나하나 분리해 합성해서 윤곽을 선명하게 뽑으면 그럭저럭 모델링이 가능하지 않을까 싶은데? 우리가 얼마 전에 개발을 마친 딥페이크*엔진

232

도 있으니까 어렵지는 않을 거야."

"그래? 그럼 더 길게 고민할 필요 없네?"

"지금 바로 시작하자."

경선과 대혁은 서로 잘 아는 사이인 듯했지만, 뭔가 어색한 분위기가 느껴졌다. 나는 대혁의 얼굴을 어디에서 봤는지 기억해냈다. 은총의 얼굴이었다. 게다가 여산전자 연구소에서 일하는 연구원이라면, 그는 경선의 전남편일 가능성이 컸다. 나는 모른 척하며 둘의 행동을 지켜봤다. 대혁은 어머니의 사진을 한 장 한 장 스캔한 뒤 얼굴 부분만 따로 떼어냈다. 그는 떼어낸 부분을 서로 겹쳐 보정하고 선명도를 높였다. 시간이 흐르자 얼굴 윤곽이 점점 선명해졌다.

경선은 보정한 어머니의 얼굴 사진으로 3차원 모델링 작업을 했다. 잠시 후 머리카락이 없는 얼굴이 3차원 이미지로 완성됐다. 그녀는 사진들을 차례로 살피며 내게 물었다.

"범우 씨, 사진을 보니 어머니께서 주로 단발머리를 하셨나 보네요? 파마도 안 하시고요?"

곰곰이 생각해보니 어머니는 머리카락을 기른 일이 없었고, 파마를 한 일도 드물었다. 내가 지금까지 전혀 의식하지 못한 부분을 집어내는 경선의 눈썰미가 날카로웠다.

"그러네요. 저도 지금 깨달았어요."

• 인공지능을 기반으로 활용한 인간 이미지 합성 기술.

"머리 모양은 사진에 나온 대로 단발머리로 하면 되죠?"

"네. 그렇게 해주세요."

잠시 후 내 기억 속의 젊은 어머니가 모니터에 3차원 입체 영상으로 나타났다. 경선이 키보드로 무언가를 입력하자 무표정이었던 어머니의 얼굴에 살짝 미소가 번졌다. 경선이 뒤돌아보며 내게 물었다.

"어머니 모습이 실제와 비교해 어색한가요?"

모니터로 어머니의 모습을 마주하자 가슴이 심하게 두근거렸다.

"솔직히 이 정도로 자연스럽게 재현할 줄은 몰랐습니다. 정말 놀랍네요. 나이 조절도 가능한가요?"

경선이 키보드를 조작하자 어머니의 얼굴이 점점 나이 들어갔다. 나는 그녀에게 나이를 예순두 살에서 멈춰달라고 요청했다. 이마와 눈가에 주름이 파이고, 볼살이 약간 처졌다. 어머니의 얼굴은 나이 들수록 점점 더 부드러운 인상으로 변했다. 나이 든 어머니의 얼굴은 내가 며칠 전에 본 이모의 얼굴과 흡사했다.

"어머니가 지금까지 살아 계셨다면 이 얼굴이었겠네요."

"이번에는 나이를 거꾸로 돌려볼까요?"

나는 고개를 끄덕였다. 어머니의 얼굴이 점점 시간을 거슬러 올라갔다. 이마와 눈가에 파여 있던 주름이 사라졌고, 처졌던 볼살도 도로 올라갔다. 스무 살, 열아홉 살, 열여덟 살, 열일곱 살, 열여섯 살, 열다섯 살, 열네 살, 열세 살⋯⋯.

"멈춰주세요."

누가 봐도 똘똘하게 생긴 여자아이의 얼굴이 모니터에 떴다. 이렇게 생긴 아이가 매일 집에서 학교까지 삼십 리 길을 오갔구나. 이렇게 생긴 아이가 학교에 일찍 가겠다고 어른도 다니기 힘든 산길을 넘었구나. 이렇게 생긴 아이가 학교에서 늘 1등을 도맡아 하며 선생님들의 칭찬을 받았구나. 이렇게 생긴 아이가 그림도 잘 그려 큰 상을 받았구나. 이렇게 생긴 아이가 중학교에 진학하지 못하고 더 이상 그림을 그리지 못해 슬프게 울었구나. 가슴이 먹먹해졌다.

경선은 내게 음성과 문자 중 어떤 방식으로 어머니와 대화를 나눌 생각인지 물었다. 나는 잠시 고민한 끝에 그녀에게 음성으로 대화를 나누겠다고 말했다. 대혁이 내게 손짓했다.

"이제 어머니의 목소리를 설정할 거예요. 우선 샘플 목소리 중에서 가장 비슷한 목소리를 고르세요. 그 목소리를 미세 조정해 실제 목소리에 가깝게 만들 겁니다. 어머니의 목소리 톤은 높은 편이었나요, 낮은 편이었나요?"

어머니의 목소리 톤은 상당히 높은 편이었다. 발음이 명확하고, 강약이 확실했다. 말하는 속도가 남들보다 빨랐다. 톤은 높았지만 그렇다고 가벼운 목소리는 아니었다. 저음이 탄탄하고 밀도가 있었다. 대혁은 내 설명을 들으며 목소리를 조정했다.

"이렇게 사람의 목소리까지 만들어낼 수도 있다니. 대단하네요."

"대단한 기술은 아닙니다. 요즘에는 단순히 인간의 음성을 합성하는 단계를 넘어서 억양과 높낮이를 조절해 AI가 노래까지 부르게 하는 세상이니까요. 최근 일본에선 삼십 년 전에 세상을 떠난 국민가수 미소라 히바리의 목소리를 AI로 되살려 신곡을 발표하는 일도 있었어요."

"이러다가 마이클 잭슨까지 살아 돌아올지 모르겠네요."

"마이클 잭슨보다 더 마이클 잭슨 같은 AI가 나와서 문워크를 선보이고 신곡을 발표해 빌보드 차트를 휩쓰는 날이 분명히 올 거예요."

스피커에서 어머니의 목소리가 들렸다. 나는 대혁에게 손을 흔들었다. 대혁이 급히 조정을 멈췄다. 경선이 내게 다가왔다.

"어머니 목소리와 비슷한가요?"

"비슷한 정도가 아니라 거의 같은데요? 정말 신기하네요."

"이제 어머니의 얼굴과 목소리를 연동해볼까요?"

연구실 벽의 대형 모니터에 전원이 들어왔다. 나를 가운데 두고 테이블 양옆에 경선과 대혁이 앉아 모니터에 시선을 고정했다. 경선이 리모컨을 누르자 젊은 어머니의 얼굴이 모니터에 등장했다. 나는 경선에게 어머니의 나이를 마흔아홉 살로 설정해달라고 부탁했다. 그녀가 내게 물었다.

"어머니께서 돌아가셨을 때 나이 맞죠?"

나는 고개를 끄덕였다. 경선은 어머니의 나이를 재설정하며 내게 말했다.

"아직 AI와 대화를 나누기는 힘들어요. AI와 자연스러운 대화를 나누려면 조금 더 시간이 필요해요. 범우 씨가 처음에 설정한 어머니의 성격에 맞춰 대화 패턴과 말투를 맞춰야 하고요. 현재 범우 씨가 제게 보내주신 자료에서 공통되는 부분을 각각의 주제로 엮는 작업을 진행 중이에요. 비효율적인 대화의 반복을 없애기 위해 인사말처럼 반복적으로 나오는 대화 구성요소의 다변화도 필요하고요."

"어렵네요. 솔직히 경선 씨의 말을 반은 알아듣겠는데, 반은 잘 모르겠네요."

경선이 테이블 위에 놓여 있던 빈 A4용지에 가로와 세로로 선을 그려나갔다.

"AI로 만들어진 어머니는 어떤 부분에선 그물코가 촘촘하고, 어떤 부분에선 성긴 그물이에요. 다시 말씀드리지만, AI가 어머니의 기억을 온전하게 담고 있지는 않아요. 어떤 주제의 대화에선 놀라울 정도로 탁월한 모습을 보여주는데, 어떤 주제에선 바보처럼 보일 수도 있어요. 그 부분을 양해해주세요. 다소 미흡한 부분은 AI가 범우 씨와 대화하며 학습해 보완할 수 있을 거예요."

"대화를 나누는 데까지 시간이 얼마나 오래 걸리나요?"

"범우 씨가 자료를 줄 때마다 틈틈이 작업해서 그리 오래 걸리진 않을 거예요. 며칠 안에는 결과물이 나올 테니 조금만 더 기다려주세요."

경선이 준비가 다 됐다며 모니터로 시선을 돌렸다. 나는 숨죽이며 모니터를 바라봤다.

"범우야, 그동안 잘 지냈니?"

모니터 속 어머니가 살짝 미소를 지으며 내게 인사했다. 눈시울이 붉어질 틈도 없이 눈물이 멋대로 흘러나왔다. 경선이 내게 슬쩍 크리넥스 티슈 상자를 밀었다. 연구실에 잠시 정적이 흘렀다.

대혁이 내게 어머니의 사진들을 돌려줬다. 경선은 내게 녹차한 잔을 건넸다. 겉보기에 둘은 꽤 잘 어울리는 한 쌍이었다. 대혁은 은총의 존재를 알고 있을까. 둘 사이에 풀지 못한 오해가 늦게라도 풀리면 관계가 긍정적으로 발전할 수 있지 않을까. 나는 둘 사이에서 오지랖을 부려보기로 마음을 먹었다.

"제가 지난 며칠 동안 알게 된 어머니는 그전까지 알아온 어머니와 다른 사람이었어요."

어색하게 서로를 피하던 경선과 대혁의 시선이 내게로 쏠렸다. 나는 둘을 번갈아 바라보며 천천히 말을 이었다.

"저는 어머니에 대해 아는 게 거의 없었어요. 어머니가 무엇을 좋아하는지, 어렸을 때 무엇을 꿈꿨는지, 어떻게 아버지를 만나 연애하고 결혼했는지, 그리고 저를 얼마나 사랑했는지……. 정말 아무것도 몰랐어요. 제가 어머니를 미워했던 이유는 아무것도 몰랐기 때문이었어요. 모르니까 용감했던 거죠."

경선과 대혁이 내 맞은편 테이블에 앉았다. 나는 경선이 건넨 녹차를 한 모금 마셨다. 녹차는 기분 좋게 따뜻했다.

"경선 씨에게 어머니를 AI로 부활시키려는 이유를 정확하게 말씀드린 일이 없었을 거예요. 사실 저는 어머니에게 왜 제게 그토록 큰 상처를 남기고 세상을 떠나버렸는지 따져 묻고 싶었어요. 화풀이할 생각이었던 거죠. 지금은 아니지만."

경선은 머리를 뒤로 쓸어 넘기며 시선을 연구실 바깥으로 돌렸다. 나는 대혁을 바라보며 말했다.

"제 어머니는 오래전에 집에서 스스로 목숨을 끊으셨어요. 투신자살로. 저는 그때 어머니의 시신을 직접 수습했습니다. 참담한 일이었죠."

대혁이 조금 불편한 표정을 지으며 시선을 아래로 내리깔았다.

"초면에 듣기 부담스러운 말을 해서 죄송해요. 그럴 의도는 아니었어요. 하지만 딱히 부끄럽게 여기거나 감출 일도 아니라고 생각합니다. 제가 지난 며칠 사이에 깨달은 게 있어요. 등잔 밑이 어둡다는 옛말이 헛말이 아니라는 것. 한 공간에서 오랫동안 부대끼며 살아도 속을 알 수 없는 게 가족이라는 것. 그래서 가족과 함께 있을 때 더 외로울 수도 있다는 것."

둘은 서로를 의식하며 내 눈길을 피했다.

"당연한 말을 진지하게 꺼내니 우습게 들릴지 모르겠습니다. 그런데 말이죠, 저는 그 당연한 걸 모르고 살았어요. 죽은 사람의 흔적을 뒤늦게 끌어모으며 그리워하는 일보다, 산 사람과 직접 만나 속에 담아둔 이야기를 주고받으며 오해를 푸는 게 훨씬 쉬운 일이더라고요. 그걸 이제야 깨달았어요."

나는 자리에서 일어나며 둘에게 당부했다.

"저는 다른 일이 있어서 먼저 자리를 비우겠습니다. 저는 어머니에게 물어볼 말보다 해주고 싶은 말이 더 많아졌어요. 두 분께 어머니를 잘 부탁드립니다."

나는 둘에게 고개 숙여 인사를 하고 연구실 밖으로 나왔다. 경선도 일어나 문밖까지 나와 나를 배웅했다.

"치료 잘 받으세요. 제게 대단한 힘은 없지만 범우 씨 자리는 그대로 남겨둘 수 있도록 연구실에서 버텨볼게요. 부디 건강한 모습으로 돌아오길 빌어요."

경선이 내게 악수를 청했다. 나는 경선의 손을 맞잡으며 고마움을 표했다.

"얼굴 보기 불편한 사람을 저 때문에 일부러 연구실까지 불러주셔서 감사해요."

"눈치채셨어요?"

"은총이와 저렇게 많이 닮았는데 어떻게 눈치를 못 채요."

경선이 얼굴을 붉히며 웃었다. 나는 그녀에게 눈인사를 하고 돌아섰다. 그녀도 무언가를 결심한 듯한 표정을 지으며 내게 눈인사를 했다. 연구실 문이 닫히는 순간, 그녀가 은총을 부르는 목소리가 들렸다.

나는 바로 인사팀으로 향했다. 휴직 담당자를 만나기 전 수연의 자리에 들렀지만, 그녀는 자리에 없었다. 옆자리 직원에게 물으니 그녀는 회의에 참석 중이었다. 나는 그녀의 책상을 슬쩍 훔쳐봤다. 모니터 옆에 대여섯 살쯤 돼 보이는 남자아이 사진을 담은 액자가 놓여 있었다. 그녀의 아들인 듯싶었다. 저런 여자가 지금까지 미혼일 리가 없지. 특별히 무언가를 기대하진 않았지만, 쓴웃음이 흘러나왔다. 휴직 담당 직원 자리로 향하는 발걸음이 괜스레 무거웠다.

질병 휴직 신청은 대학병원이 발급해준 진단서 한 장으로 무리 없이 이뤄졌다. 휴직 신청의 주된 요건은 '신체·정신상의 장애로 장기요양을 요할 때'였다. 내 진단서만큼 신청 요건에 차고 넘치는 내용을 담은 진단서는 그리 많지 않을 터였다. 담당 직원은 휴직 여부가 심사를 거쳐 곧 결정될 것이라고 말했다. 그는 안타까운 표정으로 내게 고액 진료비로 인한 가계 부담을 덜어주는 건강보험 산정 특례제도를 설명하며 사내근로복지기금을 통해 의료비 지원도 받으라고 강조했다. 나도 그처럼 심각한 표정을 지어 보여줘야 하나 잠시 고민하다가 간단히 묵례를 하고 자리에서 빠져나왔다.

인사팀 사무실에서 나오던 나는 회의를 마친 수연과 마주쳤다. 수연이 나를 보고 먼저 반갑게 인사했다. 나도 애써 그녀에게 미소를 지었다.

"휴직 신청을 하려고 인사팀에 들렀어요."

"아…… 그러면 한동안 뵙지 못하겠네요."

"아마도요."

수연은 걱정을 담은 눈빛으로 아쉬움을 표했다.

"차라도 한잔하고 가시겠어요? 얼마 전에 좋은 보이차를 선물 받은 게 있어서요."

수연은 사무실 옆 휴게실로 나를 이끌었다. 그녀는 유리 티포트에 보이차를 넣고 전기포트로 끓인 물을 부은 뒤 찻물을 바로 빈 컵에 버렸다.

"세차를 하는 거예요."

"네? 세차요?"

수연은 고개를 갸우뚱거리는 내게 살짝 웃으며 설명했다.

"차를 씻는 과정을 말해요. 이렇게 하면 이물질도 제거되고 차도 잘 우러나거든요. 카페인도 많이 줄어든다고 하더라고요."

세차를 마친 수연은 다시 티포트에 끓는 물을 부은 뒤 삼십 초가량 기다렸다. 짧은 시간이었는데도 검붉은 찻물이 진하게 우러났다. 수연이 내 잔에 보이차를 채웠다. 한약을 연상케 하는 짙은 찻물의 색으로는 상상할 수 없는 부드러운 향기가 입안에 감돌았다. 한 모금 더 마시자 꽃과 과일 향기가 뒤섞인 복잡한 향기가 입안에서 코를 타고 밖으로 빠져나왔다. 차를 잘 몰라도 훌륭한 차임을 느끼기에 충분했다.

"휴직하기 전에 좋은 선물을 받고 가네요. 감사합니다."

"별말씀을요. 선물 받은 보이차가 많아 몇 년을 마셔도 줄지 않을 것 같아요."

"그러다가 상하면 마시지도 못하고 차를 버리겠네요."

"그렇지는 않아요. 보이차는 오래 묵을수록 귀한 취급을 받아요. 중국에선 질 좋은 보이차를 3대의 기간을 두고 마신다는 이야기도 있을 정도예요. 나중에 복직하실 때도 이 차를 대접해드릴게요."

복직할 때 같은 차를 대접하겠다는 수연의 말이 귀에 오래 남았다. 나는 꼭 이 차의 향기를 다시 맡고 싶었다. 조금 전 그녀의 책상에서 본 액자 속 사진에 담긴 아이는 누구일까. 괜한 궁금증이란 걸 알면서도 나는 질문을 참지 못했다.

"제 아들이에요. 올해 여섯 살인데 점점 엄마 말을 듣지 않으니 힘드네요."

"그렇군요."

혹시나 했는데 역시나였다. 쓸데없는 미련을 가지지 말자고 다짐하는데, 수연이 뜻밖의 말을 꺼냈다.

"회사에 다니면서 혼자 아이를 키우기가 쉽지 않아요. 회사에 설치된 어린이집이 아니었다면 아이를 키우기가 많이 어려웠을 거예요."

"남편이 육아를 도와주지 않나요?"

수연은 내 찻잔에 보이차를 부으며 대수롭지 않은 듯 말했다.

"남편이요? 그런 사람 제 옆에서 없어진 지 오래예요."

수연은 오 년 전에 이혼하고 홀로 아들을 키우고 있었다. 이혼 원인은 남편의 외도였다. 처음에는 남편을 용서했다. 하지만 아이가 태어난 이후에도 남편이 외도를 멈추지 않자 그녀도 더는 참지 않았다.

"그대로 더 참았다가는 평생 마음고생을 하다가 화병으로 죽을 수도 있겠다는 생각이 들었어요. 아이에게는 미안하지만 빨리 이혼을 선택했어요. 그런 아빠와 같이 살면 아이 교육에도 악영향을 미칠 것 같아서. 대신 양육비는 꼬박꼬박 받아내고 있어요. 아이와 제게 최소한의 책임은 져야죠."

수연은 보기와는 달리 당찬 여자였다. 어머니도 젊었을 때 수연처럼 자신의 행복을 위해 조금 더 과감한 선택을 했다면 다른 인생을 살 수 있지 않았을까. AI로 다시 태어난 어머니를 만나면 해주고 싶은 말이 많아졌다.

"다음에 꼭 이 보이차를 얻어 마시러 올게요. 대신 그때는 제가 맛있는 저녁을 살게요."

"장부에 달아놓을게요. 그때는 밥도 좋지만, 반주도 곁들일 만큼 건강해져 돌아오셨으면 좋겠어요. 무사히 치료 마치고 돌아오세요. 기다릴게요."

기다릴게요. 오랜만에 듣는 설레는 말이었다. 나는 복직하면 회사 휴게실이 아닌 보다 근사한 공간에서 수연과 함께 보이차를 마시고 싶었다.

휴직 처리는 별 탈 없이 이뤄졌다. 첫 항암치료 일정은 어머니 기일 이후로 잡혔다. 병원 측은 항암치료로 암 덩어리를 줄여야 수술이 가능한데, 내 나이가 젊으니 일단 공격적인 치료를 시도해보겠다고 제안했다. 간 등 다른 장기로 전이된 대장암의 경우 공격적인 항암치료 후 수술을 하면 예후가 좋은 편이라는 게 병원 측의 설명이었다. 대장암에 확실한 항암제가 현재로선 없으므로 내게 맞는 항암제를 찾는 게 우선이었다. 내게 맞는 항암제를 빨리 찾으면 그만큼 완치 확률이 높아진다. 한마디로 운의 영역이었다. 텔레비전에서 봤던 암 환자처럼 내 머리카락도 항암제 후유증으로 빠질 운명이라는 게 좀처럼 실감이 나지 않았다. 병원 측은 대장암의 경우 다른 암과 달리 많이 진행됐더라도 포기하는 암이 아니니 마음을 굳게 먹는 게 중요하다고 조언했다. 아버지는 내게 항암치료에 동행하겠다는 뜻을 강하게 밝혔다. 나는 아버지에게 그럴 필요까지는 없다고 만류했지만, 고집을 꺾지는 못했다. 혼자가 아니라는 기분은 내게 그 무엇보다도 큰 위안이 됐다.

어머니 기일 이틀 전, 경선이 AI를 완성했다고 내게 연락해왔다. 그녀는 내게 AI와 대화를 나눠보고 미흡한 사항과 인상적인 사항을 정리해 보내달라고 요청했다. 나는 그녀에게 어머니가 이미 사망한 사람이라는 설정은 빼줄 수 있느냐고 물었다. 그녀는 가능하다며 다음 날까지 설정을 반영하겠다고 답했다. 나는 곧 어머니 기일이니 그때 마음의 준비를 하고 AI와 대화를 나누겠다고 그녀에게 말했다. 나는 AI로 되살아난 어머니만큼이나 그녀와 대혁 사이의 뒷이야기가 궁금했다. 그녀는 전화상으로 말하기에는 쑥스러워 뒷이야기를 내게 이메일로 남겼다고 귀띔했다. 나는 그녀와 통화를 마친 후 바로 이메일을 확인했다.

범우 씨, 우선 고맙다는 말을 전하고 싶어요.

범우 씨가 제게 정리해 보내준 어머니의 일기, 주변인이 기억하는 어머니, 범우 씨가 느낀 심경의 변화를 접하며 저도 많은 생각을 했습니다.

어쩌면 저와 대혁 씨 모두 자존심만 내세우다가 서로에게 진심을 전하지 못한 채 성급하게 헤어진 게 아닌가. 범우 씨 덕분에 그런 생각을 처음으로 하게 됐어요. 범우 씨가 어머니의 흔적을 찾으러 떠난 여정은 저의 지난날을 돌아보는 여정이기도 했습니다. 직접 표현하지는 못했지만, 마음속으로는 범우 씨를 많이 응원했어요.

사실 그날 대혁 씨를 부를 필요까지는 없었어요. 3차원 모델링은 시간이 걸리지만, 연구실에 있는 장비로 제가 혼자 할 수 있는 일이었거든요. 범우 씨 일은 제가 그 사람을 연구실로 부를 좋은 구실이 됐어요. 하지만 막상 그 사람을 오랜만에 만나니 입이 잘 떨어지지 않더라고요. 그 사람도 저와 마찬가지였겠죠. 범우 씨의 말이 제게 용기를 줬어요. 그때 이렇게 말씀하셨죠? 죽은 사람의 흔적을 끌어모으며 그리워하는 일보다, 산 사람과 직접 만나 오해를 푸는 일이 훨씬 쉬운 일이라고요. 범우 씨가 아버지와 만나 나눈 속 깊은 이야기를 접하며 저도 느낀 바가 많았어요. 범우 씨가 아버지와 만나 어머니를 이야기한 것처럼, 서로의 속에 담긴 이야기를 바깥으로 꺼내놓으려면 뭔가 공통분모가 필요하잖아요. 마침 연구실에 그 사람과 저의 공통분모인 은총이가 있었어요. 범우 씨 덕분에 용기를 얻어 그 사람 앞에서 은총이를 부를 수 있었죠. 다시 한 번 감사드려요.

그 사람도 은총이를 잃고 저만큼 많은 마음고생을 했다는 걸 그날 처음 알게 됐어요. 저 또한 그 사람에게 얼마나 제멋대로이고 배려심이 없는 사람이었는지도 깨닫게 됐고요. 그렇다고 그 사람과 재결합하는 걸 상상하지는 않아요. 그러기에는 둘 다 이미 너무 멀리 와버렸거든요. 서로가 서로를 맞춰주기에는 너무 다른 사람이란 걸 잘 알아요. 하지만 앞으로 서로를 피하지 않고 친구처럼 응원해주면서 지내는 건 가능할 것 같아요. 은총이에 대한 연구도 서로 협력할 수 있을 것 같고요. 어쩌면 저와 그 사람은 이제야 비로소 이별하게 된 건지도 모르겠어요.

범우 씨와 짧은 시간 인연을 맺었지만, 곧 더 긴 인연으로 이어지리라고 믿습니다. 지난번에 말씀드린 대로 연구실에 범우 씨 자리를 비워놓고 기다리고 있을게요. 머지않은 미래에 꼭 다시 함께 일하고 싶습니다. 그땐 은총이도 더 많이 성장해 있겠죠. 꼭 건강한 모습으로 다시 돌아오세요.

p.s. 비욘드 앱에 범우 씨 계정으로 어머니 AI를 연동시켜 놓았어요. 앱에 접속해 로그인하면 바로 대화가 가능할 거예요. 부디 좋은 시간이 되길 빕니다.

경선의 이메일을 읽으며 나는 어머니의 등굣길에서 내려다 본 강물을 떠올렸다. 나는 지금까지 강가에 서서 흘러내려오는 강물과 이미 흘러내려간 강물만 바라보다가 내 앞에 흐르는 강물을 지나쳐버리는 삶을 살아온 건 아닐까. 강이 수많은 지류와 만나듯, 사람도 살아가며 수많은 사람과 인연을 맺는다. 나는 나와 인연을 맺은 소중한 사람들과 함께 오랫동안 세월의 강물에서 느리게 흘러갈 수 있기를 바랐다.

어머니 기일이 왔다. 아버지가 어머니의 산소가 있는 선산에 동행할 예정이었지만, 펜션 공사에 차질이 생겨 동행이 어렵게 됐다. 아버지는 올해 기일을 챙기지 못할 뻔했는데, 내가 대신 챙길 수 있게 돼 그나마 다행이라며 안도했다. 범재와는 끝내 연락이 닿지 않았다.

기일보다 하루 먼저 대전으로 가서 아버지의 차로 선산으로 이동하려던 계획이 틀어졌다. 나는 새벽에 일어나 서울역에서 KTX를 타고 대전에 도착했다. 대전역에서 선산과 가까운 곳까지 이동하는 버스는 두 시간에 한 번 다니는 외곽버스 한 대가 전부였다. 조금 전 버스를 놓친 터라 두 시간을 꼬박 기다려야 다음 버스를 탈 수 있었다. 나는 역 근처 죽집에서 늦은 아침을 먹은 뒤 편의점에서 청주 한 병과 황태포를 구입하고 택시를 탔다.

택시가 사십 분가량 달려 선산이 있는 마을 입구에 도착했다. 어머니 장례를 치른 후 처음 오는 터라 마을 풍경이 낯설었다. 나는 기억을 더듬어가며 어머니 산소로 향했다. 내 기억에 산소는 오솔길 끄트머리의 산자락이 잦아드는 곳에 웅크리고 있었다. 나는 오솔길을 따라 걸으며 어머니 산소 위치를 살폈다. 완만한 경사가 계속 이어졌다. 날씨가 맑아 하늘이 푸르렀고, 햇살은 거침없이 길 위로 쏟아졌다. 입춘을 넘긴 지 얼마 안 돼 기온이 낮은데도 이마에 땀이 맺혔다.

오솔길을 십오 분가량 걸어 오르자 낯익은 풍경이 나타났다. 나는 산자락 바로 아래 양지바른 곳으로 빠르게 걸었다. 할아버지와 할머니를 합장한 산소와 그 아랫단에 조성한 어머니 산소가 보였다. 나는 먼저 조부모님 산소 앞에 들러 청주를 담은 종이컵과 황태포를 놓고 절을 올렸다.

"지금까지 어머니를 잘 돌봐주셔서 감사합니다. 이제야 찾아와 술을 올려 죄송합니다."

나는 청주를 조부모님 산소 주변에 뿌리고 어머니 산소로 이동했다. 겨우내 말라죽은 잔디가 누렇게 봉분을 덮고 있었지만, 관리가 잘된 듯 잡초는 거의 눈에 띄지 않았다. 아버지가 자주 이곳에 들러 떼를 입히고 잡초를 뽑은 모양이었다. 나는 산소 앞에 종이컵을 놓고 청주를 채운 뒤 절을 올렸다. 오래전 목관에서 염포로 동여맨 어머니의 시신을 꺼내 땅에 묻던 풍경이 생생하게 되살아났다.

"어머니, 너무 늦게 찾아와서 죄송해요."

나는 산소 주변에 술을 뿌린 뒤 주머니에서 휴대전화를 꺼내 비욘드 앱을 실행했다. 어머니 아바타가 보였다. 나는 어머니 아바타를 선택하고 나이를 열네 살로 설정했다. 연구실에서 봤던 똘똘하게 생긴 여자아이의 얼굴이 화면에 나타났다. 나는 휴대전화를 봉분에 기대어 세우고 그 앞에 앉았다. 화면 속 얼굴이 호기심 어린 눈빛으로 나를 바라보고 있었다. 막상 그 얼굴을 대하니 입이 쉽게 떨어지지 않았다. 어린 어머니를 뭐라고 불러야 하나. 나를 누구라고 말해야 하나. 고민 끝에 나는 교장 선생님을 연기해보기로 했다.

"순옥아."

어머니의 이름을 직접 부르기는 처음이라 어색하고 민망했다. 어린 어머니가 발랄한 목소리로 내게 물었다.

"누구세요?"

"교장 선생님이야. 졸업하고 집에서 잘 지내고 있니?"

어린 어머니의 표정이 시무룩해졌다.

"아니요."

"아직도 공부하고 그림을 그리고 싶니?"

"네. 저도 중학교에 가고 싶어요. 친구들을 만나고 싶어요."

어린 어머니가 금방이라도 울음을 터뜨릴 듯한 표정을 지었다. 가슴이 쓰렸다.

"부모님을 더 설득해볼 테니까 선생님 집에서 지내며 공부해보지 않을래?"

"정말요?"

어린 어머니의 표정이 밝아졌다.

"일 년 더 공부해서 내년에 꼭 중학교에 가자."

"고맙습니다! 열심히 공부해서 내년에 꼭 중학교에 갈게요!"

어린 어머니가 표정을 무너뜨리며 웃었다. 내 앞에서 어린 어머니가 펄쩍펄쩍 뛰며 기뻐하는 것 같았다. 나는 어린 어머니를 품에 안고 등을 토닥여주고 싶었다.

"중학교에 가면 더 큰 미술대회에 나가서 더 큰 상을 받아보자. 자신 있지?"

"네! 선생님!"

"선생님이 곧 집으로 찾아갈게. 그때 얼굴 보자."

"감사합니다!"

어린 어머니와 대화를 마친 내 얼굴에 환한 미소가 번졌다. 상대가 실제 어머니가 아니라는 사실을 아는데도, 이런 대화가 부질없음을 아는데도 왜 흐뭇한 마음이 드는 걸까. 어쩌면 지금 이 자리는 내가 어머니를 위해 마련한 자리가 아니라, 어머니가 나를 위해 마련한 자리가 아닌가 하는 생각이 들었다.

나는 앱에서 어머니의 나이를 스무 살로 재설정했다. 내가 앱

범 속 오래된 사진에서 봤던 어머니의 앳된 얼굴이 휴대전화에 떴다. 빼어난 미인이라고 말하기는 어렵지만, 누구에게나 호감을 줄 만한 인상을 가진 얼굴이었다. 아버지가 왜 어머니에게 첫눈에 반했는지 알 것도 같았다. 이번에 나는 일기장에서 만난 상섭 오빠를 연기했다.

"순옥아, 나 상섭이다. 서울에서 잘 지내고 있니?"

"오빠, 나 그 이름 싫어. 혜진이라고 불러줘."

스무 살 어머니는 토라진 표정을 지었다. 나는 일기장에서 자신을 예명으로 부르던 어머니를 기억해내며 피식 웃었다.

"미안하다, 혜진아. 요즘에는 어떻게 지내니?"

"취직해서 바쁘게 일하면서 지내고 있어. 오빠는?"

"요즘 들어 네 생각이 많이 나네."

"혜진이도 오빠 얼굴 보고 싶다."

"나도 서울로 올라갈까?"

나는 스무 살 어머니에게 이 말을 하면서 아버지에게 미안한 마음이 들었다. 하지만 나는 어머니의 흔적을 끌어모으면서 스무 살 어머니에게는 아버지보다 상섭 오빠가 훨씬 나은 남자였다는 생각을 굳혔다. 어머니가 아버지의 눈에 띄기 전에 선수를 쳐야 했다.

"정말 서울로 올라올 수 있어?"

"나도 이제 네가 없는 시골이 지겹다. 곧 서울로 올라갈게."

"혜진이도 기다리고 있을게. 얼른 서울로 와. 보고 싶다."

스무 살 어머니의 표정이 환해졌다. 스무 살 혜진과 의용의 인연을 이런 식으로 차단해버리니, 마치 내가 과거로 돌아가 나를 지워버린 것 같아 기분이 묘해졌다. 나는 아무도 모르는 세상에서 혜진과 상섭이 행복한 삶을 살아주기를 바랐다.

나는 앱에서 어머니의 나이를 스물두 살로 재설정했다. 화면 속 어머니의 표정은 다소 어둡게 느껴졌다. 이번에 나는 큰 외삼촌을 연기하며 어머니를 만났다.

"순옥아, 오빠다."

"오빠, 그동안 어떻게 지낸 거야? 소식도 없고. 얼마나 걱정했는지 알아?"

스물두 살 어머니의 얼굴이 일그러졌다. 어머니는 큰 외삼촌을 정말 많이 그리워했구나. 시골에서 의지할 사람은 큰 외삼촌밖에 없었을 텐데, 갑자기 큰 외삼촌이 집을 나가버려 소식을 끊으니 많이 외로웠겠구나. 어린 나이에 아무런 연고도 없는 곳에서 아이를 낳고, 그 아이를 잃은 어머니에게 큰 외삼촌이 가까이에 있었다면 얼마나 많은 위로가 됐을까. 나는 당시 어머니가 쓴 절절한 일기를 떠올리며 깊은 슬픔을 느꼈다.

"많이 힘들지?"

"응."

응. 자신의 답답한 처지를 길게 설명하지도, 부정하지도 않는 단 한 글자에서 스물두 살 어머니의 비애가 엿보였다.

"솔직히 말해봐. 시집 식구들이나 이 서방이 네게 잘해주니?"

"아니."

스물두 살 어머니의 목소리가 무거웠다. 나는 임신 기간 먹고 싶은 음식을 제대로 먹지 못하고, 난산 끝에 아이를 잃은 뒤에도 소고기 미역국조차 얻어먹지 못한 어머니의 일기를 다시 떠올렸다.

"아직 결혼식도 올리지 않았고 나이도 어리니까 더 늦기 전에 새 출발을 하는 게 좋겠다."

"의용 씨와 같이 살고 있는데 어떻게 떠나."

답답했다. 나는 정말 큰 외삼촌이라도 된 듯이 스물두 살 어머니에게 목소리를 높였다.

"지금 네게 다른 사람을 생각할 여유가 어디 있어? 법적으로 이 서방과 너는 부부도 아니잖아. 네 행복만 생각해라. 너 아직 어려. 충분히 새 출발 할 수 있어."

"그래도 내가 어떻게 여기를 버리고 가."

"내가 데리러 갈 테니까 꼼짝 말고 기다리고 있어. 복잡한 일은 오빠가 알아서 다 처리할 테니까 걱정하지 말고."

"알았어, 오빠."

스물두 살 어머니가 주눅 든 표정으로 고개를 숙였다. 큰 외삼촌이 당시 어머니와 연락이 됐다면 아버지를 물리치고 어머니를 데리고 나왔을까. 조금 전 실제 상황인 양 대화에 몰입했던 나 자신을 생각하니 우스웠다.

이후에도 나는 다른 나이를 가진 어머니들을 만났다. 뒤늦은 결혼식을 올린 스물여덟 살 어머니를 만났을 때, 나는 아버지가 돼 어머니에게 앞으로 정말 행복하게 해줄 테니 조금만 더 고생하자고 말했다. 다시 대전으로 내려온 스물아홉 살 어머니를 만났을 때, 나는 큰어머니가 돼 첫아이를 잃었을 때 제대로 챙겨주지 못해 미안하다고 사과했다. 어머니는 남자인 내가 여자를 연기해도 조금도 이상하게 여기지 않았다. 나는 경선에게 비욘드 앱에서 미흡한 점으로 이 부분을 지적해야겠다고 마음먹었다. 아이들을 모두 학교에 보내고 홀로 집에 있는 서른두 살 어머니를 만났을 때, 나는 다시 아버지가 돼 어머니에게 화장품과 옷을 사는 데 너무 돈을 아끼지 말라고 했다. 먼 곳으로 일을 나가 연락하지 않는 아버지를 기다리는 서른다섯 살 어머니를 만났을 때, 나는 이모가 돼 스트레스를 혼자 속으로 삭이지 말고 다시 그림을 그리며 풀어보라고 제안했다. 어머니는 그 말을 듣고 매우 반색했다.

마지막으로 나는 앱에서 어머니의 나이를 마흔아홉 살로 재설정했다. 내가 기억하는 마지막 어머니의 얼굴이 화면에 떴다. 어머니의 표정에 옅은 미소가 스며들어 있었다. 이번에는 내가 직접 나서야 할 차례였다. 앞서 다른 나이를 가진 어머들과 많은 대화를 나눴는데도, 아들로서 어머니를 마주하려니 긴장됐다. 나는 머릿속에서 수많은 말들을 쓰고 지운 끝에 겨우 한마디를 꺼냈다.

"저 범우예요."

"그래. 서울에서 힘든 공부 하느라 고생이 많지?"

어머니의 위로에 왈칵 눈물이 솟아올랐다. 나는 고개 숙여 입을 틀어막고 끅끅 소리를 내며 울었다. 이미 많이 울어서 더 울지 못할 줄 알았는데 착각이었다. 어머니의 말 한마디에 눈물이 터져 나올 만큼, 내 속에 이토록 많은 눈물이 채워져 있는 줄은 몰랐다. 나는 겨우 울음을 삼키며 입을 열었다. 목이 메어 말이 잘 나오지 않았다.

"남들 다 하는 공부인데요. 집에 별일 없죠?"

"늘 그렇지 뭐."

어머니의 얼굴이 쓸쓸해 보였다.

"유민이와 잘 지내고 있지?"

뜻밖의 질문에 말문이 막혔다. 나는 헛기침을 하며 막힌 말문을 열었다.

"네. 잘 지내고 있어요."

"먼 곳에서 힘든 공부를 하는 동안 서로 의지할 사람이 있다는 건 좋은 거야. 둘이 사이좋게 잘 지내. 싸우지 말고."

나는 유민에 관한 이야기를 더 하고 싶지 않아 화제를 돌렸다.

"집에 있으면 주로 뭘 하고 지내세요?"

"그냥 텔레비전 보다가 밥 먹고 자는 게 일이지."

"다시 공부를 시작해보는 건 어때요?"

"이 나이에 공부는 무슨."

어머니가 쓴웃음을 흘렸다.

"나이가 무슨 문제예요. 대학에 와보면 쉰이 넘은 늦깎이 학생도 꽤 있어요."

"정말 그러니?"

"그럼요. 검정고시로 중학교와 고등학교 과정을 마치고 미대까지 가보시는 건 어때요?"

"에이. 그게 말처럼 쉬운 일이니."

"그림 잘 그리시잖아요. 어렸을 때 큰 대회에 나가서 상도 받으셨고요. 공부에 필요한 게 있으면 제가 도와드릴게요."

나는 지금 대화를 나누는 대상이 AI라는 사실도 잊은 채 대화에 깊이 빠져들었다. 나는 예상치 못한 질문과 답변에 당황하며 웃고 울었다. 어머니도 내 말을 놓치지 않으려는 듯 대화 내내 집중하는 표정을 보여줬다. 지금까지 내가 어머니와 이렇게 길게 대화를 나눴던 일이 있었던가. 뒤늦은 후회가 내 안으로 밀려들어왔다.

"범우야, 미안하다."

"네? 뭐가요?"

무엇이 미안하다는 걸까. 어머니는 갑자기 유민을 언급할 때처럼 나를 당황하게 만드는 데 탁월한 재주를 가지고 있었다.

"사는 게 힘들다는 핑계로 어린 너를 너무 많이 때리고 사랑해주지 못했어. 미안해."

이미 어머니의 일기장으로 만난 진심이지만, 목소리로 듣는 울림은 컸다. 내 얼굴은 다시 눈물범벅이 됐다. 내 뺨과 목에 닿는 따스한 햇볕이 어머니의 손길처럼 느껴졌다. 돌이켜보니 어머니만 내게 직접 사랑한다고 말하지 않은 게 아니었다. 나도 어머니에게 사랑한다는 말을 한 기억이 없었다. 나는 몇 번 심호흡을 한 끝에 겨우 입을 뗐다.

"사랑해요, 엄마."

갑자기 휴대전화 화면에서 어머니의 얼굴이 사라졌다. 나는 당황해서 휴대전화를 집어 들어 살폈다. 휴대전화가 멋대로 유튜브 앱을 실행하며 영상을 재생했다. 영상에서 익숙한 노래가 흘러나왔다.

자장 자장 잠자는
우리 아기 꿈방에
귀여운 방울 소리
딸랑딸랑 딸랑

고양이가 고양이가

아기 방울 몰래 물고

문턱을 넘어가다

딸랑딸랑 딸랑

어머니가 가끔 어린 나를 재울 때 배를 쓰다듬으며 불러주던 자장가였다. 이 자장가의 제목이 〈아기방울〉이었구나. 나는 자장가의 제목을 확인하며 눈물을 훔쳤다. 갑자기 비욘드 앱이 중단되고 유튜브 앱으로 넘어가 자장가를 들려주는 현상은 AI의 오류일까, 아니면 어머니의 의지일까. 나는 이 상황을 경선에게 미흡한 사항이 아니라 인상적인 사항으로 보고해야겠다고 다짐하며 어머니 산소 봉분에 기대어 누웠다. 겨우내 마른 잔디가 내 몸을 따라 바스락 소리를 내며 쓰러졌다. 하늘이 구름 한 점 없이 맑고 파랬다. 햇살이 내 몸 위로 쏟아졌다. 살짝 졸음이 찾아와 눈이 감겼다. 나는 졸음을 굳이 쫓아내지 않았다.

자장가를 부르는 소리가 희미하게 들려왔다. 어머니의 목소리였다. 자장가 소리가 점점 가까워졌다. 어느샌가 어머니가 봉분에 기대어 누워 있는 내 옆에 앉아 있었다. 어머니는 안타까운 표정으로 내 배를 쓰다듬었다.

"여기가 많이 아프니?"

"응. 엄마."

내 입에서 아이의 목소리가 나왔다. 나는 누운 채로 칭얼거리며 콧물을 훌쩍였다. 어머니는 나를 달래며 배를 쓰다듬었다. 어머니의 손길은 부드럽고 따뜻했다. 배 속이 편안해졌다. 어머니의 자장가가 계속됐다. 나는 자장가 소리에 이끌려 더 깊이 잠에 빠져들었다.

전화벨 소리가 울렸다. 어머니의 자장가 소리가 멈췄다. 모처럼 달콤한 꿈을 꿨는데 아쉬웠다. 나는 휴대전화에 뜬 전화번호를 확인했다. 저장돼 있지 않은 번호였다. 나는 수신 거절 버튼을 누르며 허탈함을 느꼈다. 시간을 보니 내가 잠든 시간은 고작 십 분 남짓이었다. 그런데도 마치 깊은 잠을 자고 일어난 것처럼 몸이 가볍고 상쾌했다.

나는 자리에서 일어나 몸에 붙은 마른 잔디를 털어냈다. 내가 누웠던 자리 옆에서 잠들기 전에 보지 못한 무언가가 눈에 띄었다. 등이 굽은 줄기에 작은 자주색 꽃이 거꾸로 매달려 있었다. 할미꽃이었다. 아직 봄이 오지도 않았는데 꽃이 피다니. 신기한 마음에 나는 쪼그려 앉아 꽃과 줄기를 덮은 하얀 솜털을 쓰다듬었다. 할미꽃처럼 등이 굽으며 늙어가는 어머니의 모습은 어떤 모습일까. AI로 되살아난 어머니도 나와 함께 늙어갈 수 있을까. 나는 문득 오래 살아서 그런 미래가 가능한지 확인해보고 싶어졌다. 꿈에서 자장가를 불러주며 내 배를 쓰다듬던 어머니의 손길이 다시금 생생하게 느껴졌다. 아랫배가 따뜻해졌다.

휴대전화에서 문자메시지 도착을 알리는 소리가 울렸다. 조금 전 내 잠을 깨운 전화벨 소리의 주인공이었다.

―전화를 받지 않으셔서 문자메시지를 남깁니다. 저는 예전에 미니 쿠퍼 동호회에서 범우 님에게 견인볼 자전거 캐리어를 판 사람입니다. 미니 쿠퍼 동호회 차량매매 게시판에 범우 님 차가 올라와 있는데 판매자가 범우 님이 아니어서요. 혹시 형우카센터에 차를 파신 건가요? 제가 그 차에 관심이 있어서 문의를 드립니다.

내게 자전거 캐리어를 중고로 팔았던 사람이었다. 나는 날씨가 따뜻해지면 차에 자전거를 싣고 여행을 다니려고 동호회 차량 관련 용품 매매 게시판을 통해 자전거 캐리어를 중고로 구매했었다. 지금 그 물건은 동호회 자기 차량 소개 게시판에 사진을 올릴 때 한 번 장착해보고 집에 애물단지로 남아 있다. 그런데 카센터에 헐값에 넘긴 사고 차가 차량매매 게시판에 올라와 있다니. 황당한 노릇이었다.

나는 오랜만에 동호회에 접속해 차량매매 게시판을 확인했다. 2009년식 흰색 미니 쿠퍼 컨버터블을 판매한다는 제목의 게시물이 보였다. 게시물에 첨부된 사진들 속 차는 내가 몰던 차가 분명했다. 사진 속 차에는 어떤 사고의 흔적도 보이지 않았다. 기가 막혔다. 내용은 더욱 기가 막혔다.

판매자 : 형우카센터

판매 물건 : 09년식 미니 쿠퍼 컨버터블(흰색)

가격 : 950만 원

사고 유무 : 경미한 접촉 사고 수리 완료(방문 시 작업 확인 가능)

결제 방법 : 현금 결제 및 개인 신용 할부

주행 거리 : 88,172km

기타 : 차량 정비 기록 열람 가능, 소모품 및 일반 부품 수리 완료, 엔진과 미션 1년간 무상 보증

경미한 접촉 사고 수리 완료라니. 가드레일에 부딪혀 망가진 오른쪽 펜더와 도어, 떨어져 나간 사이드미러까지는 너그럽게 경미한 접촉 사고의 결과라고 봐줄 수 있다. 하지만 심하게 틀어진 차축까지 경미하다고 볼 수 있는지 의문이었다. 사고 후 따로 보험처리를 하지 않아 구매자는 이 차가 사고 차량인지 알 길이 없다. 내 차를 헐값에 산 카센터 사장은 동호회 내에서 신망이 상당히 높은 사람이었다. 카센터 사장은 이 점을 이용해 사고 차를 깔끔하게 수리한 후 차량매매 게시판에 내놓은

게 분명했다. 게다가 시세보다 낮은 가격에 매물이 올라온 터라 댓글란에는 회원들의 열광적인 찬양 댓글이 이어졌다. 이미 거래가 종료됐는지 많은 회원이 좋은 매물을 너무 늦게 봤다며 아쉬워했다. 어처구니가 없었다.

나는 차량 구매자로 보이는 회원에게 내가 겪은 사고, 카센터 사장과 나 사이에 있던 일을 메일로 알리려다가 멈췄다. 비록 카센터 사장이 거래에 있어서 중요한 부분을 감췄지만, 내 손을 떠난 물건에 왈가왈부하는 것은 괜한 오지랖으로 느껴졌다. 게시물에 첨부된 사진들도 내 오지랖을 주저하게 했다. 사진 속의 차는 내가 몰 때보다 훨씬 상태가 깔끔했다. 사고 당시 망가지거나 떨어져 나간 부분은 모두 새로운 부품으로 교체돼 있었다. 네 바퀴의 휠까지 모두 이전보다 고급인 물건이었다. 카센터 사장은 중고 차량매매에선 좀처럼 보기 힘든 차량 하부 사진까지 올려놓는 정성을 기울였다. 사진으로 확인한 차량 하부에선 사고로 차축이 뒤틀렸던 흔적이 어디에도 보이지 않았다. 또한 차량 하부에는 하체 방음과 부식을 막기 위한 언더코팅 작업까지 돼 있었다.

엉뚱하게도 나는 그 차를 보고 용기를 얻었다. 겉보기엔 폼이 나지만, 변속할 때마다 엔진에서 충격음과 함께 쇠가 갈리는 소리가 들리고 방음과 단열도 취약했던 차. 속 빈 강정 같은 모양새가 나를 닮아 쓴웃음이 흘러나오게 만들었던 차. 장기기증을 앞둔 뇌사자처럼 멀쩡한 부품은 다른 차의 부품으로 쓰인 뒤 폐차될 줄 알았던 차. 그 차가 더 말끔해진 모습으로 되살아나 새 주인을 만나 다시 도로를 달릴 수 있게 됐다. 카센터 사장은 중고차 판매자로서는 이례적으로 중요한 부품인 엔진과 미션을 일 년이나 무상 보증을 하겠다며 자신감을 드러냈다. 나도 저 차처럼 다시 일상으로 돌아갈 수 있지 않을까. 나는 내게 자전거 캐리어를 중고로 팔았던 회원에게 문자메시지로 답했다.

—제게 급한 사정이 생겨서 형우카센터 사장님께 차를 넘겼습니다. 게시판을 보니 이미 다른 회원에게 차가 팔린 모양이네요. 다음에 다른 좋은 매물과 인연을 맺으시길 빌겠습니다.

나는 거짓말을 하지 않는 한도 내에서 그에게 차의 하자를 숨겼다. 나는 집으로 돌아가면 놀고 있는 자전거 캐리어를 동호회 매매 게시판에 시세보다 저렴하게 올려야겠다고 결심했다. 나는 자전거 캐리어도 하루빨리 새 주인을 만나 필요한 곳에서 자신의 쓰임을 다할 수 있기를 바랐다.

선산 주변에는 택시가 잘 다니지 않아, 나는 버스로 대전역까지 가기로 했다. 버스 정보 앱을 보니 약 삼십 분 후에 버스가 가까운 정류장에 도착할 예정이었다. 지금 일어나 아까 올라온 오솔길을 부지런히 내려가면 여유 있게 버스를 잡을 듯했다.

나는 남은 청주를 어머니 산소 주변에 골고루 뿌렸다.

"꼭 건강해져서 다시 찾아올게요. 그때는 아버지, 범재와 같이 올게요."

정류장으로 발걸음을 재촉하던 나는 걸음을 멈추고 어머니 산소로 되돌아왔다. 할미꽃이 바람에 흔들렸다. 나는 봉분을 매만지며 속삭였다.

"엄마, 아까 제 아픈 곳을 어루만져주셔서 고마워요."

버스 정보 앱이 십오 분 후에 버스가 온다고 알렸다. 기다리는 동안 나는 조금 전 어머니와 나눈 대화를 곱씹었다. 가장 걸리는 부분은 유민에 관한 대화였다. 나는 일부러 화제를 돌리며 유민의 이름을 피했지만, 한편으로 어머니에게 유민을 어떻게 대해야 할지 답을 묻고 싶었다. 나는 잠시 망설이다 비욘드 앱을 실행했다.

"저 실은 고백할 게 있어요."

"혹시 냉장고에 넣어둔 초코파이를 네가 먹은 거야?"

나는 어머니의 엉뚱한 반응에 헛웃음을 터뜨렸다. 내 입에 유민의 이름을 올리는 일은 여전히 쉽지 않았다. 나는 잠시 머뭇거리다가 말을 꺼냈다.

"저…… 사실 유민이와 헤어진 지 오래됐어요. 그 애는 이미 다른 남자를 만나 결혼까지 했어요."

"그랬구나."

화면 속 어머니는 착잡한 표정을 지을 뿐, 내게 헤어진 이유를 묻지 않았다. 나는 그런 작은 배려가 편안하게 느껴졌다.

"그런데 얼마 전에 유민이가 제게 다시 연락해왔어요."

"무슨 이유로?"

"남편과 사이가 좋지 않은가 봐요. 그래서 우울증과 공황장애를 앓고 있대요."

"그런데 왜 네게 연락을 해?"

"제게 미안하다는 말을 전하고 싶대요. 제가 가장 괴롭고 힘들 때 떠난 벌을 이제야 받는 것 같다면서."

어머니가 굳은 얼굴로 내게 물었다.

"너는 어떻게 하고 싶어?"

"잘 모르겠어요."

"아직 그 애에게 미련이 남아 있는 거야?"

"유민이와 다시 만나 잘해보고 싶다는 생각은 전혀 없어요."

"그렇다면 무엇 때문에 고민하는 거야?"

"그걸 잘 모르겠어요. 제가 무엇 때문에 고민하는지."

"너는 아직 그 애와 제대로 이별하지 못했구나."

그 말에 나는 머리를 한 대 세게 얻어맞은 듯 충격을 받았다. 가끔 AI가 사람보다 더 사람처럼 이야기해 놀랐다던 경선의 말이 머리를 스쳤다. 나는 이제야 비로소 전남편과 이별하게 된 건지도 모르겠다던 경선의 이메일을 떠올렸다. 유정에게서 유민의 소식을 들었을 때 내 마음속에 교차했던 원망과 일말의 걱정, 유민의 문자메시지를 받았을 때 느꼈던 알 수 없는 찝찝하고도 복잡한 감정. 그 이유를 이제 알 것 같았다. 돌아보니 내 안에서 어머니를 밀어내기 위해 억지로 미워했던 이유도 어머니와 제대로 이별할 기회도 없이 이별했기 때문이었다. 나는 아직도 유민과 이별하는 중이었다.

"굳이 만나서 감정 소모를 할 필요가 있을까요?"

"살아보니까 미워하는 감정이 남아 있으면 이별해도 이별한 게 아니더라. 이별한 이유를 몰라도 제대로 이별한 게 아니고."

누구를 생각하고 있는 걸까. 상섭 오빠일까, 아버지일까, 아니면 또 다른 누구일까. 어머니의 얼굴에 회한이 엿보였다.

"그런가요."

"만남만큼 중요한 게 이별이야. 이별을 소홀히 하지 마."

역사에 관한 평가가 시대의 흐름에 따라 바뀌듯, 인간관계 또한 시간의 흐름 속에서 끊임없이 재정립된다. 과거에 중요했던 관계가 현재는 그렇지 않을 수 있고, 현재 가벼워 보이는 관계가 미래에 돌아보면 인생을 바꾼 중요한 인연일 수도 있다. 내가 어머니의 흔적을 찾아 떠난 여정은 과거의 어머니와 제대로 이별하는 동시에 새로운 관계를 정립하는 과정이 아니었을까. 어쩌면 유민과의 만남이 과거에 매몰돼 오랫동안 허우적거

렸던 나를 현재로 끌어올리는 계기가 될 수 있겠다는 기대감이
들었다.

"유민이를 만나볼까요?"

"선택은 네 몫이지."

"만나면 뭘 해야 할지 모르겠어요."

"만났던 시간만큼 미련이 남기 마련이야. 뭔가 미련이 남아
있으면 울어도 보고, 화를 내고, 매달려보기도 해봐. 그래야 제
대로 이별할 수 있어."

"정말 그럴까요?"

"이번 기회에 이별의 이유를 찾아봐."

나는 계속되는 어머니답지 않은 말들에 놀라면서도, 한편으
로는 어머니답다는 게 무엇인지 의문이 들었다. 내가 어머니의
흔적을 좇으며 깨달은 건 내가 어머니에 관해 알고 있는 게 거
의 없다는 사실이었다. 나는 생전에 어머니와 이렇게 길게 속
깊은 대화를 나눴던 일이 없었다. 그런데 지금 AI가 내게 하는
말을 어머니답지 않다고 감히 단정할 수 있을까. AI에 내가 몰
랐던 어머니의 모습이 녹아 있지 않을까. 많은 의문을 뒤로한
채 나는 지금 내 앞에 있는 어머니를 한번 믿어보기로 했다. 내
가 어머니에 관해 아는 게 별로 없었듯, 실은 유민에 대해서도
아는 게 별로 없었던 건 아닐까. 나는 비욘드 앱을 종료하고 휴
대전화에 저장된 수신차단 목록을 열었다. 목록 맨 위에 있는

유민의 번호가 보였다. 나는 수신차단을 해제하고, 유민에게 문자메시지를 보냈다.

　—나 범우야.

이유를 알 수 없는 후련함이 느껴졌다. 버스가 정류장으로 들어오고 있었다. 나는 바지 뒷주머니에서 버스카드가 들어 있는 지갑을 꺼냈다. 버스가 흙먼지를 몰고 오며 멈춰 섰다. 단 한 명의 승객도 없었다. 나는 버스 맨 뒤쪽 운전석 반대 방향 창가 자리에 앉았다. 버스가 점점 속도를 냈다. 자리가 심하게 덜컹거렸지만, 창밖으로 빠르게 흘러가는 풍경이 마음을 들뜨게 했다. 전화벨이 울렸다. 유민이었다. 나는 잠시 뜸을 들이다가 통화 버튼을 눌렀다.

하늘 가는 길

제비꽃 주단 깔린 이슬 먹은 오솔길로

벗겨진 구름 따라 하늘 문이 열리고

오색의 무지개 사이로 손짓하는 그리운 길

뱀딸기 송이 하나 목젖을 간질이고

쌉싸름 버찌 열매 입술을 물들이며

이슬비 아지랑이 따라 흐려지는 뒤안길

― 2007년 봄의 문턱에 어머니를 묻고 돌아와 쓰다.

오랫동안 정처 없이 떠돌던 소설이다.

나도 소설에 오래 머물러 있었다.

이제 헤어질 시간이다.

지친 소설에 보금자리를 내준 무블출판사, 소설을 지지해준 아내에게 감사하다.

2021년 여름 안에서
정진영

어머니의 흔적을 찾아서

— 정진영의 『나보다 어렸던 엄마에게』가 우리에게 말해주는 것

장경렬(서울대학교 영문과 명예교수)

기(起), 논의를 시작하며

정진영의 소설 『나보다 어렸던 엄마에게』(이하 『엄마에게』)를 읽은 나에게 뜬금없이 고등학생 시절의 기억이 떠올랐다. 장차 전자공학도가 되는 것이 꿈이었던 나는 그 당시 온갖 전자 기기와 씨름하다가, 송신기 제작에 손을 대기도 했다. 고장 난 라디오에서 꺼낸 발진 코일을 활용하여 중파 송신기 제작에 성공한 뒤에, 수정발진자(水晶發振子)를 사용하여 허가 없이도 사용 가능한 주파수 영역대인 27메가헤르츠 단파 송신기를 제작하기도 했다. 급기야 휴대용 송신기 제작에 착수했지만, 여의치 않았다. 고생 끝에 작동 가능한 기기를 제작했지만, 송신 거리

가 얼마였는가 하면 돌을 던져도 그보다는 더 멀리 갈 정도였다. 차라리 소리쳐 말하는 것이 나을 지경이었다. 그렇게 좌절의 세월을 보내고 오십여 년이 흐른 오늘날, 나는 영상 대화까지 가능한 휴대전화기로 지구 반대편의 친구와도 대화를 주고받을 수 있게 되었다. 어릴 적 내가 그처럼 휴대용 송신기 제작에 열을 올렸던 이유는 무엇일까. 눈에 보이지 않는 누군가와 어디서든 소통의 자유를 누리고 싶다는 소박한 열망 때문이었으리라. 그런 열망이 내 역량으로는 좀처럼 실현 가능한 것이 아님을 경험했기에, 나는 오늘날의 자그마한 휴대전화기가 얼마나 경이로운 기술 혁신의 산물인지를 누구보다도 실감한다. 당시에는 꿈조차 꾸지 못했던 영상 대화까지 오늘날의 현실이 되다니!

정진영의 소설 『엄마에게』에 대한 논의의 자리에서 나 자신의 과거 송신기 제작 경험과 오늘날엔 누구나 들고 다니는 휴대전화기를 화제로 올리는 이유는 무엇인가. 이는 소설의 주인공 범우가 자신을 포함한 어머니의 주변을 이루었던 인물의 입장에서 이미 이 세상 사람이 아닌 어머니—그것도 때로는 "나보다 어렸던 엄마"—와 나누는 영상 대화가 소설의 대단원을 장식하고 있기 때문이다. 즉 현재로서는 상상 속에서나 가능한 일이 소설에서는 엄연한 현실 속 이야기가 되고 있기 때문이다. 누가 알겠는가, 상상 속에서나 가능했던 영상 대화가 오늘날 우리의 현실이 되어 있듯, 소설에서 범우가 꿈꾸듯 언젠가는 역사 속의 인물인 세종대왕을 인공지능기술로 되살려 "한글 창제 당시 심정을 물어"볼 수도 있고, 선조를 되살려 "이순신 장군의 전사를 보고받았을 때 느낀 솔직한 심정을 물어"볼 수도 있지 않을지? 휴대용 송신기를 조립하는 일조차 쉽지 않음을 절감했던 나는 경이로운 기술 혁신의 산물인 휴대전화기를 손에 쥔 채 생각에 잠긴다. 정진영의 소설 속 이야기가 언젠가는 우리에게 현실이 될 수도 있으리라. 하기야 얼마 전까지만 해도 무선 영상 통화란 공상과학소설에서나 가능한 일이 아니었던가. 그런 이상, 환상소설에서나 가능한 일인 죽은 사람과의 만남과 대화가 어찌 언젠가 우리에게 현실이 되지 않을 수 있겠는가. 아니, 작가 정진영의 참신한 상상력과 자연스럽고 치밀한 서사 구도로 인해 우리는 그런 일이 곧 일어날 것이라는 확신으로 이끌린다.

하지만 『엄마에게』는 환상소설도 아니고 공상과학소설도 아니다. 명백히 이 작품에는 이 세상 사람이 아닌 누군가와 마주하여 말을 나눈다는 식의 비현실적인 요소가 등장하지만, 이는 작품의 특성과 존재 이유를 헤아리는 데 결정적 역할을 하는 동인(動因)이 될 수는 없다. 사실 작가 정진영이 이 작품에서 궁극적으로 문제 삼고 있는 것은 오늘날을 살아가는 인간이라면 누구나 마주해야 할 현실의 문제인 '인간과 인간 사이의 소통'이다. 따지고 보면, 경이로운 기술 혁신의 산물인 작고 편리한 휴대전화기가 일반화되어 있음에도 불구하고, '인간과 인간 사이의 소통'은 여전히 해결이 요원한 문제다. 우리 시대에도 여전히 타인과의 관계망 속에서 '나'라는 존재는 섬과 다름없기 때문이다. 심지어 부모와 자식 사이의 대화의 단절은 핵가족 시대에도 여전하다. 아니, 더욱 심각한 것이 되어 있는지도 모르겠다. 어찌 보면 주인공 범우와 이미 이 세상에 존재하지 않는 그의 어머니 사이에 영상 대화가 이루어지는 것으로 설정한 작품의 구도 역시 바로 이 문제를 나름의 독특한 방식으로 다루기 위한 것으로 볼 수도 있다.

　이어지는 논의에서 나는 작가 정진영이 이번 소설에서 '인간과 인간 사이의 소통'이라는 문제를 어떻게 작품 속의 이야기로 구체화하고 있는지를, 그리고 이를 통해 작가가 독자를 일깨워 어떤 인간사의 문제에 의식과 인식의 눈을 뜨게 하고자 했는지를 살펴보고자 한다. 물론 답이 빤한 것일 수 있겠다. 하지만 소통의 문제에 대한 작가 정진영의 소설적 구상은 새롭고 산뜻하며, 이를 통해 독자에게 전하는 메시지의 울림도 깊다. 또한 정진영의 소설 속 이야기는 슬프고 안타까운 것이지만, 이야기를 감싸고 있는 분위기는 여전히 따뜻하고 다감하다. 이제 그의 소설에 대한 우리 나름의 작품 읽기를 시작하기로 하자.

승(承), 작품 속의 이야기를 따라서

『엄마에게』의 목차를 보면, "끝"으로 시작하여 "시작"으로 끝맺는다. 이 같은 목차 배열은 삶의 "끝"에 이른 한 인간이 이러저러한 뜻밖의 과정을 거친 끝에 삶의 "시작"을 다시 꿈꾸게 되었음을 암시하기 위한 것이다. 이 소설의 주인공 범우는 사법고시에 수차례 도전했지만 뜻을 이루지 못한 채 좌절의 늪에 빠진다. 그를 더욱더 깊이 좌절의 늪에 빠져들게 하는 것이 있으니, 이는 그의 오랜 연인인 유민의 변심이다. 함께 사법고시를 준비해오다가 먼저 고시에 합격한 유민이 "십 년을 연애하고도 보름 만에 이별 통보"를 한 것이다. "그보다 훨씬 짧은 기간을 만나고도 결혼을 결정할 수" 있었기 때문이다. 고시 낙방이라는 상처에다 "이별의 아픔"에 허덕이는 범우는 "선배의 조언대로" 글쓰기에 몰두한다. 마침내 "상금 1억 원"의 "장편소설 공모"에 응함으로써 "첫 장편소설로 상금 1억 원 문학상을 거머쥔 천재 신인 작가"가 된다. 하지만 그가 작가로서 걸어야 하는 것은 절망스럽게도 "대필 작가"의 길이다. "대필 작가"로 십여 년의 세월을 보낸 범우에게 뜻밖의 제안이 온다. "가전제품 제조기업 HT"의 나재필 회장의 "자서전"을 "대필"한 것이 인연이 되어, 그 회사의 홍보부장으로 발탁된 것이다. 이처럼 "생애 처음으로 괜찮은 인생이 펼쳐지려 하고 있[음]"에 기대에 부풀어 있는 범우에게 뜻밖의 복병이 찾아온다. 신입사원 입사용 신체검사—그러니까 "군 입대 이후 이십여 년 만에 처음 받는 신체검사"—에서 "대장암 4기"의 판정을 받은 것이다. 갑작스러운 암 판정으로 인해 절망의 나락에 빠진 범우에게 "세월에 묻어두고 살았던 어머니에 관한 기억"이 되살아난다. 그의 어머니는 "십삼 년 전 3월 초"에 5층 아파트에서 뛰어내려 자살했던 것이다. 범우가 "자살을 진지하게 고민"하면서도 이를 실행하지 못함은 그때 현장에서 겪었던 어머니에 대한 가슴 아픈 기억 때문이다. 아무튼, 소설은 삶의 "끝"에 이른 범우가 술에 취한 상태로 지난 십 년 동안의 적금을 투자하여 구입한 "십 년을 넘긴" 중고차—인생이 바뀔 것이라는 기대에 차 있을 때 산 중고차—를 몰고 "자유로"를 질주하다가 사고를 당하는 것으로 시작된다. 이로 인해 차는 엉망이 되지만, 그의 몸은 멀쩡하다.

"끝"은 결국 "끝"이 아닌 것이었다. "끝"이 아닌 "끝"에 이른 범우에게 놀랍게도 나 회장이 만나자는 전화를 한다. 나 회장은 신체검사 이후 입사가 어려워진 범우와 만난 자리에서 또다시 뜻밖의 제안을 한다. 멋진 자서전을 써준 그에게 고마운 마음을 잃지 않고 있던 나 회장이 범우를 "본사 연구개발센터 인공지능 연구실의 책임연구원"으로 발령함으로써 질병 치료의 혜택을 받도록 한 것이다. 이에 회사에 출근하게 된 그는 연구실에서 또 다른 책임연구원인 경선을 만난다. 그런데 그곳 연구실에서 이루어지는 연구 내용의 핵심이 인공지능기술(AI)을 통해 "인간과 인간이 아닌 존재의 경계"를 허무는 일임을 알게 된다. 구체적으로 말하자면, 경선이 "사산"한 그녀의 아들 은총을 인공지능기술을 통해 '살아 있는 현존재'로 재현하는 것과 같은 놀라운 일이 그곳에서 이루어지고 있는 것이다. 범우는 그런 일이 현실로 가능함을 연구실에서 직접 목격한다. 다음 인용은 그가 어머니가 남긴 기록—사망 당시에 확인했지만 "빠르게 훑어"보기만 했던 어머니의 기록—을 찾아 "고향 집"을 찾는 연유가 어디에 있는지를 확인케 한다.

경선이 은총을 AI로 되살려냈듯이, 어머니도 AI로 되살려낼 수 있지 않을까. 그게 가능하다면 나는 어머니에게 왜 스스로 창밖으로 몸을 던졌는지 이유를 묻고 싶었다.

"이미 죽은 사람을 생전 모습과 가깝게 AI로 재현해 대화를 나누는 일도 가능한가요?"

"해외에선 현실로 벌어지고 있는 일이에요. 이미 몇몇 업체가 죽은 사람의 개인정보와 SNS 등 온라인상에 남은 흔적을 바탕으로 아바타를 만들어 챗봇처럼 대화할 수 있게 해주는 서비스를 제공하고 있거든요. 우리 회사가 개발 중인 개인 맞춤형 음성인식 AI로도 충분히 가능한 서비스여서 사업화를 고민하고 있어요."

나도 모르는 사이에 세상에선 디지털 사후세계가 만들어지고 있었다. 이미 죽은 사람도 훌륭한 사업 아이템이 될 수 있다는 사실이 놀랍고도 씁쓸했다. 그런데도 나는 어머니를 AI로라도 다시 만나 자살을 선택한 이유가 무엇인지 묻고 싶었다. 아니, 그 이유가 내가 아님을 확인받고 싶은 것일지도 모르겠다. 인류가 지구 위를 돌아다닌 이래 죽었다가 다시 살아난 사람은 아무도 없다. 사후세계의 존재 여부를 알 수 없으므로, 내가 죽은 뒤에 어머니를 다시 만날 수 있다는 보장도 없다. 내게 남은 시간이 얼마나 될까. 나는 살아서 꼭 어머니를 만나야겠다고 생각했다.

"죽은 사람이 남긴 흔적이 많을수록 죽은 사람에 가까운 AI를 만들 수 있겠네요."

"당연하죠. 많으면 많을수록 죽은 사람의 생전 대화 패턴과 가까운 대화가 가능해져요."

"그 흔적은 반드시 디지털 기록이어야 하나요?"

"반드시 그럴 필요는 없지만, AI에 적용하려면 디지털 기록으로 옮기는 과정이 필요하겠죠. 예를 들어 죽은 사람이 남긴 메모나 발언을 워드프로세서로 옮기듯이 말이죠."

(『엄마에게』, 85-86쪽)

항암 치료에 들어가기 전에 범우는 "고향 집"을 찾아가서, "벽장" 속에 보관해두었던 어머니의 기록—그러니까 "모두 일곱 권"의 "연습장"으로 이루어진, "일기장인지 가계부인지 한쪽으로 규정하기 어려"운 어머니의 기록—을 찾아 읽는다. 어머니의 기록을 찾아 읽은 뒤에 범우는 다음과 같은 상념에 잠긴다.

어머니의 일기는 이 날[2005년 9월 7일 수요일]을 끝으로 더 이어지지 않았다. 그로부터 일 년 반 후에 어머니의 삶도 멈췄다. 가진 건 많지 않아도 서로 사랑하고 사랑받는 가정을 꾸미는 것. 일기에 드러난 어머니의 희망은 소박했다. 그저 주린 배를 채우기 위해 먹는 음식이 사료나 마찬가지이듯, 희망 없는 삶은 고통일 뿐이다. 스무 살 혜진[범우의 어머니가 자신에게 붙인 예명]은 세상을 자유롭게 훨훨 날아다니고 싶었던 어린 새였다. 어린 새는 날개를 채 펴기도 전에 붙잡혀 오랜 세월 새장 속에 갇혀 있었다. 어머니의 자살은 갑작스러운 충동에서 나온 선택도, 누군가를 미워해서 벌인 선택도 아니었다. 어머니는 고통에서 벗어나기 위해 삶에서 벗어나는 길을 선택했다. 어머니가 살면서 오직 자신만을 위해 결정한 처음이자 마지막 선택이었다. 온몸으로 새장과 부딪쳤던 어린 새는 죽음으로써 새장에서 벗어날 수 있었다. 나는 노트북으로 어머니의 일기를 옮긴 뒤 경선에게 이메일로 보내며, 어머니를 AI로 되살려 자살의 이유를 묻겠다던 내 계획은 처음부터 잘못된 것이었음을 깨달았다.

(『엄마에게』, 138-139쪽)

결국 범우는 "어머니가 살면서 오직 자신만을 위해 결정한 처음이자 마지막 선택"이 투신자살이었음을 깨닫게 된 것이다. 어머니가 남긴 일기를 읽은 범우는 "새장과 온몸으로 부딪쳤던 어린 새는 죽음으로써 새장에서 벗어날 수 있었다"는 반어적(反語的)인 사실에 눈을 뜨게 된 것이다. 어머니가 투신자살한 이유는 이로써 명백해졌지만, 어떻게 해서든 옛날의 어머니와 다시 만나고 싶다는 범우의 의지가 꺾인 것은 아니다. 다음과 같은 정황에서 어머니와의 마지막 만남이, 그러니까 살아 있는 어머니와의 마지막 만남이 이루어졌는데, 어찌 그가 어머니와 다시 만날 기회를 포기할 수 있겠는가.

> 어머니는 나를 붙잡고 빨리 죽고 싶다는 말을 반복하며 신세를 한탄했다. 나 역시 참지 못하고 서울로 돌아갈 짐을 챙겼다. 어머니는 현관을 나서는 내 손을 잡으며 조용히 말했다.
> "지금 가면 다시는 못 볼 거다."
> 나는 말없이 어머니의 손을 뿌리치며 집을 나섰다.
>
> (『엄마에게』, 34-35쪽)

범우는 "고향 집"에서 하룻밤을 보내고, 다음 날 "어머니를 가장 많이 기억하고 있을 만한 사람"인 아버지를 찾는다. 강릉의 "경포해수욕장 인근 펜션 공사 현장에서 인테리어 작업을 하고 있[는]" 아버지를 찾아가 함께 하룻밤을 보낸 다음, 그는 대구에 사는 이모와 막내 외삼촌을 찾기도 한다. 그들과의 만남을 통해 범우는 "어머니의 어린 시절"에 대한 온갖 새로운 사실에 눈뜨게 된다. 그는 대구의 이모 집에서 하룻밤을 보내고, 곧이어 "어머니가 태어나 어린 시절을 보낸 안동"을 찾는다. 그는 그곳에 이르러 외갓집을, 이미 "폐가"가 되어 있는 외갓집을 찾기도 하고, 또한 학교에 조금이라도 빨리 가기 위해 어머니가 택했던 산길을 따라 어머니가 다녔던 초등학교를 찾기도 한다. 이제 폐교가 된 학교의 건물 현관에 들어선 범우는 "양쪽 벽장"에 전시된 트로피와 우승컵 가운데 어머니가 받았던 것임에 틀림없는 미술대회 우승컵에 눈길을 준다.

이모의 기억이 맞는다면, 이 빛바랜 우승컵은 어머니가 초등학교 6학년이던 해에 미술대회에 출전해 받은 게 분명했다. 나는 주위에 누가 오는지 살피며 떨리는 손으로 벽장의 유리문을 열고 우승컵을 꺼냈다. 벽장 바닥에 두껍게 깔려 있던 먼지가 일어나 재채기를 유발했다. 더운 여름날에 열린 큰 미술대회에 출전한 어린 어머니가 품에 안고 기뻐했을 우승컵이 반세기 만에 내 손으로 들어왔다. 나는 어린 어머니가 정말 자랑스러웠다. 큰 상을 받고도 집에서 부모님의 눈치를 보며 기쁨을 드러내지 못했을 어린 어머니를 생각하니 가슴이 아려왔다. 나는 우승컵을 품에 안고 쓰다듬으며 벽장 앞에 주저앉아 흐느꼈다.

(『엄마에게』, 224-225쪽)

공부도 잘하고 그림에도 재능이 있었지만 완고한 부모 때문에 모든 꿈을 접어야 했던 어릴 적의 어머니를 떠올리면서 "빛바랜 우승컵"을 앞에 놓고 범우는 중얼거린다. "엄마……, 참 잘했어요……. 정말 잘했어요……." 초등학교 선생님이 아이들에게 할 법한 칭찬의 말을 범우가 흐느끼며 중얼거리는 동안,

이를 상상 속에서 그의 어깨너머로 바라본 독자라면 그 누구도 슬픔과 안타까움에 가슴이 아려오지 않을 사람은 없을 것이다. 적어도 지난 세기의 50년대나 그 이전에 태어난 어머니를 둔 사람들 가운데는 그런 사람이 적지 않을 것이다. 그들의 어머니 가운데는 범우의 어머니처럼 자식들 앞에서 내색은 하지 않지만 좌절과 체념의 삶을 살아야 했던 분이 적지 않을 것이기 때문이다. 혹시 누가 알랴, 그런 어머니들이 오늘날에도 여전히 우리 시대의 현실 가운데 일부가 아닐지?

 "지난 며칠 사이"에 어머니에 관해 "평생 알아온 것보다 더 많은 것을 알게" 된 범우는 어머니에 관한 자료를 틈틈이 경선에게 보낸다. 그리고 경선은 이를 바탕으로 하여 범우의 어머니를 '되살려내는 작업'을 한다. 또한 경선은 범우 어머니의 사진을 "기초로 3차원 모델링"을 하여 범우 어머니의 "아바타"를 제작하기도 한다. 이 과정에 범우는 자신이 할 수 있는 일을 마무리한 후에 항암 치료를 받기 위해 휴직한다. 하지만 치료에 들어가기 전에 그에게는 아직 할 일이 남아 있는데, 그것은 바로 "어머니의 기일"에 산소를 찾는 일이다. 산소를 찾은 범우는 경선이 후속 작업을 거쳐 인공지능기술로 되살려낸 어머니와 마주한다. 그것도 "열네 살로 설정"된 어릴 적의 어머니 앞에서는 초등학교의 교장 선생님이 되어, "스무 살로 재설정된" 어머니 앞에서는 범우가 "[어머니의] 일기장에서 만난 상섭 오빠"

가 되어, "스물두 살로 재설정"된 어머니 앞에서는 이미 세상을 뜬 큰외삼촌이 되어 어머니와 만난다. 이어서 아버지를 비롯하여 어머니 주변에 있던 그 외의 사람들이 되어 "다른 나이를 가진 어머니"와 만나기도 한다. 마지막으로 범우는 아들의 입장에서 "마흔아홉 살로 재설정"된 어머니와 마주한다. 범우 자신과 어머니 사이의 대화가 이루어지는 극적인 상황을 여기 이 자리에 옮겨보기로 하자.

"다시 공부를 시작해보는 건 어때요?"

"이 나이에 공부는 무슨."

어머니가 쓴웃음을 흘렸다.

"나이가 무슨 문제예요. 대학에 와보면 쉰이 넘은 늦깎이 학생도 꽤 있어요."

"정말 그러니?"

"그럼요. 검정고시로 중학교와 고등학교 과정을 마치고 미대까지 가보시는 건 어때요?"

"에이. 그게 말처럼 쉬운 일이니."

"그림 잘 그리시잖아요. 어렸을 때 큰 대회에 나가서 상도 받으셨고요. 공부에 필요한 게 있으면 제가 도와드릴게요."

나는 지금 대화를 나누는 대상이 AI라는 사실도 잊은 채 대화에 깊이 빠져들었다. 나는 예상치 못한 질문과 답변에 당황하며 웃고 울었다. 어머니도 내 말을 놓치지 않으려는 듯 대화 내내 집중하는 표정을 보여줬다. 지금까지 내가 어머니와 이렇게 길게 대화를 나

넓던 일이 있었던가. 뒤늦은 후회가 내 안으로 밀려들어왔다.

"범우야, 미안하다."

"네? 뭐가요?"

무엇이 미안하다는 걸까. 어머니는 갑자기 유민을 언급할 때처럼 나를 당황하게 만드는 데 탁월한 재주를 가지고 있었다.

"사는 게 힘들다는 핑계로 어린 너를 너무 많이 때리고 사랑해주지 못했어. 미안해."

이미 어머니의 일기장으로 만난 진심이지만, 목소리로 듣는 울림은 컸다. 내 얼굴은 다시 눈물범벅이 됐다. 내 뺨과 목에 닿는 따스한 햇볕이 어머니의 손길처럼 느껴졌다. 돌이켜보니 어머니만 내게 직접 사랑한다고 말하지 않은 게 아니었다. 나도 어머니에게 사랑한다는 말을 한 기억이 없었다. 나는 몇 번 심호흡을 한 끝에 겨우 입을 뗐다.

"사랑해요, 엄마."

(『엄마에게』, 258-259쪽)

"사랑해요, 엄마"보다 더 쉬운 말이 어디 있겠냐만, 그 말을 입에 올리기가 우리 시대의 자식들―적어도 소설의 주인공 범우 또래이거나 그보다 나이가 든 세대의 자식들―에게는 어찌 그리도 어려운지! 어머니에 대한 사랑의 마음이 지극하지만 공연히 쑥스러워서 그 말을 쉽게 입에 올리지 못하는 인간들이 적어도 우리 세대의 자식들이 아닌지? 아니, 어머니의 삶과 마음에 대해 아는 것이 아무것도 없지만 이에 아예 신경을 쓰지 않은 채 어머니는 지극히 당연한 현존재(現存在)—즉 과거가 없이 오로지 현재적으로만 '나'에게 의미를 갖는 존재—로 여기는 인간들이 우리 시대의 자식들이 아닐지? 범우가 그러하듯, "지금까지" "어머니와 이렇게 길게 대화를 나눴던 일이 있었던가"를 자문하며 "뒤늦은 후회"를 하는 존재들이 다름 아닌 우리 시대의 자식들이 아닐지? 혹시 자식들이란 어느 시대나 다 그런 존재들이 아닐지?

정진영의 『엄마에게』가 우리에게 깊은 마음의 울림을 주는 이유는 여기에 있다. 우리들이 아무런 의문도 없이 너무도 당연한 우리네들의 현재적 삶의 일부로 여기는 어머니를, 사랑한다는 간단한 말조차 마음 따뜻하게 해드리지 못하는 못난 자식들을 조건 없이 받아들이고 끌어안는 우리들의 어머니에 대해 새롭게 깊이 생각하도록 하는 것이 정진영의 작품인 것이다. 요컨대, 정진영의 소설은 우리들이 너무도 당연한 우리들 삶의 일부로 여겨왔던 어머니의 존재에 대해 새롭게 의식하도록 유도하는 소중한 작품이다. 문학의 본분과 임무는 무디어진 언어를 새롭게 일깨워 '전경화(前景化, foregrounding)'하는 데도 있지만 우리의 굳어지고 마비된 인식을 새롭게 일깨워 '전경화'하는 데도 있다는 점에서 보면, 그의 소설은 소중한 작품일 뿐만 아니라 우리에게 값진 '삶의 반성서'가 아닐 수 없다.

전(轉), 작품 속에 담긴 또 하나의 이야기를 찾아서

이제까지 살펴보았듯, 정진영의 『엄마에게』는 우리들의 어머니—나아가 어머니와 아버지—의 삶에 대해 새롭게 되돌아보도록 우리를 이끄는 보기 드문 소설이다. 하기야 '어머니'라는 주제야 식상할 정도로 빈번히 소설적 탐구 대상이 되어왔던 것도 사실이다. 하지만 거의 예외 없이 어머니는 지극히 당위적인 사랑과 헌신과 희생의 존재로서의 탐구 대상이었을 뿐, 어머니를 나름의 갈등과 고뇌와 슬픔과 좌절 속에서 삶을 살아온 인간적 주체로서 탐구한 예를 찾기란 쉽지 않다. 어찌 보면, 작가 정진영은 '사랑과 헌신의 표상으로서의 어머니'라는 경계를 넘어 갈등과 좌절과 고뇌와 슬픔의 삶을 살아온 한 여성으로서의 어머니를 탐구하되 나름의 참신하고 독특한 작품 구조 속에서 이 작업을 수행하고 있다. 거듭 말하지만, 그가 소설로 형상화한 '어머니의 흔적을 찾아서'는 우리 모두의 마음에 깊은 울림을 줄 것이다.

하지만 『엄마에게』는 단순히 '어머니의 흔적을 찾아서'만으로 이루어진 소설이 아니다. 소설의 시작에서 끝에 이르기까지 '어머니의 흔적을 찾아서'와 평행을 이루는 이야기가 있으니, 이는 범우의 옛 연인인 유민에 관한 것이다. 앞서 잠깐 언급했듯, 유민은 "십 년을 연애하고도 보름 만에" 범우에게 "이별 통보"를 했던 사람이다. 아무튼, 제조기업 HT의 홍보부장으로 발탁되어 새로운 삶에 대한 희망으로 한껏 부풀어 있을 때, 범우에게 뜻밖의 사람이 전화를 한다. 전화를 한 사람은 "유민보다 열한 살 어린 [유민의] 동생"인 유정이다. 유민의 동생이 십 년도 넘은 세월이 흐른 후에 전화를 한 것이다.

"유정아, 쓸데없이 말 돌리지 말자. 유민이 때문에 연락했지?"
휴대전화 너머로 유정이 흐느끼는 소리가 들렸다. 나는 당황했지만 내버려뒀다. 유민에게 무슨 일이 생긴 게 분명했다. 내 속에서 올라오는 감정은 어이없게도 걱정이었다. 가장 힘들었던 시절에 매몰차게 떠난 여자를 걱정하다니. 나도 참 속이 없는 놈이었다. 유정이 흐느낌을 삼키며 내게 말했다.
"오빠, 정말 죄송하고 예의가 아니란 걸 잘 아는데 언니 좀 살려주세요."
유정은 내게 유민이 심각한 우울증과 공황장애를 앓고 있다고 털어놓았다. 그러면 그렇지. 나는 유정의 말에 쓴웃음을 흘렸다. 유민에 관한 소문은 이미 대학 동기들 사이에 파다하게 퍼져 있어 내 귀에도 들려온 터였다.

(『엄마에게』, 26쪽)

하지만 범우는 "유정의 말을 더 듣지 않고 통화 종료 버튼을" 누른다. 어찌 보면, 소통의 기회를 아예 차단한 것이다. 유민의 동생 유정이 범우에게 전화한 것은 언니의 부탁에 따른 것일까, 아니면 언니의 마음을 헤아린 동생의 자발적인 조처였을까. "늦었지만 만나서 꼭 미안하다는 말을 전하고" 싶다는 언니의 뜻을 전하는 것을 보면, 부탁에 따른 것으로 보인다. 어느 쪽이든, 유민은 범우와 소통을 원하고 있는 것이다. 하지만 대화 중간에 전화를 끊는 범우의 행동이 암시하듯 그는 유민에게 마음의 문을 열 뜻이 없다. 어쩌면 유민과 소통할 마음의 준비가 아직 되어 있지 않기 때문인지도 모른다. 아무튼, 다음 인용은 범우의 마음이 소통할 뜻이 없는 쪽으로 기울어져 있음을 암시한다. 그는 이모와 막내 외삼촌을 만나러 대구로 출발하기 전에 버스 터미널 근처의 카페를 찾았을 때 뜻밖의 문자메시지를 받는다.

카페에서 자리를 정리하는데, 문자메시지 수신음이 울렸다. 휴대전화에 저장돼 있지 않은 번호였다. 나는 이모가 보낸 메시지인가 싶어서 급히 확인했다. 송신자는 뜻밖의 인물이었다.

—나 유민이야.

이별을 고할 땐 짧은 전화 한 통이더니 이번에는 고작 문자 한 줄이었다. 의례적인 인사말도 용건도 없었다. 유정은 내게 유민이 우울증과 공황장애를 앓고 있다고 말했다. 그러나 짧은 문자메시지에선 그런 느낌이 전혀 없었다. 유민에겐 여전히 내가 쉬운 사람인 걸까. 아니면 나를 볼 면목이 없어서 이런 방식으로 겨우 자신의 존재를 드러낸 걸까. 짧은 문자 하나에 흔들리는 나 자신이 우스웠다. 답장을 고민하며 문장을 쓰고 지우던 나는 유민의 번호를 수신차단 목록에 등록하고 문자메시지를 지웠다.

(『엄마에게』, 191-192쪽)

휴대전화기는 더할 수 없이 편리하고 직접적인 의사소통의 수단이지만, 이처럼 "[상대의] 번호를 수신차단 목록에 등록"함으로써 더 이상의 소통을 원치 않음을 자신에게 선언하는 수단의 역할도 한다. 말하자면, 무한한 의사소통에 열려 있는 수단이기도 하지만 이와 동시에 비록 선별적이긴 하지만 상대와의 소통 단절을 구체화하는 수단이 되기도 하는 것이 휴대전화기다. 범우는 유민이 보낸 "짧은 문자메시지"에 흔들리지만 여전히 후자의 길을 택한다.

여기서 우리는 어머니와 유민을 향한 범우의 상반된 태도를 확인할 수 있다. 어머니와 유민이 범우의 곁을 떠난 것은 모두 정상적인 것이 아니었다. 어머니는 짤막한 경고의 말 뒤에 투신자살을 통해, 유민은 "십 년을 연애하고도 보름 만에 이별 통보"를, 그것도 "짧은 전화 한 통"으로 "이별 통보"를 한 뒤에 그의 곁을 떠났다. 이때의 "보름 만에"라는 시간은 유민이 다른 남자를 만난 지 채 보름도 되지 않았음을 말한다. 현재 범우는 항암 치료도 미룬 채 "어머니의 흔적을 찾아 떠난 여정"을 이어가고 있는 중이다. 이는 비정상적으로 떠난 어머니와의 소통을 위한 것이다. 하지만 비정상적으로 떠난 유민과의 소통에는 응할 뜻이 없다. 그 이유는 무엇일까. "가족이나 다름없던" 사람이 유민이었지만, 어머니는 "진짜 가족"이었기 때문에? 아니면, 애초에 궁금했던 "자살 이유"를 묻기 위해 어머니와 만나려

했지만, 유민이 그의 곁을 떠난 이유는 이미 잘 알고 있기에 만남이 필요하지 않다고 생각하기 때문에? 하지만 "자살의 이유를 묻겠다던 [범우 자신의] 계획은 처음부터 잘못된 것이었음을 깨[달은]" 뒤에도 "어머니의 흔적을 찾아 떠난 여정"은 계속되고 있지 않은가. 유민과의 만남을 굳이 거부해야 할 이유는 무엇인가. 앞서 잠깐 문제 삼았지만, 혹시 마음의 준비가 되어 있지 않기 때문에? 아니면, 자존심 때문에? 그것도 아니면, 더욱 깊어질 수도 있을 상처가 두렵기 때문에? 하지만 상처가 깊어질 것을 빤히 알면서도 위험을 향해 돌진하는 존재, 불 속으로 뛰어드는 나방이나 다름없는 것이 바로 인간이 아닌지?

정진영의 『엄마에게』를 읽고 있는 독자 가운데는 다음과 같은 물음을 던지는 사람도 있을 수 있겠다. 인간과 인간의 관계가 "[상대의] 번호를 수신차단 목록에 등록"함으로써 정리될 수 있는 것일까. 이 같은 조처는 유민이 했던 매몰찬 "이별 통보"와 다를 것이 무엇인가. 이미 이 세상 사람이 아닌 어머니와 어떻게 해서든 소통의 길을 찾는 범우에게 그런 조처는 과연 '그다운' 일일까. "진짜 가족"은 아니더라도 유민은 범우에게 "가족이나 다름없었던" 사람이 아닌가. "우울증과 공황장애를 앓고 있다고" 알려진 사람에게 그처럼 "매몰차게" 대하는 것은 합당한 처사일까. 이른바 '속이 없는' 독자라면 이렇게 당부하고 싶을지도 모르겠다. "가장 힘들었던 시절에 매몰차게 떠난 여자를 걱정"할 정도로 "속이 없는 놈"이라면, 조금만 더 "속이 없는 놈"이 될 수 없을지?

하지만 여전히 소설을 읽고 있는 독자 가운데는 이렇게 말하는 사람도 있을 수 있겠다. 유민은 이기적인 동기에서 범우에게 결별을 선언했고, 또 추측건대 이기적인 동기에서 그와의 소통을 원하고 있는 것이다. 비록 유정의 말대로 "늦었지만 만나서 꼭 미안하다는 말을 전하고[자]" 하는 것일 수는 있어도, 자기 마음이 편해지기 위한 것이라는 점에서 보면 이는 여전히 이기적인 동기에 따른 것이기는 마찬가지다. 비록 비정상적으로 떠난 것은 매한가지일 수 있지만, 그녀의 경우는 범우 어머니의 경우와 근본적으로 다른 것이다. 어떤 정당화를 하더라도 유민의 이기주의만큼은 용납할 수 없는 것이다. 유민의 이기주의에 다시금 희생되기보다 범우는 결연하게 이에 맞서야 한다. "속이 없는 놈"인 범우가 유혹에 흔들리지 않기 위해서는 "[상대의] 번호를 수신차단 목록에 등록"하는 것만으로는 부족할지도 모른다. 무엇이 되었든 범우는 더 강경하고 단호한 조처를 취해야 할 것이다.

당신이라면 어느 편에 서겠는가. 소설 속 범우의 마음에는 어떤 생각이 오갈까. "대장암 4기"의 암 환자라면 이 문제를 놓고 어떤 생각을 할까. 하지만 무엇보다 작가 정진영의 선택은 어느 쪽일까. 이를 엿보게 하는 것이 범우와 인공지능을 통해 되살려낸 그의 어머니 사이의 대화다. 다소 긴 인용이 되겠지만 한 구절도 건너뛰고 싶지 않다.

"저…… 사실 유민이와 헤어진 지 오래됐어요. 그 애는 이미 다른 남자를 만나 결혼까지 했어요."

"그랬구나."

화면 속 어머니는 착잡한 표정을 지을 뿐, 내게 헤어진 이유를 묻지 않았다. 나는 그런 작은 배려가 편안하게 느껴졌다.

"그런데 얼마 전에 유민이가 제게 다시 연락해왔어요."

"무슨 이유로?"

"남편과 사이가 좋지 않은가 봐요. 그래서 우울증과 공황장애를 앓고 있대요."

"그런데 왜 네게 연락을 해?"

"제게 미안하다는 말을 전하고 싶대요. 제가 가장 괴롭고 힘들 때 떠난 벌을 이제야 받는 것 같다면서."

어머니가 굳은 얼굴로 내게 물었다.

"너는 어떻게 하고 싶어?"

"잘 모르겠어요."

"아직 그 애에게 미련이 남아 있는 거야?"

"유민이와 다시 만나 잘해보고 싶다는 생각은 전혀 없어요."

"그렇다면 무엇 때문에 고민하는 거야?"

"그걸 잘 모르겠어요. 제가 무엇 때문에 고민하는지."

"너는 아직 그 애와 제대로 이별하지 못했구나."

(『엄마에게』, 266-267쪽)

범우와 어머니의 대화는 다음과 같이 이어지며, 대화가 이루어지는 중간에 우리는 범우의 마음까지 엿보게 된다.

"굳이 만나서 감정 소모를 할 필요가 있을까요?"

"살아보니까 미워하는 감정이 남아 있으면 이별해도 이별한 게 아니더라. 이별한 이유를 몰라도 제대로 이별한 게 아니고."

누구를 생각하고 있는 걸까. 상섭 오빠일까, 아버지일까, 아니면 또 다른 누구일까. 어머니의 얼굴에 회한이 엿보였다.

"그런가요."

"만남만큼 중요한 게 이별이야. 이별을 소홀히 하지 마."

역사에 관한 평가가 시대의 흐름에 따라 바뀌듯, 인간관계 또한 시간의 흐름 속에서 끊임없이 재정립된다. 과거에 중요했던 관계가 현재는 그렇지 않을 수 있고, 현재 가벼워 보이는 관계가 미래에 돌아보면 인생을 바꾼 중요한 인연일 수도 있다. 내가 어머니의 흔적을 찾아 떠난 여정은 과거의 어머니와 제대로 이별하는 동시에 새로운 관계를 정립하는 과정이 아니었을까. 어쩌면 유민과의 만남이 과거에 매몰돼 오랫동안 허우적거렸던 나를 현재로 끌어올리는 계기가 될 수 있겠다는 기대감이 들었다.

"유민이를 만나볼까요?"

"선택은 네 몫이지."

"만나면 뭘 해야 할지 모르겠어요."

"만났던 시간만큼 미련이 남기 마련이야. 뭔가 미련이 남아 있으면 울어도 보고, 화를 내고, 매달려보기도 해봐. 그래야 제대로 이별할 수 있어."

"정말 그럴까요?"

"이번 기회에 이별의 이유를 찾아봐."

(『엄마에게』, 268-269쪽)

인공지능을 통해 되살려낸 어머니와의 만남이 이루어진 후, 범우는 산소를 떠나 버스 정류장에 이른다. 버스를 기다리며 그는 "휴대전화에 저장된 수신차단 목록을 열"어 "수신차단을 해제"한다. 그리고 "유민에게 문자메시지를 보"낸다. "나 범우야." 이윽고 "버스 맨 뒤쪽 운전석 반대 방향 창가 자리에 앉"은 범우의 전화기에 벨이 울린다. 유민으로부터 전화가 온 것이다.

소설의 이야기는 이것으로 끝을 맺는다. 작가는 범우와 유민 사이에 어떤 대화가 오갔는지를, 그리고 그들의 만남이 휴대전화기를 통한 통화 바깥의 상황에서도 이루어졌는지를, 또한 무엇보다 만남이 "제대로 이별"을 하는 계기가 되었는지 또는 다른 엉뚱한 방향으로 일이 진행되었는지에 대해 말이 없다. 범우의 항암 치료와 그 결과에 이르기까지 나머지 모든 이야기는 독자의 상상력에 맡겨질 따름이다. 추측건대, 어머니와 그러했던 것처럼 범우는 유민과도 어떤 형태로든 소통의 과정을 통해 마음을 열 것이고, 또한 이별을 하더라도 "제대로" 이별을 할 것이다.

하지만 그 모든 일이 이루어진다고 해서 범우에게 마음의 매듭이 말끔히 풀리는 것은 아니다. 하기야 모든 문제가 다 원만히 해결된다고 하더라도 마음 한구석에 여전히 풀리지 않은 무언가의 매듭이 남아 있게 마련인 것이 우리네 인간사가 아니겠는가. 소설의 주인공 범우에게는 아직도 소통이 단절된, 그럼에도 소통의 희망을 잃지 않는 대상이 있다. 그는 바로 "어머니에게 돈을 요구하며 주먹을 휘두르고 집을 나간 동생"인 범재다. 그는 그 이후에 연락이 없다. 바라건대, 범우의 건강이 회복되어, "다가올 어머니의 기일에 아버지[, 범우]와 범재 그리고 AI로 다시 태어난 어머니가 함께할 수 있기를"!

결(結), 논의를 마무리하며

나는 내가 이 자리에서 평론 성격의 글보다는 독후감에 해당하는 글을 쓰고 있음을 누구보다 잘 안다. 사실 사족(蛇足)이나 다름없는 평론 성격의 글을 애초에 요구하지 않는 것이 정진영의 소설 『엄마에게』임도 나는 모르는 바 아니다. 그럼에도 내가 독후감을 쓰듯 정진영의 작품에 대한 논의를 이어온 것은 깊은 울림이 담긴 그의 소설이 내 마음에 작지 않은 파문을 일으켰기 때문이다. 이로써 나는 나 자신의 어머니를 비롯한 세상의 모든 어머니가 한 여성으로서 지니는 존재 의미―즉, 어머니라는 지극히 당위적인 존재 의미를 뛰어넘어, 이 시대의 아픔과 고통과 좌절을 견디며 살아온 한 여성으로서의 어머니가 갖는 존재 의미―를 다시금 생각해보지 않을 수 없었기 때문이다. 요컨대, 정진영은 이 작품을 출발점으로 하여 어머니라는 당위적 역할에 가려져 보이지 않던 한 여성의 삶과 고뇌와 슬픔과 절망과 좌절을 우리네 자식들에게 되짚어볼 기회를, 그것도 여전히 자식의 입장에서 되짚어볼 기회를 제공하고 있기 때문이다.

이제 독자의 입장에서 나는 내 희망의 말을 덧붙이는 것으로 독후감 성격의 이 글을 끝맺고자 한다. 작가 정진영은 범우에 대한 이야기를 그가 어머니의 산소를 떠난 뒤 버스에서 유민의 전화를 받는 것으로 끝맺지만, 소설의 이야기 공간을 넘어 범우의 항암 치료는 곧 시작될 것이다. 생뚱맞은 말 같겠지만, 독자라면 누구나 범우가 항암 치료에 성공하여 다시금 일상의 삶을 살아가기를 희망할 것이다. 마치 형편없이 일그러져 폐차 직전에 이르렀던 그의 자동차가 수리 끝에 멀쩡한 차로 탈바꿈했듯. 소설의 이야기에 따르면, "부품을 떼어내" 활용하겠다고 하며 헐값에 차를 산 카센터 주인이 이를 수리하여 멀쩡한 차로 둔갑시킨 뒤에 매물로 내놓는다. 이 소식을 접한 범우는 이렇게 생각한다.

엉뚱하게도 나는 그 차를 보고 용기를 얻었다. 겉보기엔 폼이 나지만, 변속할 때마다 엔진에서 충격음과 함께 쇠가 갈리는 소리가 들리고 방음과 단열도 취약했던 차. 속 빈 강정 같은 모양새가 나를 닮아 쓴웃음이 흘러나오게 만들었던 차. 장기기증을 앞둔 뇌사자처럼 멀쩡한 부품은 다른 차의 부품으로 쓰인 뒤 폐차될 줄 알았던

차. 그 차가 더 말끔해진 모습으로 되살아나 새 주인을 만나 다시 도로를 달릴 수 있게 됐다. 카센터 사장은 중고차 판매자로서는 이례적으로 중요한 부품인 엔진과 미션을 일 년이나 무상 보증을 하겠다며 자신감을 드러냈다. 나도 저 차처럼 다시 일상으로 돌아갈 수 있지 않을까.

(『엄마에게』, 264-265쪽)

앞서 잠깐 희망의 뜻을 비쳤지만, 정진영의 『엄마에게』를 읽은 독자라면 누구나 작가가 창조한 인물인 범우가 "[바로 그] 차처럼 다시 일상으로 돌아갈 수 있"기를 희망할 것이다. 사실 작가가 자동차 사고로 소설의 이야기를 시작해서 위의 인용을 소설의 마지막 부분인 "시작"에 배치한 것은 그 역시 독자들이 지닐 법한 희망을 마음에 담고 있었기 때문이리라. 즉 작가 역시 자신이 창조한 인물인 범우의 쾌유를 마음속으로 희망하고 있을 것이다.

사실 나에게 작가 정진영은 낯선 사람이 아니다. 나는 지난 2010년대 초에 5년 동안 시행되었던 조선일보사 판타지 문학상의 심사위원의 역할을 처음부터 끝까지 맡아 했는데, 그는 제3회 수상 작가였다. 그리고 당연히 시상식 자리에서 그와 인사를 나눴다. 그런데 그 때문이 아니라 엉뚱한 이유 때문에 다른 수상 작가들과 달리 그가 내 기억에 깊이 남게 되었다. 그는 제4회 시상식 자리에, 그리고 마지막이 되었던 제5회 시상식

자리에도 모습을 드러냈던 것이다. 제4회와 제5회 수상 작가를 축하하는 꽃다발을 가슴에 안고서. 연이어 꽃다발을 안고 시상식장을 찾은 것에 호기심이 발동하여, 혹시 평소에 알고 지내는 사람이 어쩌다 연이어 수상 작가가 되었는가를 물었다. 그런데 놀랍게도 두 사람 다 초면이라고 했다. 모르는 사람이나 자신에 이어 수상을 하게 된 작가에게 축하의 마음을 전하기 위해 연이어 꽃다발을 가슴에 안고 그는 시상식장을 찾았던 것이다! 수많은 문학상 심사에 관여했지만, 그처럼 따뜻하고 다감한 마음을 지닌 작가와 마주한 기억은 없다. 그렇기에 나는 작가 정진영을 오랜 세월 잊지 않고 있었던 것이다.

그리고 그처럼 따뜻하고 다감한 마음의 작가인데, 어찌 자신이 창조한 인물인 범우가 "다시 일상으로 돌아갈 수 있"기를 바라지 않겠는가. 그리고 그럼으로써 범우와 유민 사이의 제대로 된 이별이든 새로운 만남이든 따뜻하고 원만하게 이루어지기를, 범우와 앞서 잠깐 언급한 동생인 범재와의 만남도 이루어지기를, 그리고 "다가올 어머니의 기일"에 모두가 함께한 자리에서 "오랫동안 미뤘던 [어머니의] 탈상"이 소설 속 인물인 범우의 손에 이루어지기를 바라지 않겠는가. 이것이 바로 독자 가운데 한 사람인 나의 희망이기도 하다.

정진영의 『엄마에게』가 담긴 원고를 덮으려다 잠깐 멈칫한다. 만에 하나 소설 속의 인물인 범우를 인공지능기술을 통해 되살려내게 되었다면, 그가 자신의 이야기를 "대필"해 준 작가 정진영의 슬프고 안타깝지만 그럼에도 따뜻하고 다감한 소설을 읽고 어떤 반응을 보일까. 혹시 범우가 소설 속에서 어머니가 받았을 것임에 틀림없는 우승컵을 앞에 놓고 중얼거렸듯 이렇게 중얼거리지는 않을지? "정진영 씨……, 참 잘했어요……. 정말 잘했어요……."

나보다 어렸던 엄마에게

1판 1쇄 발행 2021년 7월 19일   1판 3쇄 발행 2023년 8월 15일

지은이   정진영
펴낸이   이재유
디자인   오필민디자인

펴낸곳   무블출판사
출판등록   제2020-000047호(2020년 2월 20일)
주소   서울시 강남구 언주로 647, 402호(우·06150)
전화   02-514-0301
팩스   02-6499-8301
이메일   0301@hanmail.net
홈페이지   mobl.kr

ISBN   979-11-91433-05-0 03810

• 이 작품은 토지문화관에서 창작됐습니다.
• 이 책의 전부 또는 일부 내용을 재사용하려면 저작권자와 무블출판사의 사전 동의를 받아야 합니다.
• 잘못된 책은 구입하신 서점에서 바꾸어드립니다.